KB188654

어둔 밤을 지키는 야간약국

어둔 밤을 지키는 야간약국

고혜원
장편소설

한끼
Han kic

목차 ✚

프롤로그 한밤의 약국 006

1   눈에 닿지 않도록 주의할 것 025
2   정량 이상 복용하지 말 것 061
3   복용 전 약사와 상의할 것 113
4   개봉 이후, 장기간 사용하지 말 것 147
5   충분한 수분을 섭취하고 휴식을 취할 것 169
6   증상 개선이 없으면, 전문가와 상의할 것 233
7   해당 약물은 취급하지 않음 277

에필로그 한낮의 약국 303

작가의 말 309

한밤의 약국

오후 5시 19분, 오늘의 일몰 시각이다. 가장 밤이 길다는 절기, 동지의 밤이 시작되고 있었다. 서서히 해가 떨어져 어둠이 H동을 찾아오면, H동 빌라촌에 있는 '야간약국'의 간판에 불이 반짝하고 들어온다. '야간약국'의 영업 시간은 바로 그때부터다.

● ● ●

딸깍. 보호는 퇴근하는 사람들을 바라보며 약국에 불을 밝혔다. 어둠으로 완전히 뒤덮이기 전, 하늘의 색이 가장 다채로워지는 시간이다. 시시각각 색을 바꾸는 하늘을 바라보며, 보호는 약국 컴퓨터의 전원을 켰다. 검은 화면이 푸르게 변하는가 싶더니 곧 전원이 꺼졌다.

"얘가 또 이러네."

보호가 본체를 크게 두 번 두드렸다. 오래된 기계에는 손바닥이 명약이었다. 다시 웅웅거리며 컴퓨터가 부팅되기 시작했다. 이것이 약사로서 보호의 첫 업무다. 오래된 컴퓨터 본체가 웅웅거리며 열을 올릴 때, 보호는 약국 뒷문으로 배달된 약품을 약국 안으로 들여놓았다. 주문서와 함께 약의 재고 수를 맞추고, 약상자에 가격표를 붙였다. 확실히 요즘 잘 나가는 건, 감기약이었다. 다양한 종류의 감기약으로 약장을 가득 채웠다. 한 차례 지나간 줄 알았던 독감의 유행은 이번 겨우내 끝나지 않고 있었다. 아픈 사람이 늘어난다는 건, 보호의 입장에서 재고 걱정할 일이 없는 호황인 셈이었다. 호황이 있다면, 불황인 약도 있는 법. 잘 팔리지 않아 먼지가 쌓인 약 상자 위를 작은 솔로 모두 털어냈다. 거기까지 하고 나면, 보호가 할 일은 이제 하나다. 카운터 앞에 서서 약국의 바깥을 바라보는 것. 어느 순간, 약국 문에 달린 낡은 종을 울리며 들어올 누군가를 기다리는 것이 보호의 일과 중 가장 많은 시간을 차지하는 업무였으니까.

야간약국의 유리문에는 낡은 종이 하나 달려 있는데, 언제부터 달려 있던 것인지 정확히 알 수 없을 정도로 낡았지만, 소리만큼은 쩌렁하다. '딸랑—' 하는 소리가 나고 문이 열리면, 대체로 익숙한 얼굴들이 찾아온다. 낮에는 어디든지 달려가는 아르바이트를 하고 밤에는 연극 연습을 하러 가는 지환이거나, 한 정거장 건너 술집에서 일하는 란이라거나, 매일 야근을 하느라 단골이 된 윤의거나, 그렇다. 밤에도 잠들지 못하는 이들이 찾아오는 곳이 바로 이곳, 야간약국이다. 그렇게 야간약국의 단골이 된 손님들의 이름은 먼저 묻지 않아도 자연스럽게 알게 됐다. 어떤 이는 스스로 소개하기도 하고, 어떤 이는 술에 취해서 내뱉기도 하고, 어떤 이는 실수로 떨어뜨리고 간 명함으로, 어떤 이는 언제부터 이름을 알게 되었는지도 까무룩 잊기도 했다. 그렇게 오랫동안 환한 낮이 아닌 어둔 밤의 약국에는 대강 삶의 모습이 그려지는 사람들이 방문하기 마련이었다. 주로 밤에도 쉼 없이 달려야 하는 사람들이었다.

• • •

깊은 밤, H동의 골목을 숨이 차게 달리던 다인은 잠시 멈춰서 숨을 골랐다. 둥둥거리는 심장의 진동이 온몸을 타고

흘렀다. 뒤에서는 다인을 쫓아오는 여러 명의 발걸음 소리가 골목을 울렸다. 맹렬하게 달려오는 소리에, 다인은 어설프게 매여 있던 운동화 끈을 한 번 꽉 당기고는 다시 달릴 수밖에 없었다. 왜 저렇게까지 쫓아오냐고. 다인은 어두운 골목을 달리며 자신은 항상 왜 이렇게 살아야 하나 싶었다. 언제까지 이렇게 도망치면서 살아야 하지. 달리는 내내 묵직한 빨간색 백팩이 다인의 어깨를 짓눌렀다. 마치 1년 전, 집에 있던 자신의 모든 짐을 꽉 채운 백팩을 메고 달렸던 그날처럼.

　기억의 시작점으로 되돌아 가보자면, 부모님을 마주했던 순간부터일까. 다인은 처음 부모님과 마주하던 순간을 아주 선명하게 기억했다. 그날 부모님은 다인을 바라보며 어색하게 미소 짓고 있었다. 그리고 그 첫 만남 이후로 부모님은 다인에게 웃어주지 않았다. 그 사실을 깨달았을 때부터, 다인은 뭔가 고장 나고 있다는 생각을 지울 수가 없었다. 머릿속 나사가 헐겁게 풀린 느낌이었다. 어른들의 말을 잘 듣고, 공부를 잘하고, 대회에서 일등을 해도, 그렇게 아무리 해도 부모님은 한 번도 다인을 바라봐 주지 않았다. 심드렁하고 무덤덤했다. 아무런 반응조차 없는 게 더 미칠 것 같았다.

자신이 어떻게 해도 부모님을 만족시킬 수 없다는 확신, 그것이 다인을 조금씩 갉아먹어 고장 냈다. 마침내, 다인은 그게 당연하다고 생각했다. 동생은 가만히 있어도 부모님의 웃음을 독차지했기에. 저렇게 웃을 수 있는 분들인데, 나의 사랑하는 가족들인데, 내가 잘못했구나. 내 잘못이야. 더 잘해야지.

그 깨달음마저 무용하다는 걸 알기까진 얼마 걸리지 않았다. 부모님이 자신에게만 웃어주지 않는 이유는 친자식이 아니기 때문이었다. 그 진실을 알았을 때, 헐겁지만 간신히 매달려 있던 다인의 머릿속 나사가 완전히 풀려버렸다. 알고 보니 다인은 전적으로 필요에 의해 선택된 입양아였다. 친자식을 낳으려면 남의 자식을 거둬 키워야 한다는 어느 늙은 무당의 말에 입양되었다고. 다인은 그 이야기를 동생의 입에서 들었다. 그러니까, 사실 다인의 첫 번째 기억이 부모님과 마주하는 순간일 수 있었던 건, 보육원에서 선택받은 순간이었기 때문이다. 인생에서 가장 기뻤던 순간이 가장 강렬하게 박혀버린 셈이다. 그런 이유로 데려온 입양아가 친자식에게 주먹을 날렸으니 곧바로 버려짐이 당연했다. 동생이라 믿었던 아이가 다인에게 내뱉은 '고아 새끼'라는 말은 진실이었으니까, 벌받을 일이 아니었다. 검은 머리 짐승은 거두는 게 아니라는 듯 경멸의 눈빛으로 바라보던 부모님의 시선에 다인은 칼에 베이는 듯했다. 시선에 완전히 조각나기 전에 도망쳐야 했다. 조금이라도 달릴 수 있을 때, 시선에 손발이 완전히 잘리기 전에. 다인은 방에 있던 물건들을 백팩에 꽉꽉 눌러 담고 도망쳤다. 봐달라고 애원할 때는 봐주지 않았던 네 개의 눈이 오로지 다인에게만 꽂혔던 그날이 다인에게는 부모님과의 마지막 기억이 되었다.

그렇게 도망쳐서 가출팸 생활을 한 지도 1년이었다. 이번에 들어간 가출팸은 유독 위험했다. 원래 가출팸이라는 게, 가족이 싫다고 뛰쳐나와 만난 애들끼리 또 다른 가족이라는 이름으로 서로를 옭아매는 시스템이었다. 그래서 한동안 가출팸에서 다인의 포지션은 메뚜기였다. 이리저리 뛰어다니는 메뚜기, 어느 가출팸에도 오래도록 정착하지 않았다. 그래도 되었다. 어차피 가출팸 안에서 보살핌은 없었으니까. 같은 처지의 애들을 보며 안도하고, 서로의 연민을 이용하고, 돈을 벌어 각자 몫으로 나누기 바쁠 뿐이었다. 그런데 이번 가출팸은 탈출이 불가능했다. 게다가 벌어놓은 돈까지 모두 뺏긴 채, 말 그대로 갇혔다. 여긴 가출팸 중에서도 가장 질이 나쁜 쪽이었다. 자신들의 행동이 어디까지 영향을 미칠지 상상하지 않고 달리기만 하는 가장 무서운 유형이었다. 이렇게 도망치다 잡히면 지금보다 더 최악의 길로 빠질 터였다. 배신자로 낙인찍힐 거고, 가출팸에서 배신자는 서열 중에서 가장 최하위였다. 그렇게 살아갈 수는 없었다. 무조건 오늘 밤 탈출에 성공해야만 했다.

몇 시간 전, 다인은 집을 떠나던 날처럼 백팩을 꽉꽉 눌러 채웠다. 누구의 백팩인지는 모르겠지만, 눈에 띈 빨간 백팩에 손에 잡히는 모든 것들을 쑤셔 넣고 도망쳤다. 다인은 무작정 어두운 밤 골목길을 달렸다. 심장은 더욱 크게 뛰었고, 겨울의 차가운 공기가 목 안까지 뻣뻣하게 만들었다. 다인은 지금 자신을 숨겨줄 곳을 찾고 있었다. 아니, 필요했다.

그런 다인의 앞에 어두운 골목을 밝히는 한 약국이 나타났다. H동의 빌라촌을 가르는 골목길들이 모이는 곳이었다. 간판에는 '야간약국'이라고 적힌 것이 다였다. 유리문 간판에는 앞에는 운영 시간이 스티커로 붙어 있었다.

연중무휴
일몰부터 일출까지 영업

✚

희한하네. 약국 유리문 앞에 선 다인은 카운터 안에서 밖을 보고 있는 한 여자를 발견했다. 흰색 가운을 입고 있는 걸 보아, 이 희한한 약국의 약사인 듯했다. 약사는 두 눈을 잔뜩 찌푸리고 유리문 밖을 보고 있었다. 아주 매서운 눈빛으로, 깐깐한 학교 선생님 같은 느낌이었다. 약사가 자신을 째려보는 것 같아 머뭇거리던 다인이 이내 정신을 차린 듯 문을 벌컥 열었다. 머뭇거릴 시간이 없었으니까. 딸랑— 종소리가 울렸다. 그 순간, 약사가 불친절한 말투로 말했다. 아니, 좀 더 정확하게 다인이 느낀 바로는 아주 귀찮다는 듯한 목소리에 가까웠다.

 "무슨 약이 필요해?"

 다인은 잠시 고민했다. 아닌 밤중에 달리기로 온몸이 후끈후끈했다. 한겨울임에도 속이 시끄러웠다. 지금은 약보다 숨 쉴 곳이 필요했다. 다른 말로 하자면,

 "숨을 곳이 필요해요."

 그 말에 약사는 한숨을 크게 쉬더니 카운터 쪽 쪽문을 열어줬다. 들어와 숨으라는 뜻이었다. 카운터에 가까이 다가간 다인은 흰 가운 위에 푸른색 실 자수로 박힌 '약사 최보호'라는 이름을 발견했다. 이름도 특이하네. 다인이 잠시 머뭇거리자 약사는 카운터 쪽문을 닫으려 했다. 필요 없으면

말든가 싶은 표정이었다. 다인은 서서히 좁아지던 카운터 쪽문 사이로 쏙 하고 들어갔다. 약국의 카운터 안쪽은 처음 들어와 봤다. 당연하게도 들어올 일이 전혀 없었으니까. 카운터 안쪽에서 보니, 카운터 바로 아래에는 금고가 있었고, 그 옆에는 여러 약들이 '기력회복', '몸살' 등등 손글씨로 써 둔 용법에 따라 나뉘어 포장되어 있었다. 누군가를 위해 미리 준비해 둔 약들인 듯했다. 아직은 뜯지 않은 채, 상자로 보관된 피로회복제 상자들도 한쪽에 쌓여 있었다. 그 뒤로 는 칸막이로 가로막힌 조제실이 있었다.

"뭘 그렇게 훑어봐? 약국 처음 봐?"

"여기는 당연히 처음 들어와 보니까요."

"숨을 곳이 필요하다며, 네 덩치에 이렇게 서 있으면 당장 들킨다."

그 말에 화들짝 놀라 카운터 아래에 쪼그려 앉아 숨은 다 인은 길쭉한 다리를 접어가며 자신이 메고 있던 빨간 백팩 을 품 안에 꽉 끌어안았다. 약사는 다인에게 말을 걸지 않았 다. 그저 숨어 있는 다인의 곁에 서 있었다.

✚

···

　얼마 지나지 않아, 웬 학생들이 약국 문을 거칠게 열고 들어왔다. 보호는 90도 이상으로 활짝 열리는 약국의 유리문을 보며 생각했다. 왜 학교에서 조심성을 가르치진 않는 거지. 보호의 시선은 금방이라도 풀려버릴 것 같은 경첩으로 향했다. 삐걱거리는 소리와 함께 유리문이 굉장히 휘청거리는 듯한 착시까지 어른거리자 수리비가 먼저 떠올랐다. 십여 년 동안 고쳐가며 지켜온 약국이었다. 이번엔 진짜로 자동문으로 바꿔야 하나. 편하긴 할 텐데. 갑자기 들이닥친 학생들은 보호의 시선이 어디로 가든지 신경도 안 쓰는 듯했다. 딱 봐도 카운터 아래에 숨어 있는 남학생을 쫓아온 것이 분명했다. 무리 중 우두머리로 보이는 한 학생이 물었다.

　"아줌마, 남자애 한 명 못 봤어? 빨간 백팩 메고?"

　본인이 반말하고 있는지도, 보호가 카운터 아래를 흘긋 내려다보는지도 알아채지 못한 듯했다. 정신없는 와중에 보호가 카운터 아래를 내려다봤다. 숨어 있던 아이는 눈빛으로 제발 도와달라고 말하고 있었다. 그 간절한 눈빛에 보호는 간결하게 답했다.

　"못 봤어."

그러자 우두머리로 보이던 학생이 가까이 다가왔다. 건들거리는 걸음걸이는 필수인 것처럼 휘청휘청 걷고 있었다. 저렇게 걷다가 골반이 틀어지지, 아니면 혹시 발목이 아파서 저렇게 걷나.

"아닌데, 분명 이쪽으로 달려갔는데?"

가까이 다가온 학생에게서 술 냄새가 진동했다. 보호는 숨을 꾹 참았다. 아, 그냥 취한 거였구나. 술은 질색이었다. …잠들게 하니까.

"못 봤다니까 그러네."

보호는 카운터 아래 미리 준비해 뒀던 숙취해소제를 학생에게 건넸다. 원래는 단골손님인 란이를 위해 준비해 둔 것이었지만, 이쪽이 더 급해 보였다.

"그나저나 너희 숙취해소제는 어때? 5000원이야."

"아줌마, 지금 우리한테 약 파는 거야?"

보호가 건넨 숙취해소제를 바라보며 학생들은 낄낄거렸다. 학생들의 낄낄거리는 웃음 사이에 홀로 있던 보호는 한마디로 웃음거리가 되어 있었다. 우스운 어른이라는 듯, 보호를 위아래로 훑어보기도 했다. 그럼에도 보호는 무덤덤했다. 보호가 지난 시간 동안 만나온 손님 중에 이런 손님이 전혀 없었던 것도 아니거니와, 그게 보호에게는 그다지 중요하지 않았다. 이상하게 바라보든, 비웃든 상관없었다. 이곳이 약국이라는 정체성만 지켜지면 충분했다. 지금 손님에게 가장 필요한 약을 파는 곳으로.

"응, 나 약팔이야. 간판 안 보여? 약국이잖아."

당황한 그들은 이상한 사람을 본다는 눈빛으로 보호를 바라봤다. 그런 눈빛이 무색하게 보호는 약장에서 일회용 피로회복제 한 병을 꺼내왔다.

"5000원이 비싸면 일회용 피로회복제도 숙취해소에 도움이 되거든? 이건 3000원이야."

우두머리로 보이던 학생이 카운터에 놓인 숙취해소제를 뜯어 단박에 들이켰다. 당연하게도 돈을 내진 않았다. 다 마신 숙취해소제를 탁 내려놨다.

"빨간 백팩 메고 다니는 놈 보면 걔한테 돈 달라고 해."

그러고는 낄낄 웃으며 같이 들어온 무리의 아이들을 데리고 약국 밖으로 나가버렸다. 조용해진 약국에서 보호는 카운터 위에 남겨진 일회용 피로회복제를 약장에 다시 넣어두었다. 이런 일은 하도 많이 겪어 별일이 아니었다. 이 정도면 양호하네. 그들이 약국에서 멀어져 점차 어두운 곳으로 걸어 들어가 보이지 않을 때쯤, 보호는 다인에게 이제 나와도 된다는 신호를 줬다. 카운터 아래서 숨죽인 채 있었던 다인은 그제야 숨을 편히 쉬었다. 다리도 저렸는지, 품에 꽉 안고 있던 빨간 백팩을 바닥에 내려놓곤, 다리를 쭉 길게 펴서 손으로 주물렀다. 보호는 다인을 내려다보며 물었다.

"대체 뭘 했길래, 쟤네가 널 찾는 거야?"

"돈 들고 튀었거든요."

그 말을 듣자마자, 보호가 카운터 문을 열었다.

"그 애들 다시 불러와야겠다. 도둑놈이었네."

다인이 다급히 보호를 붙잡았다. 약사 가운을 붙잡은 손이 잘게 떨렸다.

"아니! 원래 제 돈이었어요. 제 돈을 뜯어 간 건 걔네란 말이에요! 이상한 애들이랑 엮여서 저도 머리 아프다고요!"

쪼그려 앉아 있다가 벌떡 일어나, 잔뜩 억울하다는 목소리로 하소연을 토해내는 다인을 보호는 물끄러미 쳐다봤다. 길쭉하게 키만 커서 요령도 없이 온몸에 힘이 잔뜩 들어간 폼이 어려 보였다. 아직 어려서 저렇게 몸에 힘을 줘도 아픈지도 모르고 지나갈 터였다.

"걔네 요즘 이상한 짓도 시작했어요. 엮이기 전에 이 팸에서 나오려고 도망친 거예요."

"갈 데는 있고?"

순간 말문이 막힌 듯, 다인은 잠시 눈동자를 데굴 굴리곤

답했다.

"팸이 얼마나 많은데요. 다 구해져요."

보호는 그 말을 듣자마자 생각했다. 없다는 소리구나. 마치 어린 오리가 잘 걷겠다며 가슴을 쭉 내밀고 뒤뚱뒤뚱 걷는 것처럼, 이 아이 역시 가슴께를 내밀고 있었다. 그게 마치 자신의 작은 풍채를 키워 보여주기라도 하는 양. 한밤중에 교복을 입고 갑작스레 야간약국에 찾아온 아이는 고등학생 정도로 보였다. 밝은 갈색빛이 도는 생머리에 훌쩍 키가 크고, 입술의 한쪽이 붉게 터져 있긴 했지만 유독 하얀 피부가 뽀송한, 한 마디로 어린애였다. 보호의 시선은 아이의 왼쪽 가슴 위에 달린 이름표로 향했다. 궁서체로 수놓인 학생의 이름은 유다인이었다.

"혼자 살지도 못해서 팸을 구할 거면, 왜 길바닥에 나와 살아. 혼자 살아남을 방법을 찾아. 집으로 돌아가란 소린 안 할 테니까."

"전 어차피 돌아갈 집이 없어요. 그러니까 이렇게 살지."

그러곤 당연하다는 듯, 싱긋 웃었다. 보호는 꽤나 깔끔하게 차려입은 다인의 교복 재킷 속에서 삐져나온 잔뜩 구겨진 셔츠를 보았다. 원래 꼭꼭 감춰도 숨겨지지 않는 것이 각자의 사연이었다. 겉으로 드러내지 않아도, 재킷으로 가려

봐도, 결국엔 잔뜩 구겨진 셔츠가 튀어나오는 것처럼.

"근데 왜 넌 교복을 입고 다녀? 아까 걔네 보니까 교복 입은 애는 한 명도 없더만."

"졸업 직전에 학교를 그만뒀는데⋯. 정작 학교를 안 가니까 입고 다니고 싶더라고요."

"너도 참 특이하다."

보호의 말에 다인은 교복 재킷을 매만지며 머쓱하게 웃었다. 매끈한 볼 위로 살짝 보조개가 파였다. 아니, 보조개가 아니라 작게 남은 흉터였다. 다인이 웃자, 유독 말간 피부에 딱 하나 파인 흉터가 보조개처럼 보인 것이다. 그게 보호에게는 잘 보였다. 매일 이 약국에서 보는 게 상처들이니까.

"그쵸? 좀만 참았으면 졸업했을 텐데⋯."

"뭐, 네가 못 참을 만한 이유가 있었겠지."

보호는 별것도 아닌 것처럼 답하고는 뭔가 떠오른 듯 카운터 서랍을 뒤적거렸다. 머쓱하게 웃던 다인은 어색하게 약국 벽에 걸린 시계를 바라봤다. 시간이 궁금하기보단 시선을 둘 곳이 필요했다. 시계 속 초침은 쉼 없이 움직이고 있었다. 한 치의 실수도 없이. 진짜로 못 참을 만한 이유가 있었을까. 그냥 자신이 약했던 건 아닐까. 집에서 나오지 않고 그 시선을 견뎌야 했을까. 뜨거운 불이 볼에 닿았던 순간이 단숨에 떠올랐다. 생일을 축하한다며 가져온 촛불이었다. 다인은 동생이라고 생각했고, 동생이길 바랐다. 혹여 그게 진실이 아니더라도. 화끈했던 그날을 떠올리며 다인은 볼을 매만졌다. 시계 초침이 똑딱똑딱 움직였다. 아직은 해가 뜨기 전이었다. 다인은 우두커니 서서 여전히 어두운 밖을 바라봤다. 약국 유리창에는 잔뜩 지치고 너저분한 꼴인 학생 한 명만 비쳤다. 도망칠 때는 그곳이 어두워서 밝은 곳으로 가고 싶었는데, 정신을 차려보니 여전히 도망치는 꼴이었다. 그것도 더 어두운 쪽으로.

"찾았다."

보호의 목소리에 다인이 보호가 서 있는 카운터를 돌아봤다. 보호는 서랍 속에서 양갱 하나를 꺼내 건넸다. 팥양갱이었다.

"그게 뭐예요? 갑자기?"

"오늘 동지야. 팥 먹는 날."

"아… 아줌마, 진짜 옛날 사람."

"액땜해야지."

액땜이라는 말에 머뭇거리던 다인이 팥양갱을 손에 쥐었다. 더는 나쁜 일이 일어나지 않을 수 있을까. 가족이라고 믿었던 사람들에게 휘둘리지 않을 수 있을까. 내 편이 없는 세상에서 살아남을 수 있을까. 이런 것도 액땜이 되나. 태어나던 순간, 아니 버려졌던 순간부터 이런 삶이 정해졌던 건 아닐까. 다인이 물끄러미 양갱을 내려다보고 있자, 보호가 당장 먹으라며 손짓했다.

"유통기한 남은 거 맞아요?"

"당연한 걸 묻네. 설마 내가 탈이 날 수 있는 걸 줄까? 나는 약사야. 탈 나지 말라고 물건 파는 사람이라고."

보호의 눈치를 보던 다인이 팥양갱의 포장을 뜯고, 팥양갱을 한입 물었다. 달았다. 오랜만에 느껴본 호의였다. 평소엔 좋아하지도 않던 팥양갱이 왜 맛있는지 모를 일이었다. 절반쯤 팥양갱을 먹었을 때쯤, 보호가 말했다.

"1000원이야."

"네?"

다인은 어이없다는 눈빛으로 보호를 바라봤다. 아니, 먹으라고 준 거 아니었나. 산다고 하지도 않았는데. 보호는 다인이 바닥에 내려둔 빨간 백팩을 가리켰다.

"돈 있다며. 여기는 약국이고, 나는 약 팔아먹고 사는 자영업자고. 모르겠어? 돈 내고 가."

"이건 약도 아니잖아요."

"세상에 공짜는 없어. 아, 맞다! 아까 걔가 먹은 숙취해소제 값도 정산해야지."

"와, 치사해. 그럼 직접 가져가시던가요!"

한 손에 팥양갱을 들고서 다인은 자신이 들고 온 빨간 백팩을 보호에게 건넸다. 보호는 주저 없이 빨간 백팩을 받아 들었다. 그러고는 지퍼를 열어, 주섬주섬 그 안을 살폈다. 빨간 백팩 안에 잔뜩 구겨진 현금 뭉치 중에서 딱 천 원짜리 지폐 여섯 장을 꺼냈다. 하나, 둘, 셋, 넷, 다섯, 여섯. 한 번 더 천 원을 세는 보호를 우물우물 팥양갱을 입에 문 다인이 물 끄러미 바라봤다.

"결제 완료다. 얼른 가봐."

결제가 완료되었다며 가보라는 보호의 말에도 다인은 약국을 나가지 않았다. 오히려 아직 다 먹지 못한 팥양갱을 흔들며, 다인은 몇 없는 약국 의자 중 하나에 앉았다. 보호는 다인의 빨간 백팩을 한 손에 들고 당장 꺼지라는 눈빛으로 다인을 바라봤다. 다인은 그런 눈빛을 알고도 모르는 척 보호에게 물었다.

"근데 아줌마는 왜 이렇게 늦은 시간에 약국을 열어요?"

"내가 대답해 줘야 하니?"

"아줌마도 나한테 왜 교복 입고 다니냐고 물어봤잖아요."

보호가 들고 있던 빨간 백팩을 바닥에 내려뒀다. 에휴. 한 손으로 들고 있기엔 꽤 묵직한 무게였다.

"낮에는 나 말고도 도와줄 사람 많잖아."

귀찮으니 나가라는 눈빛으로 바라보는 보호의 시선에도 다인은 더욱 느릿하게 입안에 있는 팥양갱을 녹여 먹었다. 오랜만에 느껴보는 평화로움이었다. 이곳은 안전했다.

✚

오늘의 판매약

눈에 닿지 않도록
주의할 것

사실, 야간약국은 H동에서 꽤나 유명하다. 매일 달라지는 일몰 시각에 맞춰 문을 열고, 일출 시각에 문을 닫는다는 신개념 영업 철칙 때문이다. 대낮에는 굳게 닫힌 약국 문을 흔들며 문을 열어달라 아무리 큰 소리로 외쳐도 야간약국의 문은 절대 열리지 않는다. 그렇지만, 밤에는 그 누가 열어달라 말하지 않아도 먼저 환하게 불을 켜고 손님을 기다린다.

　약국 외에 주변에 있는 가게라곤 안전슈퍼뿐인 조용한 빌라촌에서 딱 한 정거장만 더 나아가면, 분위기가 싹 달라진다. 우측으로 한 정거장만 걸어가면 각종 프랜차이즈 음식점과 술집들이 즐비한 거리가, 좌측으로 한 정거장만 걸어가면 새벽부터 영업하는 큰 전통시장이 있다. 그에 비해 유동 인구가 적어 어두운 빌라촌 중심에는 야간약국만이 환히 불을 밝히고 있다. 여느 화려한 야경보다 유독 환하다. 원래 빛이라는 게 어두운 곳에서 더 빛나는 게 당연하지 않은가. 게다가 약국의 바깥 하늘이 점차 어두워져 완연한 검정이 되면, 보호는 딸깍 하고 카운터 옆에 있는 스위치를 누른다. 그러면 약국의 외부 조명에 좌르르 불이 들어온다. 보호가 하나둘 붙이던 외부 조명이 이제는 여덟 개다. 이렇게 운영해서 약국을 유지할 수입이 있을까 싶지만, 보호는 약국을 개국한 지 12년 동안 굳건히 잘 버티는 중이다.

"저 2층짜리 건물이 모두 약사 소유잖아. 그러니까 저렇게 버티지."

안전슈퍼 앞 평상에 모여 앉아 있던 한 어르신이 불 꺼진 약국을 보며 말했다. 야간약국과 마주 보고 있는 안전슈퍼는 30년이 넘도록 그 자리를 지켜온 동네 슈퍼로, 있는 건 있고, 없는 건 없이 다소 쿨하게 영업한다. 30년 동안 슈퍼를 운영해 온 주인 정분의 신조가 '없는 것을 채우기 위해 굳이 채우지 말자.' '가지고 있는 것만 팔자.'였기 때문이다. 정분의 자식과도 같은 안전슈퍼는 오랜 시간 H동의 터줏대감으로 자리 잡았고, 동네 어르신들은 매일매일 안전슈퍼 앞 평상에 모였다. 최근 구립 경로당이 생기긴 했지만, H동은 약간 경사진 언덕 위에 있고, 구립 경로당은 언덕 아래쪽 평지에 있다 보니 동네 어르신들은 그곳까지 내려갈 엄두를 내지 못했다. 안전슈퍼 앞 평상은 H동 자체 경로당이자, 동네를 떠도는 소문의 온상이 되었다. 아무래도 안전슈퍼 맞은편에 있는 야간약국은 곧바로 눈에 보이는 만큼, 평상 위 어르신들에게 흥미로운 입방아 소재가 되어주었다. 평상 옆 낡은 난로에 손을 녹이던 어르신들은 약국 건물을 바라보며 2층짜리 건물의 가치에 대해서 논하다가 대체 어떻게 젊은 약사가 그 건물을 매입할 수 있었는가에 대해 잔뜩 열을 내며 말했다.

"저 건물을 대체 어떻게 샀대?"

"아이고, 여태 그걸 몰라? 저기 저 건물에서 사람이 죽었잖아. 둘이나!"

"우리 동네에서?"

"얼마나 끔찍했는데…. 저 건물이 온통 피바다였다니까?"

슈퍼 안에서 가스버너로 새해맞이 가래떡을 구워 나오던 정분이 그 소리를 듣고는 한창 신나게 이야기를 풀어내던 어르신의 등짝을 내리쳤다. 등짝을 맞은 어르신이 앓는 소리를 내며 정분을 째려봤지만, 뭐라 하진 못했다. 정분이 네 살 연상이었으므로.

"에이, 쓸데없는 소리! 너도 이 동네 온 지 10년이 안 됐구만, 무슨….”

"아니, 내가 저짝에 사는 할배한테 얼마나 생생하게 들었는데!”

억울한 소리를 내던 어르신의 입으로 정분이 뜨끈한 가래떡 한 덩이를 넣었다.

"떡이나 먹어.”

정분은 평상에 모여 있던 어르신들에게 하나하나 뜨끈한 가래떡을 나눴다. 정분이 입에 넣어준 떡이 무색하게, 저렇게 일해서 먹고살 만한 건지 궁금하다는 이야기부터, 밤마다 누군가를 기다리고 있는 것 같다는 이야기, 약사가 어깨에 붙은 귀신을 볼 줄 알아서 파스가 용하다는 이야기, 피부가 새하얀 것이 어딘가 몹시 아픈 것 같다는 이야기, 그러다 마침내 약사 아가씨는 결혼을 언제 할 것 같냐는 이야기까지. 풍문은 쉽사리 쭉쭉 늘어나는 따뜻한 가래떡처럼 끊어지지 않고 이어졌다. 야간약국에 얽힌 이런저런 이야기와 진위를 알 수 없는 소문이 동네에 파다하지만, 진실은 아무도 알 수가 없었다. 야간약국의 약사 '최보호'는 일몰이 되어 약국의 문을 열기 전까지는 절대 약국 건물 2층에 있는 자신의 집에서 나오지 않았으니까.

✚

"근데 진짜 나이가 몇 살이더라?"

"처음 봤을 때는 진짜 애기였으니까… 지금은 서른 후반은 됐으려나?"

"아이고. 젊다. 젊어."

"근데 나는 그 아가씨가 좀 무섭더라고."

"나도 좀 그래. 눈빛이 사납잖아."

"그래도 파스가 용하면 다 되는 거 아녀?"

깔깔거리며 평상에서 떠들던 어르신들이 추운 날씨에 하나둘 집으로 돌아갈 때까지도, 야간약국의 불은 켜질 생각이 없었다.

•••

여지없이 일몰 시각이 되자, 내내 불이 꺼져 있던 약국 건물 2층에 깜빡하고 센서등이 켜졌다. H동에서 모르는 이가 없지만, 잘 아는 이도 없는, 야간약국의 약사가 마침내 집 밖으로 나왔기 때문이다. 큰 키에 마른 체형인 보호는 추운 겨울임에도 외투 하나 없이, 흰 약사 가운만 입은 채였다. 오래된 건물이라 높은 돌계단을 성큼성큼 내려오는 모양새가 휘적휘적했다. 자연 곱슬로 약간 부슬부슬거리는 중단발의 머리카락은 보호가 계단을 한 칸 한 칸 내려올 때마다 퐁실 퐁실 위로 둥둥 떴다. 마침내 계단을 다 내려온 보호는 약국의 셔터 문을 올렸다. 단 30초. 보호가 출근하는 데 걸리는 시간이었다. 2층에서 1층까지 돌계단만 내려오면 약국이었으니, 보호는 추운 겨울에도 흰 약사 가운만 입고 나와도 충분했다. 물론, 그런 보호의 모습을 보고 동네 사람들은 어딘가 아픈 것 같다고도 했고, 진짜 인간이 아닐 수도 있는 것이 아니냐고 떠들기도 했다. 보호가 날이 추운 겨울에도 외투를 챙겨 다니지 않았던 이유는 말 그대로 출퇴근길이 짧았기 때문임에도 그런 오해는 항상 존재했다. 보호는 굳이 해명하지 않았다. 아니 정확하게 말하자면, 그 누구도 보호에게 진짜 이유를 물어보지 않았다. 그저 보호의 눈빛이 조금 사납다는 이유로. 보호는 종종 어쩌면 자주, 그다지 친절하지 않은 자신의 인상이 도움이 된다고 생각했다. 무표정이면 차가워지는 인상 덕분에 아무도 보호를 만만하게 보지 않았으니까. 그래서 보호가 이 약국 건물을 통째로 소유하게 된 이유에 대해서도 툭 터놓고 묻질 못했다. 물어봤다면, 보호는 언제든지 말해줄 수 있었음에도.

지금 보호가 운영하는 야간약국 자리에는 원래 70대 약사 어르신이 계셨다. 1층은 약국 상가였고, 건물 2층에는 약사 어르신이 홀로 살던 작은 집이 있었다. 2층의 집은 방 두 개에 작은 거실, 좁은 부엌이 붙어 있는, 혼자 살기엔 넉넉한 공간이었다. 십여 년 전, 보호에게 약국 건물 열쇠를 넘기며 약사 어르신이 말했다.

"내가 2층에서 1층까지 내려오는 게 힘들어지면, 이 일을 그만두기로 했어. 지금이 그때인 것 같네. 여기가 제일 좋은 게, 이 계단이야. 출퇴근이 얼마나 지쳐."

그 당시에 대학병원 약사로 근무하고 있던 보호는 격하게 고개를 끄덕였다. 보호의 출퇴근 시간은 도어 투 도어로 왕복 2시간이 넘었으니까. 매번 출퇴근 지하철은 가장 피하고 싶은 시간이었다. 그 공간에는 활기가 없었다. 지하철 안에서 어두운 터널 사이로 빨려 들어갈 때, 검은 창에 비친 사람들의 얼굴은 무표정했다. 빼곡하게 전철 안을 메운 사람들에게는 말 그대로 여유가 없었고, 보호도 별반 다르지 않았다. 그런데, 도어 투 도어 30초라니 얼마나 좋은가.

"지치면 여유가 없어지잖아. 근데, 우리 일은 마음의 여유가 있어야 하거든."

"저희 일이요? 왜요?"

보호가 갸웃했다. 약사라고 하면 자고로 통증에 적확한 약을 처방하는 사람이 아닌가. 여유보다는 빠른 판단력과

실행력이 필요한 일이었다. 특히 병원에서 한 번에 많은 건을 처리해야 할 때는, 정확성이 제일 중요했다.

"당연하지. 우리가 만나는 사람들은 대체로 아파서 오거나, 당장 약을 구하려는 다급한 사람들이잖아. 마음이 조급하니 가시를 세우는 사람들도 많고 이해할 수 없는 사람들도 많고. 그러니까 우리는 여유를 가져야 해. 그래야 제대로 약을 처방할 수가 있어."

"에이, 그래도 약에 대해 제대로 아는 게 더 중요하죠."

약사 어르신은 살포시 웃었다.

"왜요? 제가 틀린 거예요?"

"아니, 나도 그랬거든. 그렇지만 이제부터는 병원에서 다루던 약들과는 전혀 다른 약들을 팔게 될 거야. 응급 환자나 수술 환자들이 찾는 약이 아니라, 파스 한 팩, 소화제 한 병, 진통제 하나, 그런 약들이 더 많이 팔리거든. 누구는 웃통을 까고는 파스를 붙여달라고 할 수도 있고, 누구는 소화제 뚜껑을 열 힘이 없으니 열어달라고 하고, 누구는 진통제를 삼킬 물을 달라고 할 거야. 너무 긴장해서 근육이 아프고, 너무 조급해서 체하고, 너무 바빠서 쉬지 않고 참아내는 걸 택했던 사람들이 올 거야. 그러니까, 이제 이 약국에서 여유도 같이 처방해 줘야지."

그 당시의 보호는 의아했다. 여유를 처방한다는 건, 사실상 눈에 보이지 않는 무언가를 건네는 일인지라, 줬음에도 상대가 모르고 넘어갈 수도 있는 게 아닌가. 그런 형체가 없는 걸 팔 수는 없을 터였다. 그럼에도 보호는 할아버지가 말하는 여유의 의미를 어렴풋이 알 수 있었다.

"선생님이 가진 여유 덕분에 제가 이 건물 2층까지 한 번에 계약할 수 있게 됐고요."

약사 어르신은 보호의 말에 작게 웃기만 했다. 보호가 자연스레 말을 이었다.

"사실 이 정도 금액에 이런 건물을 그냥 넘기시는 건, 솔직히 불가능한 일이잖아요."

진짜 불가능한 일이었다. 보호는 그때 약국 자리와 살 집을 같이 구하고 있었다. 서울에서 약국 자리이고 거주까지 할 수 있는 데다 예산에 맞출 수 있는 건 기대조차 하지 않았던 일이다. 약사 어르신이 말했다.

"불가능한 일도 있어야 살지. 운이 좋다고 생각해."

그렇다. 보호가 어린 나이에 2층짜리 약국 건물을 얻을 수 있었던 건, 어쩌면 운 때문이었다. 마음의 여유가 있는 약사 어르신을 만났다는 운. 더불어, 외지인을 찾아보기 힘든 언덕배기에 있는 약국까지 답사하러 왔었던 보호의 간절함과 노력이 더해져 만들어낸 결과물이기도 했다.

약국 자리를 찾아다닌 것은 병원에 취직했을 때부터였다. 보호는 이리저리 약국 자리가 나면 언제든지 달려갔다. 어디는 자리가 너무 안 좋아서, 어디는 너무 비싸서, 어디는 경쟁자에게 밀려서, 어디는 주저하던 찰나에 놓쳐서. 그럼에도 포기하지 않고 애타게 찾아다닌 건, 필요했기 때문이다. 마음 편히 있을 수 있는 보호만의 공간이, 그래서 소중한 사람과의 보금자리가 될 수 있게. 안전한 울타리를 만드는 것이 자신의 책임이라고 생각했다. 책임을 다하기 위해 이리저리 달리던 차에 마주한 약사 어르신의 여유는 보호에게 제대로 처방되었다. 그게 벌써 십여 년 전이다. 그 여유의 유통기한은 무척이나 짧았지만….

· · ·

"물파스 하나 계산이요!"

환경은 자신이 계산도 전에 물파스를 뜯어서 쓰고 있다는 사실도 잊을 만큼, 몽롱한 상태였다. 지금 당장 눈을 감을 기회만 주어진다면, 선 채로 곧바로 잠들 수도 있었다. 밤샘 잠복도 어느새 일주일째였다.

✚

지금이야 눈 아래 물파스를 바르는 게 새삼스럽지만, 한때 물파스를 달고 살았던 적이 있었다. 평생 해온 육상을 포기하고, 경찰 공무원 시험을 준비했을 때였다. 동그란 운동장을 달리는 것이 삶의 전부, 눈앞에 있는 트랙과 결승점이 유일한 목표였던 환경에게 좁은 책상 앞에 앉아 있는 건, 고역이었다. 환기할 수 있는 창문 하나 없이 작은 고시원 방에서 살며 하품만 푹푹 내쉬던 시절이었다. 그래도 멈춰 있을 수는 없으니, 계속 물파스를 발랐다. 일주일이 넘는 잠복 생활에 다시금 손에 쥔 물파스였지만, 효과는 미미했다. 벌써 내성이 생겼나. 아주 쉽게 익숙해지는 것들도 있지만, 아무리 반복해도 익숙해지지 않은 것이 있다. 물파스는 당연히 후자이겠거니 싶었는데, 강렬한 통증도 결국엔 익숙해지는 것이었나 보다. 예전에 본 어떤 영화에서 물파스로 외계인을 퇴치하려 애썼던 주인공이 떠올랐다. 그때, 그 영화에서 주인공이 이겼던가⋯. 과거 회상에 빠진 환경은 눈 아래에 물파스를 바르면서 우스꽝스러운 표정을 짓는 자신을 보며, 보호의 표정이 괴상한 사람을 본 것처럼 일그러지고 있는 줄도 몰랐다.

"차라리 10분이라도 자요."

친절한 처방인지, 당장 나가란 경고인지, 쉽사리 깨닫기 어려운 말투였다. 환경은 되물었다.

"이 물파스, 잠 깨려고 산 건데요?"

"물파스의 용도는 그런 게 아니니까요. 진통과 소염 효과가 있고, 타박상이나 근육통 등의 증상에서 활용되는 약품이에요. 잠 깨려고 눈가에 바르는 게 아닙니다. 그건 오용이죠."

보호가 자신의 눈가를 가리키며 말했다.

"망막이 손상될 수도 있죠. 물파스가 쉽게 쓰이고, 아무것도 아닌 것으로 보여도 얼마나 강한 약품인데."

"전 눈꺼풀이 더 강하던데."

"그러니까요. 억지로 강한 걸 이기려고 하지 마요. 원래 자야지 잠에서 깰 수 있는 겁니다."

환경은 잔뜩 붉어진 눈으로 약국 벽에 걸린 시계를 봤다. 새벽 2시 50분을 지나고 있었다. 그 시간대에 어울리지 않게 보호의 눈빛은 명료해 보였다. 지금 시간이 마치 한낮인 것처럼.

"그럼, 약사님은 어떻게 밤을 새우십니까? 이 늦은 시간까지 약국을 운영하시면서."

보호는 당연하다는 듯 대답했다.

"전 낮에 푹 자죠. 그냥 낮과 밤을 다르게 사는 것뿐이에요. 그러니까 지금 당장 10분이라도 푹 자고 일어나세요. 강박적으로 잠에서 깨려고 해봐야 전혀 쓸모가 없어요. 눈가에 물파스를 발라서 잠시 정신을 차릴 수는 있어도 그건 통증의 문제죠. 잠 깨는 게 아니에요. 수면 부족이면 어차피 뇌가 느려지니까, 정신을 차려도 차린 게 아닌 거죠."

뇌가 느려지면, 발도 같이 느려지려나. 환경은 괜히 오른 발목을 돌렸다. 복숭아뼈 쪽에서 드르륵거리는 관절 부딪히는 소리가 났다. 맞다, 그날은 오랜만에 푹 잘 잤던 날이었다. 그래서 잠결에도 빠르게 달릴 수 있었다. 다신 달리지 못할 거라 생각했던 환경에게 찾아왔던 그 순간, 온몸의 감각이 살아나서 그날 밤의 공기 냄새까지 잊히지 않았다. 빠르게 뛰던 심장박동과 정수리부터 턱 끝까지 흘러내리던 땀방울도 선명하게 느껴졌다. 그날 밤, 환경은 처음으로 죽음을 마주했다. 아주 조용한 죽음이었다.

"근데 10분이면 큰일 나요. 눈 깜짝할 사이에 나는 게 사건 사고라서. 진짜 찰나거든요."

보호는 생각했다. 더럽게도 말을 안 듣는다고.

"제가 드릴 수 있는 말은 여전히 하나죠. 얼른 들어가서 주무세요."

이 정도 말해줬으면 금방 나가겠지 싶었던 보호의 생각과 달리, 환경은 약국 밖으로 나가는 게 아니라, 약국 안에 몇 개 비치해 둔 의자에 눌러앉았다.

"그럼, 한 10분 정도 신세를 져도 될까요?"

보호는 한 달 전쯤 찾아왔던 다인을 떠올렸다. 그 애도 저기에 앉아서 한참 시간을 보내다 갔는데, 저놈의 의자를 버려야 하나 싶었다. 내가 산 것도 아닌데. 보호는 언젠가 의자를 선물이라며 가져왔던 아저씨를 떠올렸다. 원래 약국은 '테이크아웃'이 기본이 아닌가. 아저씨는 자신이 와서 앉을 곳이 필요하다면서 꾸역꾸역 가져왔었다. 이제는 저렇게 다른 손님들이 앉는 자리가 됐지만.

환경은 약국 의자에 기대앉아 눈을 감았다.

'그건 통증의 문제죠. 잠 깨는 게 아니에요.'

약사의 말이 머릿속에 맴돌았다. 통증이라…. 자신이 형사가 된 데는, 익숙하지 않았던 공부와 지루한 강의를 버티게 해준 물파스 덕도 있다고 생각해 왔다. 그런데 약사의 말을 듣고 문득 깨달았다. 그때 물파스는 잠을 깨워줬다기보단, 환경이 스스로 주는 벌이 아니었나 싶다. 수많은 경쟁자들 사이 뒤처지고 있다는 불안감과 자괴감을 억지로 누르기 바빴던 나날이었다. 그래, 그때의 나는 나에게 벌을 주고 있었구나.

✚

지금도 물파스가 잠깨는 데 딱히 도움이 되진 않았지만 관성으로 발랐던 건데, 이야기를 듣고 나니 새삼 돈이 아깝다는 생각이 들었다. 환경은 2400원짜리 물파스를 한 손에 꽉 쥐고, 눈을 꾸욱 감았다.

환경이 눈을 감자, 보호는 작게 한숨을 쉬며 벽시계를 보았다. 이제부터 10분 정확하게 재주마! 하고 보호가 의지를 다잡는 약국 안에는 째깍째깍 흘러가는 초침 소리만 들렸다.

10분이 지났을 때쯤, 보호는 이제 곧 저 이상한 손님을 깨울 때가 되었다며, 어떻게 깨울지를 고심했다. 손뼉을 크게 칠까, 헛기침을 할까, 휴대폰 알림을 크게 울릴까. 어떻게 해야 잘 깨워서 소문이라도 날까 싶었던 찰나였다. 새벽 3시가 막 지났을 무렵, 약국 문손잡이에 피가 잔뜩 묻은 손이 닿았다. 그 피 묻은 손에 의해 약국 문이 열리자마자, 상처 투성이가 되어 잔뜩 휘청이던 손님이 그대로 약국 바닥에 쓰러졌다.

쿵—.

평온하던 약국의 공기가 완전히 달라졌다. 보호는 곧장 카운터 문을 열고 나왔다. 잠시 잠들었던 환경은 손님이 쓰러지는 소리에 번쩍 눈을 떴다. 보호는 쓰러진 손님에게 달려가 천장을 볼 수 있도록 돌아눕혔다. 어디서 맞고 온 것인

지, 얼굴이 피로 범벅이 되어 있었다. 손님의 정체를 알아챌
수 있었던 건, 손님이 입고 있던 교복 덕분이었다. 교복 이
름표에 적힌 '유다인'. 보호는 한 달 전쯤 자신을 찾아왔던
뽀송했던 다인의 얼굴을 떠올렸다. 이렇게 다시 만나게 될
줄은 몰랐다. 그때의 말갛던 아이를 떠올릴 수 없을 만큼 엉
망이었다. 손 쓸 수 없이 무력감이 올라오기 시작했다. 이봐,
또 반복되잖아. 대체 왜 이런 일이. 보호는 두 손에 묻은 붉
은 피를 보며 아득해짐을 느꼈다. 그 순간이었다. 이상한 손
님이 갑자기 약국 문을 열고는 큰 소리로 도와달라고 외쳤
다. 어두운 밤, 아무도 없는 골목길을 향해 소리쳤다.

"도와주세요!"

도와달라고 외친다고 도와줄 사람들이 순식간에 나타날
리는 없다. 대신 요란한 그 외침에 보호는 정신을 차리고
할 일을 했다. 먼저 다인의 호흡을 확인했다. 그러면서 얼른
119에 전화해야지 생각하는데, 갑자기 야간약국을 둘러싼
골목들 사이 주차되어 있던 차들이 사이렌을 울리면서 등
장했다. 보호는 119를 누르던 손을 멈췄다. 뭐지? 저 남자는
대체 뭐 하는 사람이지? 사이렌을 울리며 약국을 둘러싼 평
범한 자동차 중 한 대에서 낯익은 중년 남성이 내렸다. 보호
와 중년 남성은 단박에 서로를 알아봤다. '아저씨다.' 시선이

마주친 순간, 살짝 목례했다. 약국 안으로 중년 남성이 들어
오자, 환경이 불렀다.

"…팀장님!"

아저씨를 팀장님이라 부른다고? 보호는 상황 판단이 쉽
지 않았다. 설마 저 이상한 손님이 형사라고? 중년 남성은
자신에게 다가오려는 환경에게 오지 말라고 작게 손짓했
다. 중년 남성이 모르는 척하자, 환경은 다가가지 못하고 약
국 벽에 붙어 섰다.

중년 남성이 쓰러진 다인 옆에 있는 보호에게 다가왔다.

"오랜만이네."

"그러게요. 아저씨. 아니, 지금 이게 무슨 상황인지 모르겠
지만 이 아이 당장 병원부터…."

"알았어."

중년 남성의 손짓 한 번에 다른 형사들이 약국 바닥에 쓰
러진 다인을 부축했다. 그들은 약국을 나서며 약국 벽에 기
대서 있는 환경을 째려봤다. 환경은 그 눈빛을 보며 자신은
진짜 죽었다고 생각했다. 아니, 그래도 필요할 때면 언제든
부르라고 하지 않았는가. 사람이 피범벅이 되어 눈앞에서
쓰러졌는데, 진짜 도움이 필요한 상황이었다고.

중년 남성이 보호에게 넌지시 부탁했다.

"혹시 이 약국 좀 잠시 빌릴 수 있을까?"

사이렌을 울리던 자동차들이 순식간에 골목에서 사라졌다. 보호는 여느 때와 다름없이 약국 카운터에 서 있었다. 다인을 데려간 형사들을 통해 다인이 무사히 병원에 도착해 치료 중이라는 연락을 받았다. 피를 많이 흘렸지만, 빠르게 조치한 덕분에 생명엔 지장이 없다고 했다. 다행이라고 생각하며 보호가 짧게 한숨을 내뱉었을 때였다. 약 조제실 쪽에서는 작게 환경이 앓는 소리가 흘러나왔다.

카운터 안쪽에 칸막이를 두고 가려져 있는 조제실은 원래 환자가 가져온 처방전에 맞춰 조제하고 일반 약제들을 관리하는 곳이었지만, 지금 그곳에서는 강력1팀 팀장 문성과 신입 형사 환경의 진실한 대화가 이뤄지고 있었다.

문성이 환경의 정강이를 세게 찼다. 문성의 목소리는 낮고 조용했다.

"언제든 도와준다고 했지, 그렇게 도와달라고 외치랬어?"

"그게, 피해자가 잔뜩 피를 흘리고 있었고….""

"그래서? 그 피해자가 우리가 노리던 범인이었어? 그냥 조용히 119에 신고하던지, 응급처치만 했어야지! 지금 무슨 짓을 한지 알아? 우리가 이 동네에 잠복하고 있다는 걸 그 자식들한테 대대적으로 광고한 꼴이야. 응?"

문성이 두둑한 손바닥으로 환경의 머리를 내리치려고 할 때였다. 보호가 슬그머니 약 조제실 쪽으로 고개를 내밀었다.

"폭력은 안 돼요. 저 그런 거 하라고 여기 빌려드린 거 아닌데."

문성이 올린 팔을 슬그머니 내리며 보호의 눈치를 봤다. 여전히 무서운 눈빛이었다.

"보였어?"

"카운터에 CCTV 있죠. 눈이 뒤통수에 달렸게요?"

문성이 슬그머니 천장을 보니 조제실 방향으로 CCTV가 있었다. 보호가 약 조제실로 들어와 환경을 보니 잔뜩 기가 죽어 약국 벽에 들러붙어 있었다. 형사라기보다는 딱 봐도 기죽은 사회초년생의 모습이었다. 잠복하는 중에 잠시 약국으로 쉬러 왔던 모양이었다. 어디선가 나던 쿰쿰한 냄새도 이해하기로 했다. 어쨌든 도와달라는 외침으로 인해 대대적으로 '경찰이 이 동네를 감시하고 있어!'라고 선언한 셈이니 혼날 만은 했다. 그래도 맞아야 하는 일은 아니었다. 적어도 보호의 약국 안에서는.

"제 약국 빌려드렸으니까, 전후 사정 설명은 필수인 거 아시죠? 아니면 업무방해로 신고할 거예요."

"내가 형산데."

"형사면 업무방해 하셔도 되나요?"

문성은 보호의 서늘한 눈빛을 보며, 자신 역시 진실의 대화를 할 수밖에 없다는 걸 깨달았다.

"저놈 믿을 수 있겠냐?"

보호는 환경에게 잠시 카운터를 부탁하고는 조제실에 문성과 단둘이 남았다.

"아시다시피 약국 문 열리면 종소리가 울리잖아요. 소리 들리면 나가죠. 뭐."

"신입인데, 제대로 된 사건 현장은 이번이 처음이라…"

"그럴 수 있죠. 어려 보이던데. 됐고, 대체 뭐예요? 웬 잠복이에요? 설마… 강도예요?"

"아니, 강도는 아니고."

문성이 말하길 머뭇거리자, 보호가 째려봤다. 보호의 앞에서는 아주 오래된 죄책감이 발동하는지라, 문성은 숨기지 않고 말하되, 최대한 간결하게 정리하기로 했다.

"이 일대에 마약 조직원들이 활동한다는 제보가 들어왔어."

"마약이요? 이 동네에요?"

"그러니까, 믿을 수가 없더라니까?"

✚

보호의 눈썹이 위아래로 움직였다. 뭔가 생각할 때면 보이는 보호의 습관 같은 거였다.

"근데 아저씨는 강력반이지 마약반은 아니잖아요."

"맞아, 그렇지만, 여기 조직이 우리가 쫓고 있던 조폭들이랑 이어지는 애들이라, 일종의 협업이지. 그래서 아까 골목에도 인원이 많았던 거고."

아, 보호가 고개를 끄덕였다. 왠지 인원이 많더니만, 그런 거였구나 싶었다. 몇 년 전이지만, 문성이 약국에 찾아와서 인력 지원이 부족하다며 한탄하던 것이 눈에 훤했다.

"그런데 구체적으로 어디서 어떻게 약을 사고파는지가 명확하지 않아서, 거의 한 달 가까이 이 동네에서 잠복했는데, 오늘을 기점으로 망한 거지. 우리의 존재는 물론이고, 우리가 여태 이곳에 잠복하고 있다는 걸 들켜버렸으니까."

"그것참 유감이네요."

보호는 금세 흥미가 사라진 목소리로 말했다. 그러고는 작게 "화이팅."이라고 외쳤다. '남 일'이라는 듯한 모습이 문성은 괜히 얄미웠다. 약이 오른 문성이 보호에게 뭐라고 하려던 찰나, 약국에 종소리가 울려 퍼졌다. 딸랑─. 보호 대신 카운터에 서 있던 환경이 밝고 큰 소리로 응대했다.

"안녕하세요! 무슨 약이 필요하신가요?"

뭐지? 보호는 환경이 자신에게 어떻게 할지를 묻지도 않고 손님을 응대하는 게 이상했다. 슬그머니 약 조제실에 난 작은 틈으로 카운터 쪽을 바라봤다. 틈 사이로 카운터 앞에 서 있는 거대한 체구의 한 남자가 보였다. 문성이 뒤따라 그 틈으로 그 상대를 보더니 흠칫 놀랐다. 보호는 문성이 움찔 거리는 걸 느꼈다. 대체 누구길래.

"원래는 안 계셨던 분 같은데?"

묵직하고 낮은 목소리의 남자는 환경을 의아하게 바라봤다. 동시에 보호도 의아했다. 야간약국을 운영하며 단 한 번도 본 적 없는 손님이었다. 거대한 체구에 유독 짧게 자른 머리, 귓볼 아래로 세로로 난 흉터까지. 잊기 어려운 인상이었다. 게다가 보호는 한 번이라도 자신의 약국에 방문했던 사람이라면 얼굴을 기억하는 편이었다. 그것이 보호가 단골 장사를 할 수 있는 능력이기도 했다. 오늘 처음 온 손님이, 지금 카운터에 있는 저 신입 형사가 원래 없었던 사람이란 걸 어떻게 알지? 환경이 쉽게 대답하지 못하고 우물쭈물하자, 그 뒤로 보호가 나섰다.

"아, 오늘 면접 본 저희 약국 사무원이에요. 오랫동안 혼자 약국을 운영하다 보니 조금 힘들어서. 그나저나 무슨 약이 필요하세요?"

✚

"아, 뭐, 감기약 같은 거 있어요?"

"어느 분이 드실 거예요?"

"제가요."

누가 봐도 건강해 보이는 남자의 대답에 보호는 가장 평범한 감기약을 찾기 시작했다. 서랍장 앞에서 최대한 느릿하게 움직였다. 본능적으로 느껴지는 감이었다. 이 남자는 위험하다.

"기침은요?"

"별로요."

"콧물은요?"

"그냥 아무거나 주세요."

"증상을 확인해야 필요한 약을 드릴 수 있어요. 그게 제 영업 방침이거든요."

남자는 팔짱 끼고 보호를 아무 말 없이 내려다봤다. 보호 역시 어쩌라는 듯한 눈빛으로 바라봤다. 모든 건 기세였다. 찾아오는 이가 누굴지 알 수 없는 시간, 밤이 아닌가. 살아남기 위해 배운 건, 만만해 보이지 않는 방법이었다. 그중에 하나가 꼿꼿한 눈빛이었다. 누군가는 그게 불친절하다고 말했지만, 어쩔 수 없다. 이것까지가 보호의 영업 방침이다.

"열은요?"

"하ー."

"별로 안 아프시면 약 안 먹어도 나아요. 차라리 귤 사서 드시던가요. 아니면 별도의 볼일이라도?"

"아까 사이렌 소리 들리던데 무슨 일입니까?"

아니나 다를까, 남자는 아까의 일을 물어왔다. 감기약 같은 것보다 아까의 일이 더 궁금해 보였다. 카운터에 묵직한 손을 올려놓고, 손가락을 까딱였다.

"아, 그거요. 저도 잘 모르겠는데, 갑자기 약국으로 뛰어 들어온 손님이 쓰러지셔서 놀랐죠. 저희 사무원이 막 도와 달라고 하니까 진짜 경찰들이 도와주러 오시더라고요. 역시 국민 보호에 앞장서는 분들이랄까."

보호는 아무것도 모르는 척 어깨를 올리며 대답했다.

"쓰러지면서 왜 그렇게 됐는지는 말 안 했습니까?"

"뭐, 말할 상태가 아니던걸요. 여기서 약국 하면서 본 사람 중에 가장 상태가 안 좋았어요."

"그럼 그 손님은 어디로 갔습니까?"

"저는 모르죠? 그래도 경찰분들이 데려가셨으니까 괜찮지 않을까요?"

"아, 경찰이 데려갔어요?"

"그쵸, 뭐 구급차를 부르는 것보다 사이렌 울리면서 가는 게 빨랐을 테니까요."

카운터 앞에서 고개를 숙이고 있던 환경이 침을 한 번 꿀꺽 삼켰다. 약 조제실 안에서 보호와 남자의 대화를 듣고 있던 문성 역시 작은 틈새에 눈을 고정하고 딱 붙은 채 보고 있었다.

"그게 궁금하셨어요?"

보호가 태연한 목소리로 묻자, 남자는 대답 없이 매대에 있던 반창고를 집어 들었다. 약제들은 모두 카운터 안쪽에 있었고, 매대 쪽에 있는 건, 파스나 반창고, 피로회복 음료 정도였다.

"이거 주세요. 얼맙니까?"

"3000원이요."

남자는 카운터 위에 현금으로 3000원을 두고 나가버렸다. 딸랑ㅡ. 남자가 나간 자리엔 오래된 종소리만 남았다. 얼어 있던 공기가 순식간에 풀렸다. 잔뜩 긴장했던 환경이 카운터에 기대 숨을 쉬었다. 문성 역시 약 조제실에서 살짝 고개를 빼 약국 안을 살폈다. 보호만 의아한 표정으로 어깨를 들어 올렸다.

"누구길래 다들 이런 반응이에요?"

"정평식, 우리가 쫓던 조직 이인자."

문성이 작게 말했다. 환경 역시 결연한 표정으로 고개를 끄덕였다. 한 달 동안 잠복하면서 머리카락도 찾을 수 없던 용의자였다. 방금 소란을 눈치채고 약국에 직접 찾아왔다면, 역시나 H동에 아지트가 있는 것이 분명했다.

　'그렇게까지 몸을 숨기던 자식이 병원에 실려 간, 고작 애 하나 때문에 여기까지 온다고?'

　문성의 머리가 빠르게 돌아갔다. 어쩌면 묘수가 떠오를 것 같았다. 그러나저러나 보호는 짧게 고개를 끄덕하고는 환경과 문성에게 말했다.

　"이제 제가 궁금한 거 끝났으니까 좀 가보세요, 다들."

　보호의 말이 무색하게 문성은 자신의 두둑한 턱을 붙잡고 골똘히 생각하다, 뭔가 재밌는 아이디어가 떠오른 듯 입꼬리가 살짝 위로 올라갔다.

　"아니지, 안 끝났지."

　"뭐가요. 아저씨. 이제 들어가 보셔야 하는 거 아니에요? 그렇게 잡고 싶던 조직에서도 잠복 작전은 다 눈치챘던 것 같으니까 당장 제 약국에서는 철수하세요. 얼른 다른 방법 찾으러 가셔야죠."

　"지금 쟤가 왜 여기에 왔겠어. 상황이 어떻게 돌아가는지 확인하러 온 거라고."

보호가 한숨을 쉬었다. 저 아저씨가 또 무슨 짓을 하려고.

• • •

12년 전, 그날 이후 문성은 시간이 날 때면 보호를 찾아왔었다. 이유는 별거 없었다. 순찰하다 쉬러 왔다는 핑계를 댔다. 야간약국을 개국한 지 얼마 안 됐을 때였다. 약국에 앉을 데가 없다며 의자를 가져다 둔 것도 문성이었다. 원하지 않는 친절의 또 다른 이름이 오지랖이기도 한지라, 보호는 문성에게 이러지 말라고 선을 그었다. 물론 문성의 걱정을 몰랐던 것은 아니다. 그래, 머리로는 이해했다. 하지만 문성의 방문은 보호가 혼자서만 살아남았다는 선고와 같았다.

"아저씨, 이제 그만 오세요."

"그래도 혼자보다는 낫지 않아?"

"아저씨가 자꾸 찾아오니까, 내가 진짜 혼자 같잖아요. 내가 필요할 때나 와요. 내가 부르면."

정작 보호는 한 번도 문성을 부른 일이 없었다. 그럼에도 문성은 이따금 약국 문을 열고 들어와 약국 의자에 앉았다. 굳이, 굳이, 문을 열고 끼어들어 왔다. 문을 열기도 전에 왜 왔냐며 경계하듯 바라보는 보호의 시선을 피해, 다른 손님의 등뒤로 딱 붙어 따라 들어오기도 했다. 그러고는 별별 이야기를 풀어놓았다. 문성이 해결했다는 사건의 무용담을 털어놓을 때면 보호는 귀를 막고 싶은 적이 한두 번이 아니었다.

"이렇게 사건 얘기 막 하고 다녀도 되는 거예요? 저 이거 신고해요?"

"너 어차피 말할 사람도 없잖아."

보호는 생각했다. 원하지도 않는데 와서 속만 긁어놓는 괴짜 아저씨, 자꾸 찾아와서는 왜 밤에만 문을 여냐고 잔소리를 해대는 지겨운 아저씨, 진짜 너무 싫다고. 그러던 어느 날, 문성은 뭔가 멋쩍은 듯하면서도 은은한 행복이 엿보이는 얼굴로 보호에게 말했다.

"나 앞으로 자주 못 올 것 같다."

보호는 그 말이 반가웠고, 아내가 아이를 가져서 그렇다는 말에 후련히 웃을 수밖에 없었다. 그래요. 아저씨는 계속 살아가야죠. 여기에 머무르지 말고. 그때부터 문성의 방문은 연례행사처럼 드물어졌다. 불룩 튀어나온 배와 두둑해진 턱. 문성의 인상은 그새 많이 편안해 보였다. 그만큼, 보호와 문성 사이에도 느슨한 친밀함만 남았을 뿐이었다. 누구도 이제는 그날의 이야기를 먼저 꺼내지 않았다. 그때 막 태어났다던 아이는 이제 초등학교에 들어가고도 남았을 터다.

✚

그렇게 이어온 인연이었다.

• • •

　항상 보호의 예상을 벗어나던 문성이 씨익 웃으며 말했다. 웃음 뒤에 따라올 말은 보호도 환경도 예상하지 못한 말이었다.

　"너 진짜 우리 신입이랑 일 같이 해라! 네가 시키는 걸 다 잘할 거라고 보장할 수는 없지만, 착하고 여간 튼튼한 게 아냐. 겁은… 조금 있지만."

　능글맞은 표정으로 난데없이 작전을 제안하는 문성의 말에 두 사람 모두 질겁했다.

　"네? 아저씨!"

　"예? 팀장님!"

　동시에 소리친 보호와 환경은 말도 안 된다는 듯, 문성을 바라봤다. 문성만 홀로 즐거운 표정이었다.

　"아니, 위장취업 같은 거지. 대놓고 잠복하자는 거야. 쟤가 저렇게 확인하러 온 거 보면, 지금 당장 이 동네를 떠날 생각이 없어 보이거든. 다른 이유 때문에 떠나지 못하는 것 같기도 하고."

갑작스럽게 안일한 계획을 쏟아내는 문성에게 반발하는 보호와 환경의 목소리만 날카롭게 약국 안을 울렸다.

"제가 왜 위장취업자를 받아줘요. 불법이야."

"제가 왜 약국에서 일을 해요! 현장에서 일해야지!"

보호와 환경에게 조용히 하라는 제스처를 취한 문성이 작게 말했다.

"아니, 네가 직접 소개했잖아. 오늘 면접 보러 온 약국 사무원이라고. 나중에 그거 거짓말인 걸로 밝혀지면, 너나 쟤나 타깃이 되는 건 한순간이야."

"그걸 해결하는 건 경찰 일이잖아요."

"맞아, 경찰이 해야 할 일이지. 그래서 얘 두고 가는 거야. 넌 공간만 제공하는 거고."

"사건에 엮이긴 싫어요."

"아까 그 남자애 왜 다쳤는지 모르겠냐?"

문성의 말에 보호의 표정이 굳었다. 문성은 보호를 설득하듯 어깨를 두드렸다.

"잡아야 하지 않겠어? 그 남자애, 딱 봐도 조직에서 밟은 애니까."

"…그 조직인지 뭔지가 그랬단 증거도 없잖아요."

"경찰이 데려갔냐고 묻잖아."

문성의 말에 보호가 말없이 문성을 가리켰다. 경찰의 일이라는 의미였다. 그런 보호의 손가락을 본 문성이 따라서 보호를 가리켰다.

　"지금 너한테 도와달라고 달려왔던 거라고 그 애는."

　문성은 보호와 일부러 시선을 맞췄다. 보호의 눈빛이 잔뜩 흔들리고 있었다.

　보호가 왜 이렇게 늦은 밤에만 약국의 문을 열고 있는지 그 이유를 문성은 모를 수가 없었다. 보호의 오랜 죄책감을 이용하는 것에 마음이 불편했지만, 이 조직을 일망타진하는 것이 최우선이었다. 이렇게 꼬리를 내민 것이 처음이었다. 매번 표면적인 물장사로 증거는 아무것도 남기지 않는 것이 그들의 특징이었다. 오랫동안 물장사를 하며 길 잃은 아이들을 데리고 돈을 번 쓰레기 같은 조직을 잡기에 지금이 적기였다. 여간 틈을 보이지 않던 그들이 마약에까지 손대면서 조금씩 가까워질 수 있었다. 이렇게 조직 가까이 올 수 있었던 건 처음이었다. 그 조직을 일망타진하는 것에 누군가 필요하다면 어떤 방법을 쓰더라도 이용할 생각이었다. 게다가 분명 보호와 환경은 서로에게 도움이 될 테니, 이렇게 붙여두는 것도 방법일 터였다.

　잠시 고민하던 보호가 물었다.

"잡으실 수 있겠어요?"

"당연하지. 그리고 신참도 잘 데리고 있어봐. 아직 부족하긴 하지만, 분명 너한테 도움이 될 거다."

보호는 크게 한숨을 쉬었다. 오늘 하루 한숨 여러 번 쉬게 하네. 자신은 한밤중에 불 켜놓고 손님을 기다리는 것이 다였는데, 자꾸 사람들이 보호를 끌어당긴다. 카운터 바깥으로. 머리가 지끈거리며 아파왔다.

"진짜 아무도 다치지 않게 하세요. 그게 제 조건이에요."

"당연하지."

문성과 보호 사이에 끼어 있던 환경은 눈동자만 데굴 굴렸다. 대체 일이 어떻게 굴러가는 걸까. 잠복 중에 잠깐 물파스를 사러 와서 잠시 쉬었을 뿐인데, 고작 10분 안에 벌어진 사건에 자신의 근무지가 바뀌고 있었다. 난데없이 약국에서 일하라니.

"그럼 전 뭘 하면 될까요?"

"뭘 하긴, 여길 지켜야지."

당연한 걸 묻냐는 듯한 문성의 말에 환경은 눈만 껌뻑였다. 보호는 벙찐 환경의 표정을 보며 한 번 더 큰 한숨을 쉬었다. 그래, 한숨도 숨이라니까.

일련의 소동 끝에 야간약국에는 다시 보호와 환경만 남았다. 어색한 공기를 깬 건, 한참 눈만 굴리고 있던 환경이었다. 문성이 떠나기 전, 잠시 밖에서 이야기를 나누고 돌아온 환경은 몇 차례 짧은 숨을 한 번 내뱉더니 마침내 결정한 것 같았다. 이 황당한 임무를 받아들이기로.

"다시 소개하겠습니다. 강력1팀 형사 이환경이라고 합니다. 앞으로 잘 부탁드려요. 여길 잘 지켜보도록 하겠습니다!"

보호는 패기 넘치는 환경의 인사에 더욱 머리가 아파졌다.

"그래, 나는 최보호야. 이 야간약국의 약사고."

그 사이 밖에서는 서서히 해가 뜨며 검기만 했던 하늘이 청색으로 변하고 있었다. 곧 일출이었다. 약국 문을 닫는 시간이었다.

오늘의 판매약

정량 이상
복용하지 말 것

"안녕하세요! 무슨 약이 필요하신가요?"

자정쯤에 찾아온 손님은 지나치게 밝은 환경의 인사에 당황한 듯, 얼른 눈으로 보호를 찾았다. 손님은 오히려 평소와 같이 무감한 눈빛으로 자신을 바라보는 보호의 시선에 안도감을 느꼈다. 그런 손님의 반응에 환경은 비 맞은 강아지처럼 어깨가 수그러졌다.

"무슨 약이 필요하세요?"

"아, 진통제 하나요."

"생리통이신가요?"

"아뇨. 제가 목 디스크가 있어서 먹으려고 하거든요. 오래 운전하려니까 목이 너무 아파서요."

"그러면 근이완제가 같이 들어간 진통제로."

보호는 약장에 가득한 진통제 중에서 하나를 골라 건넸다.

"항상 진통제랑 근이완제를 따로 먹었는데 같이 있는 것도 있네요."

손님은 몰랐던 사실을 알게 됐다며 고맙다고 인사하고는 야간약국을 나섰다. 손님이 나가자, 환경이 보호에게 물었다.

"진통제도 종류가 다 다른가요?"

"당연하지. 진통제마다 함유된 약 성분이 다 달라서, 쓰임에 맞춰서, 또 환자 본인의 상태에 따라서 골라 먹는 거야."

"아, 그렇구나. 메모해 둬야겠다."

"네가 왜?"

수첩을 펴서 메모하는 환경을 보며 보호는 이상하다는 듯 되물었다.

"저 요즘 유튜브로 약국 공부하고 있거든요."

"그걸 네가 왜 하니?"

"왜 하냐뇨. 당연히 이 약국을 잘 지키기 위함이죠."

환경은 잔뜩 충혈된 눈으로 보호를 바라봤다. 갑작스럽게 바뀐 낮밤에 매일이 수면 부족이었다. 해가 뜰 무렵 퇴근하고 나면 이상하게 잠이 오지 않아, 유튜브로 약들을 공부했다. 뭐라도 도움이 될 수 있을까 싶어서. 보호는 살짝 고개를 저었다. 환경의 그런 눈빛이 부담스러웠다.

"음, 네가 잘 모르는 것 같아서 이야기해 주는 건데, 어차피 너는 여기서 약을 팔 수 없어. 약국에선 약사만 약을 팔 수 있다고. 그러니까 넌 거기서 인사만 잘 하면 돼."

열심히 메모하던 환경의 펜이 멈췄다. 며칠 동안, 약국에 출근하면서 환경은 꿔다 놓은 보릿자루 그 자체였다. 정평식의 그림자는커녕 머리카락 한 올도 발견할 수 없었고, 그저 카운터에 앉아 보호가 약국을 운영하는 걸 지켜보는 것이 다였다.

환경이 지켜본 보호의 일과는 이랬다. 먼저 일몰 시각에 맞춰 약국 문을 열면, 그때부터가 영업 시작이었다. 보호는 2층에서 내려와 출근하자마자 카운터에 있는 컴퓨터 전원을 누르고 약국 관리 프로그램을 켰다. 그다음엔 아담하지만 있을 건 다 있는 야간약국 안을 청소했다. 청소가 끝나면, 약국 뒷문으로 배달된 약제들을 안으로 들여놓고, 재고를 파악하면서 손님을 기다렸다. 계속 기다렸다. 계속. 항상 똑같은 순서로 이뤄지는 일들이었지만, 약제 관리는 당연히 환경이 할 수 없었고, 포스기를 다루거나 정산 같은 것도 환경에게는 허락되지 않았다. 심지어 청소까지도. 환경이 먼지떨이를 들었다가 손등을 맞기도 했다. 그건 네가 할 일이 아니라며. 환경에게 허락된 것은 인사뿐이었다. 아무것도 하지 못하고 있다는 것보다, 너를 믿을 수 없다는 보호의 눈빛이 환경에게 더 치명적이었다. 조금은 내 도움도 필요로 해주었으면 좋겠는데. 야간약국 안은 그야말로 보호의 세계로, 자신이 끼어들 빈틈이 없었다. 마치 쓸모없는 사람이 된 것 같은 기분이 들었다. 운동을 그만두었을 때 느낀 패배감과 비슷했다.

'음, 선생님이랑 찾아보자. 뭐든 방법은 있을 거야.'

그렇게 말하는 선생님의 목소리에서 기대감은 없었다. 환경은 언제나 단거리 육상에서 1위를 하는 에이스였다. 잘했고, 더 잘 달리고 싶었다. 하지만 욕심이 불러왔던 부상에, 달리지 못하는 다리가 되었다. 누구보다 빠르게 결승점에 닿았던 천재 소년이 스타트라인마저 넘어갈 수 없는 평범한 소년이 되는 건 한순간이었다. 집 안에 박혀 아무것도 하지 않던 환경에게 어른들은 말했다. 분명, 네가 할 수 있는 게 있을 거라고. 그 말은 지금 당장은 할 수 있는 게 없다는 뜻이기도 했다. 잊은 줄 알았던 사춘기의 파편은 여전히 환경에게 박혀 있었다. 지금은 달릴 수 있지만 수술했던 무릎이 저릿했다.

✚

무릎을 쓸어내리며 눈썹을 잔뜩 아래로 내린 환경이 기가 죽었는지 아닌지, 메모하는지, 펜이 멈췄는지, 보호는 신경도 쓰지 않았다. 그저, 손님이 찾아올 어두운 밖만을 바라보고 있었다. 계속 밖을 내다봤다. 그렇게 내다봐야 어차피 보이는 건 어두운 창에 비친 자기 자신임에도.

• • •

유난히 조용한 H동에는 작은 것도 소문이 되어 퍼져 나가기 일쑤였다. 아니나 다를까, 야간약국에 새로운 얼굴, 심지어 젊고 싹싹한 청년이 등장했다는 것이 일파만파 퍼져 나가기 시작했다. 소문의 근원은 역시나 안전슈퍼의 평상 위였다.

연극 연습을 하다 손목을 삐끗해 붕대를 사러 왔던 지환도, 매일 새벽 4시만 되면 술 깨는 약을 사러 오는 란이도, 밤 9시에 슈퍼를 닫고 파스를 사러 온 정분도, 야간약국 카운터에 보호와 함께 있는 환경이 어색할 따름이었다. 보호가 누구와 함께 일하는 건 한 번도 본 적이 없었으니까. 야근 후에 평소와 같이 소화제를 사러 온 윤의만은 별생각이 없어 보였다. 정확히 말하자면, 환경의 유무가 윤의에게 그다지 중요한 게 아니었다. 애초에 윤의는 보호나 야간약국 자체에도 별 관심이 없었기 때문이다. 어쨌든 환경의 등장은 H동에서 꽤나 흥미로운 이벤트가 될 뻔했다. 말 그대로 '그럴 뻔'했다. 곧 환경의 등장보다도 아주 시끄러운 일이 생기며 환경의 등장은 조용히 묻혔기 때문이다.

H동을 제대로 시끄럽게 만든 건 영화 촬영이라는 아주 큰 이벤트였다. 동네 사람들은 대체 이게 무슨 일인가 싶었다. 이 동네에 영화 찍을 데가 어디에 있다고. 동네 사람들의 의문에 어쩌면 적합하게도 H동은 으슥하다는 이유로 선정되었다. 스릴러 영화 속 추격전을 찍어야 했기 때문에, 밤에도 불빛이 제한적인 공간을 찾아야 했고, 편의점도 들어와 있지 않은 H동의 빌라촌이 제격이었다.

$$\bullet\ \bullet\ \bullet$$

한창 현장 섭외를 위해 애써온 조연출 민경은 H동에 도착해서야 숨통이 트이는 듯했다. 수많은 반대 끝에 드디어 합격점을 받은 곳이었다. 영화 현장에서 로케이션 섭외는 가장 일선에 존재하는 업무였지만, 조금도 단순하거나 수월하지 않았다. 섭외가 쉽고 촬영에 적합한 로케는 이미 다른 영화나 드라마에서 많이 다뤄져서 안 되고, 주변 허락을 받기 어렵고 주차조차 힘들면 촬영에 부적합해서 안 되었다. 제 기준에 적당한 곳을 겨우 찾았다 해도 거기서 끝이 아니었다. 영화를 찍기 위해 준비한 것들은 수많은 제안과 거절, 머리를 싸매 찾아낸 대안과 허락의 결과물이었다. 앞서 많은 단계에서 합격점을 받았다고 해도, 결론적으로 감독님의 마음에 통과되지 않으면 다시 처음부터 진행해야 했다. 그렇게 지난한 논의와 답사를 거쳐 발견한 곳이 H동의 빌라촌이었다.

"흡… 하!"

민경은 까다롭기로 유명한 감독님을 만나기 직전, 큰 숨을 한 번 들이마셨다가 내쉬었다. 그것이 현장 출근 전, 민경의 루틴이 된 것은 최근이었다.

정확히 언제부터인지 알 수 없지만, 언제부터인가 쿡쿡하고 가슴 정중앙 쪽이 뻐근했다. 갑자기 쑤셔오기 시작하는 가슴 통증은 어느 순간 강렬하게 찾아왔다가, 다시 사라졌다. 예고도 없이 슬금슬금 찾아왔다가 사라지니, 병원에 갈 타이밍을 잡기가 어려웠다. 차라리 내내 아팠다면, 병원에 가서 증상을 말하고 검사받았을 텐데, 병원에 가야지 싶은 날에는 한 번도 통증이 오지 않았다. 사실 어느 병원에 가야 할지도 잘 몰았다. 나으려면 어디가 아픈지부터 알아야 한다는데, 진짜 심장이 아픈지, 스트레스 때문인지, 아니면 다른 곳이 아픈 것인지조차 찾아내기가 쉽지 않았다. 그래서 민경은 가슴 통증이 올 때마다 가슴 깊숙한 곳까지 공기가 가도록 큰 숨을 쉬었다. 그러면 한결 통증이 사라졌다. 야매여도 해결법이 생겼으니, 한동안은 또 병원에 갈 일은 없을 거라고 생각했다. 현장에서 아프다고 말하는 건, 쉬운 일이 아니니까.

완벽한 줄만 알았던 H동의 빌라촌에 문제가 있다는 건 촬영이 본격적으로 시작된 순간 밝혀졌다. 이번 영화의 주연 배우 희영이 골목길의 끝에서부터 끝까지 달리기 시작했다. 굽 낮은 워커를 신고, 흑색 청바지와 딱 붙는 가죽 재킷까지 추격전에 적합한 의상이었다. 좀 더 잘 뛰는 것처럼 보일까 싶어서 검은색 긴 생머리도 하나로 높게 올려 묶었다. 카메라와 조명 스태프들이 희영의 뜀박질 속도에 맞춰 움직였다. 희영이 그렇게 달려 골목길 중간쯤 왔을 때였다.

"컷! 저거 뭐야!"

골목길에 감독의 목소리가 울려 퍼졌다. 한창 달리던 희영은 갑작스럽게 멈추며 발목이 시큰해짐을 느꼈다. 윽. 통증을 삼키고 자신의 옆에서 환한 불빛을 뿜어내는 곳을 바라봤다. 웬 약국에서 환하게 불을 켜고 있었는데, 심지어 외부 조명까지 달려 있었다. 이 시간에 여긴 뭐야?

카메라 뒤편에 서 있던 민경은 그 불빛을 발견하는 순간이 마치 슬로모션처럼 느껴졌다. 감독이 자신을 찾아 고개를 두리번거리는 게 아주 느리게 보이며, 동시에 등골이 서늘해졌다. 민경이 답사할 때는 놓쳤던, 어둠 속의 한 줄기 빛. 야간약국에서 새어 나온 빛이었다. 민경이 답사 당시에 놓친 이유는 하나였다. 감독의 변심으로 현장에 도착한 오늘 갑자기 촬영 현장이 바뀌었기 때문이다. 민경이 잡아둔 골목을 본 감독이 현장에서 직접 보니 그림이 덜 예쁘다는 이유로 갑작스럽게 이 골목으로 촬영지를 바꾼 것이었다. 그놈의 그림! 촬영 세팅을 할 때만 해도 약국의 불이 꺼져 있던 터라, 촬영 허락을 받을 수도, 운영 시간에 대해서 논의할 수도 없었다.

잔뜩 화가 난 감독은 민경을 불렀다.

"너 하는 일이 뭐야? 답사 제대로 안 했어?"

"저 그게, 제가 답사해서 제안드렸던 원래 로케는 옆 골목이었어서요."

민경은 감독 몰래 숨을 깊게 들이마시고 내쉬었다. 그래도 빵빵한 패딩이 민경의 축 처진 어깨를 숨겨주고 있었다.

살짝 굽힌 허리까지도.

"알아, 그래서 거기 내가 실제로 보니까 너무 별로라 킬했잖아. 곧장 이 골목에서 촬영한다고 내가 얘기했어, 안 했어?"

"네, 그러셨는데, 저 약국이 그때는 문을 닫고 있어서요. 오늘 운영 안 하는 줄 알았습니다."

"해결해."

"네?"

"해결하라고! 지금 우리가 하하호호 웃는 신 찍냐? 스릴러 영화 찍고 있잖아! 이 장면은 빛이 있으면 안 된다고! 무조건 어둡고 숨이 막힐 듯한 공포가 있어야 하는 장면이야. 내가 이걸 하나하나 설명해야 해? 여기서 조명은 무조건 카메라에 달린 저 조명 하나여야만 해. 그래야 내가 찍고 싶은 그림이 나온다고."

현장에서 가장 중요한 것은 시간이었고, 가장 쉬운 것은 사람이었다. 민경은 고개를 푹 숙이고, 곧장 야간약국으로 달려갔다. 울컥. 가뜩이나 생리가 터진 첫날, 험한 본능이 마구 쏟아지고 있었지만, 민경은 엄청난 자제력으로 참아냈다.

'이 새벽 1시에 문을 열고 있는 약국이 왜 하필 이 골목에

있냐고.'

"안 돼요."

민경의 기대가 산산이 부서지는 말이었다. 보호는 단호하게 민경의 부탁을 거절했다. 약국 운영 시간에 대한 것은 온전히 보호의 선택이었고, 그것을 누군가의 부탁으로 변경한 적은 한 번도 없었다. 민경은 잔뜩 비굴한 표정으로 한 번 더 되물었다. '제발. 해결할 수 있게 해주세요.'라고 마음속으로 빌며.

"여기는 개인 영업장이에요. 사적인 목적으로 제게 운영 시간을 바꾸라거나, 문을 닫아달라는 건 약을 팔아서 먹고 사는 제게는 굉장히 무례한 부탁인데요."

민경은 오늘만 문을 일찍 닫아줄 수 있냐는 자신의 부탁이 엄청난 무례인가 싶었지만, 보호가 하는 말에 틀린 말은 없어서 반박할 수 없었다. 그저 읍소할 뿐.

"아, 알죠. 알죠. 그래서 정말 죄송해요. 저희도 현장 상황 때문에 촬영 장소가 급하게 바뀌었어요. 오늘 촬영 일정이 밀리면 사실 저희 배우분들도, 스태프분들도 다 일정이 밀리게 되는 상황이라 이렇게 염치없이 부탁드려요. 아니면 촬영하는 시간만큼만 문을 닫아주실 수는 없을까요? 저희가 따로 섭외비를 드릴게요!"

장소 섭외비, 그것이 민경이 가진 유일한 카드였다. 이 카드를 내밀면 대체로 협의가 됐다. 이 시간에 불을 켜두는 전기세보다는 훨씬 이득일 테니.

"그러한 상황이라니 정말 안타깝네요."

민경에게 다시금 희망의 불씨가 타올랐다. 그쵸. 제가 지금 너무 안타깝지 않나요! 민경은 더욱 눈썹을 아래로 축 떨구며 불쌍한 표정을 지어 보였다. 서늘한 표정의 약사가 따뜻한 답변을 보내주길 간절히 빌었다. 동동거리며 새로운 선택지를 찾아서 고집 센 감독을 설득하는 일보다는 눈앞에 있는 이 약사를 설득하는 게 훨씬 수월할 테니까.

"그렇지만, 안 돼요."

"아… 이 시간에 왜 약국을 열고 계시는지 알 수 있을까요? 뭔가 이유가 있으신 건지…."

민경의 깊은 탄성이 무색하게, 보호는 당연하다는 듯 말했다.

"제가 열고 싶으니까요."

말문이 막힌 민경이 기가 죽은 듯, 축 처진 어깨로 약국을 나섰다. 보호는 아무 일도 없다는 듯, 다시 재고 확인을 이어서 했다. 옆에서 가만히 앉아 있던 환경이 물었다.

"저렇게 부탁하는데, 한 번쯤 들어줄 수 있지 않아요? 돈도 준다는데."

"돈보다 중요한 게 약속이야. 나는 이 시간에 야간약국을 운영하기로 약속했다고."

"누구랑요?"

"아마 너는 모르는 사람이겠지. 네가 알 필요 없지 않아?"

환경은 항상 귀찮다는 듯 바라보는 보호의 시선에 서운함이 차올랐다. 그래도 2주 동안 늦지 않고 출근해서 열심히 인사하며—할 수 있는 게 인사밖에 없지만— 최선을 다하고 있는데, 보호는 환경이 여기 앉아 있는지 신경조차 쓰지 않는 듯했다. 문성이 아무리 위험한 조직이 H동에 있다고 말했어도 보호는 불안해하지 않았고, 그냥 여느 날처럼 지냈다. 사실상 이 약국 안에서 필요 없는 존재라는 걸 들킨 것 같아서, 환경은 그게 무서웠다. 아무도 원하지 않는 사람이 된 것 같은 기분은 언제고 싫었다. 이따금 환경은 문성에게 전화해서 물었다. 이곳은 현장이 아닌 것 같다고. 그놈들은 이미 도망친 것 같다고. 그러면 문성은 허허 웃으며 환경에게 답했다.

"네가 경찰로서 있는 곳이면 어디든 현장이야. 이 자식아."

문성이 그렇게 말하면 환경은 답할 말이 없어 이미 끊긴 전화만 붙잡고 있을 뿐이었다.

감독에게 해결하지 못했다는 비보를 전달하기 전, 민경은 다시 흡― 큰 숨을 들이마시고 후― 내뱉었다. 가슴속 어딘가 뻣뻣해진 곳을 풀어주기 위함이었다. 그래, 준비됐어. 그렇게 감독에게 비보를 전달했지만, 감독은 어떠한 고민의 시간도 없이 말했다.

"해결해"

"다른 골목은….'

"싫어."

감독은 드디어 아집의 길에 들어섰다. 그전까지는 어디로 튈지 모르다가 어느 순간 확고해져 버리면 움직이지 않는 커다란 바위가 되는 게, 이 감독의 특징이었다. 그런 감독의 성격이 현장을 이끌어가는 지향점이 되어 편하기도 하지만, 감독의 결정을 실행할 수 없는 상황에서는 스태프들을 미치고 팔짝 뛰게 만들었다.

아득해진 민경은 자신이 왜 이 감독과 함께 일을 하게 되었는지를 되돌아봤다. 이 감독의 현장에서 일하고 싶다며 선배에게 소개시켜 달라고 졸랐던 그 순간부터인가, 그 선배는 과거의 나를 말리지 않고 뭐 했지. 민경은 하나씩 거

슬러 올라가며 후회하다가, 끝내 맨 처음 영화를 사랑했던 과거의 자신을 미워하기 시작했다. 영화가 왜 좋았을까. 지금 생각해 보면, 스크린 속 모든 인물이 이해되지 않아서 좋았던 것 같다. 왜 저러고 사나 싶은 사람들이 많이 나왔으니까. 민경은 그 뾰족한 인물들을 더 알고 싶었다. 뾰족해서 자신을 아프게 할 것 같은 인물들에 안겨 다치더라도 끝을 보고 싶었다. 그전까지 민경은 보호막 밖으로 벗어난 적이 없었으니까. 그래, 그랬었는데…. 오늘 같은 날이면, 민경은 내가 왜 이러고 있지 싶었다. 뭐가 그리 좋아서 이런 상황 속에 놓여 있는 건가. 가끔은 하고 싶은 것을 하고 있다는 확신만으로도 해결되지 않는 불안이 있었다. 하고 싶은 것을 하고 있음에도 행복하지 않았으니까.

"그럼 오늘 촬영은 끝인 거죠?"

희영의 목소리였다. 주연 배우가 오늘은 촬영을 더 하지 않겠다는 선언을 해버린 셈이었다. 완전히 망했다. 민경은 대체 일이 왜 이렇게 꼬여버린 건지 머리만 아팠다. 아무도 민경에게 괜찮다고 말해주지 않았고, 그저 힘내라는 말뿐이었다.

　이제는 잠들어야만 하는 시간이었다. 최근 연달아 이어진 야간 촬영으로 인해, 의사가 지키라는 규칙적인 생활은 박살 난지 오래였다. 희영은 밴 안으로 올라타 집에서 챙겨온 수면제를 찾았다. 그런데 그 어디에도 수면제는 보이지 않았다. 불안감에 휩싸여 손길이 점점 더 조급해질 무렵, 자신이 처방받은 수면제를 부엌 식탁 위에 두고 왔다는 사실을 깨달았다. 또 반복이었다. 잠이 부족할 때마다 자꾸 깜빡 잊는 일이 늘었고, '잠을 자야지'라고 마음을 먹는 순간, 잠은 달아나기 일쑤였다. 세상에 가장 무거운 것이 눈꺼풀이라는데, 제대로 잠들지 못한 밤이 늘어가고 있었다. 불규칙한 생활에 희영의 생리 주기 역시 널뛰었다. 불면증도, 자신의 기억력이 나빠지는 것도, 생리가 멈춘 것도, 의사는 규칙적인 생활을 하면 나아질 것이라고 말했다. 그 말이 무책임하게 느껴진 이유는 희영의 삶에선 그것이 불가능하기 때문이다.

　물이 들어올 때 노를 저어야 더 멀리 나아갈 수 있다고 했다. 순식간에 나타난 새로운 파도가 사람들의 시선을 빼앗을지도 모르니까. 여기는 그런 파도가 하루에도 수천 개씩

✚

밀려드는 세계니까. 광고 지면 모델부터 시작한 희영에게 사람들은 다른 애들에 비해 금방 떴다고 했다. 누가 봐도 시선이 가는 외모 덕을 봤다고 말이다. 그것은 사실이다. 실제로 희영에게 무명의 시간은 그리 길지 않았다. 연기력이 조금 부족하다는 평이 있었어도, 대중들은 희영이 화면에 나오면 집중했다. 너무 아름답다고. 그게 희영의 재능이었다. 두려워지기 시작한 건, 주연 배역을 맡을 때부터였다. 신을 스틸하던 조연이 아니라, 작품 자체를 이끌어가는 역할을 하면서 모조리 들키고 말았다. 예전엔 상대 배우의 어깨에 기대어 꼭꼭 숨겨왔던 약점들이 화면의 정중앙에 선 순간 세상에 적나라하게 공개되었다. 그 이후로, 희영의 이름 뒤엔 아름답지만 매력적이지 않다는 평가가 쏟아졌다. 아름다움과 매력은 또 다른 영역이라, 희영은 다시 아름다움을 뽐내는 역할들만 해왔다. 그러면 사람들은 금세 납득했다. 그래, 아름다운 것이 개연성이라고.

　사람들이 원하는 모습으로 활동하던 희영에게 이번 작품은 새로웠다. 스릴러 영화 속 형사 역할로, 희영이 주로 맡아왔던 역할들과는 전혀 달랐다. 희영이 이런 선택을 한 건, 사람들이 점차 희영의 외모를 질려 했기 때문이었다. 최근 SNS에서는 드라마 속 희영의 모습을 캡처해서 비교하는 짤

이 돌았다. 연이어 성공한 네 편의 드라마 속, 희영은 똑같은 모습이었다.

금세 사라질지도 모르는 사람들의 관심을 유지하기 위해 한 번도 제대로 쉰 적도 없었다. 이 직업을 계속하기 위해선 잊혀선 안 되고, 존재감을 증명해야 했다. 그래야 이 위치를 유지할 수 있는 것이 순리였다.

눈앞에 닥친 위기를 겨우 넘겨가며 버텨왔지만, 돌아온 건 결국 손쉬운 조롱이었다. 그런 말들도 이겨내야 '스타'가 되는 거라고, 소속사에서는 새로운 도전을 해보자며 이번 시나리오를 건넸지만, 정작 희영은 지쳐 있었다. 어떤 연기를 하기도 전에, 따라올 비난이 두려웠다. 두려움이 생긴 이후부터는 불면에 시달려야만 했다. 이번 시나리오를 수락하는 것조차도 손이 떨리는 일이었다. 그럼에도 수락한 이유는 영화 내내 달리는 주인공이 마음에 들었기 때문이었다. 주인공은 영화 시작부터 끝까지 애쓰는 인물이었다. 그리고 그게, 자기 같았다.

새로운 역을 맡기로 결심한 날부터 온몸은 매 순간 긴장 상태였고, 심박은 항상 빠르게 뛰었다. 심장이 빨리 뛰는 만큼 희영은 쉽사리 잠들 수 없었고, 자연스럽게 규칙적인 생활과는 멀어졌다. 하고 싶지 않은 게 아니라 할 수 없는 일

✚

인데, 불가능한 것을 해야 잘 수 있다니 너무 와닿지 않는 해결법이었다. 규칙적인 생활, 충분한 수면, 적당한 운동, 균형 잡힌 식사, 변함없을 거라 믿는 사람들과의 대화, 그게 좋다는 걸 모르는 사람은 없지 않은가. 그 좋은 것들 대신, 희영은 자신이 할 수 있는 가장 쉬운 방법인 약에 기대기 시작했다. 잠들기 전 수면제를 먹는 건 일종의 루틴이었다. 진짜 수면제가 도움이 되는지는 중요하지 않았다. 그냥, 잠들기 전엔 수면제를 먹어야 했다. 이 새벽에 문을 연 약국이 없을 텐데…. 고민하던 순간 희영은 촬영을 중단시킨 그 약국이 떠올랐다.

"수면유도제 있죠?"

모자를 푹 눌러쓰고 약국에 들어온 희영은 눈도 마주치지도 않은 채, 카운터에 있던 환경에게 물었다. 환경은 약국에 들어온 희영을 보자마자 '연예인이다!'라는 설렘으로 눈을 반짝거렸다. 그렇지만 환경이 답할 수 있는 건 별로 없었다.

"저는 약사가 아니라서요. 약을 드릴 수는 없어요."

"그러면 누가…."

조제실에 있던 보호가 발소리도 내지 않고 슬그머니 등장했다.

"원래 수면유도제를 드세요?"

희영은 갑작스러운 보호의 등장에 살짝 놀랐다. 무슨 귀신처럼 저렇게 등장한담.

"아, 원래는 수면제를 처방받아서 먹고 있는데, 집에 두고 와서요."

"그럼 집에 가서 처방받은 수면제를 드시면 될 텐데요."

"여기랑 좀 거리가 있어서요. 그냥 판매하시는 수면유도제 아무거나 돼요."

"수면유도제 아무거나요?"

"네, 아무거나."

'아무거나'라니, 그렇게 무책임한 말을. 휴. 보호는 모자를 쓰고 고개를 푹 숙인 희영의 모습을 보며 생각했다. 숙인 고개가 툭 떨어져 있는 걸 보니 목이 참 뻣뻣하다고.

"요즘 스트레칭은 하세요?"

"예?"

"목 한번 돌려봐 봐요."

보호가 먼저 무표정한 얼굴로 자신의 목을 돌렸다. 우드득. 보호의 목에서 나는 소리였다. 아이고. 많이 뭉쳤네. 보호의 혼잣말에 희영은 진짜 이상한 약사라는 생각이 들었다. 갑자기 목 돌리기라니. 괜히 놀리는 것 같아 확 기분이

상했다. 감정이 이리저리 날뛰는 게, 이것도 다 수면 부족
때문이다.

"팔기 싫으시면 마세요."

"네, 그럼 들어가세요."

보호는 간단히 답했고, 당황스러운 희영은 멀뚱히 약국에
서 있었다. 이렇게 약을 팔 생각이 없는 약국이 있나. 환경
은 보호의 문전박대에 손님이 떠나버릴까 봐 눈치만 보고
있었다. 정산 업무를 하고 있지는 않지만, 2주 동안 지켜본
바로는 이렇게 손님이 없으면 약국이 망하는 건 당연한 일
이 아닐까 싶었다. 보호는 별일도 아니라는 듯, 구매 목록과
현재 있는 약의 개수가 맞는지 확인하는 일에만 집중했다.
보호가 한창 목록을 살펴보는 중에도 희영은 그 자리에 굳
은 듯 멈춰 있었다. 환경이 조심스레 톡톡 보호를 쳤다. 어
디로 가지도 못하고 계속 서 있는 희영의 모습이 안타까워
서. 톡톡, 환경이 거듭해서 보내는 신호에 보호가 희영에게
물었다. 여전히 보호의 시선은 약제 목록만 보고 있었다.

"왜 안 가세요?"

"약 파실 생각이 없는 거예요? 여기는 약국이잖아요."

희영의 의아한 물음에, 보호는 그저 흘러가듯 답했다.

"약으로 모든 게 해결되는 건 아니거든요. 잘 자는 방법에

는 여러 가지가 있죠. 새롭게 운동을 시작한다거나, 잠들기 전에 휴대폰을 보지 않는다거나, 규칙적인 생활 패턴을 만든다거나 등등."

희영은 불쾌했다. 제대로 손님을 보지도 않고 귀찮다는 티를 내는 행동이, 별일 아니라는 듯 말하는 무심한 목소리가, 그리고 방금 내뱉은 약사의 말을 자신이 제일 잘 알고 있다는 것도 말이다.

"규칙적인 생활 같은 게, 쉬운 일이 아니거든요."

살짝 날이 선 희영의 말에 약 구매 목록을 살피던 보호가 고개를 들었다. 이제야 희영과 눈을 맞출 수 있었다. 아까는 계속 고개를 숙이고 있더니. 모자 아래로 보호를 바라보고 있는 희영의 눈이 붉었다. 보호는 희영의 충혈된 눈을 바라보며 말했다.

"쉬운 일이 아니죠. 그렇다고 약이 쉽다고 막 쓰면 익숙해져서 점점 더 강한 약을 찾게 될 거예요. 의존하게 된다고요."

"지금 제게 필요한 건, 수면유도제예요. 얼른요."

"수면유도제 아무거나요?"

"네! 아무거나!"

"그래서 안 돼요. 어차피 약 먹어도 깊게 잠 못 자죠?"

희영은 정곡을 찔린 듯, 아무 말도 하지 못했다. 그저 보호가 하는 말을 듣고 있을 수밖에 없었다.

"익숙해진 거예요. 잠들고 싶은 거라면 다른 방법을 써요."

사실이었다. 희영은 요즘 점점 수면제를 먹고도 깊게 자는 일이 드물어졌다.

"어떤 방법이 있는데요? 제가 설마 다른 방법을 안 찾아봤을 거라 생각해요?"

"뭐 해봤어요?"

"다 해봤죠. 수면 유도 음악을 듣는다거나, 잠들기 전에 따뜻한 우유를 마신다거나, 격렬한 운동을 한다거나, 따뜻한 물로 샤워하는 거나, 엄청나게 두꺼운 책을 읽는다거나, 잠오는 향초를 켜둔다거나, 수성부터 명왕성까지 설명해 주는 우주여행 다큐멘터리를 보는 것까지! 태양계에서 쫓겨난 명왕성이 어떤 행성인지 외울 지경이라고요!"

희영은 하나하나 나열할 때마다 자신이 얼마나 많은 방법에 속아왔는지를 깨달았다. 내뱉는 내내 심장이 자꾸 빠르게 뛰었다. 심지어 최근엔 집까지 제주도의 인적 드문 별장으로 이사했다고. 나도 이렇게 노력했다고. 억울한 마음이 울컥하고 올라왔다.

"아무것도 하지 말아봐요."

보호는 아주 차분하게 말했다. 여전히 별일이 아니라는 듯이.

"네?"

"아무것도 하지 말라고요. 누워서 발끝부터 손끝까지 힘을 빼봐요. 지금 목에 잔뜩 뻣뻣하게 힘이 들어갔잖아요. 목이 서 있는데, 어떻게 잠을 자요."

"힘을 빼라고요?"

"가만히 힘을 빼요. 뭘 하려고 하지도 말고, 그냥 발끝에서 손끝까지 힘 빼는 거에만 집중해 봐요."

"그게 다예요?"

"그게 다예요. 너무 애써서 잠을 못 자는 거예요."

결국 야간약국에서 수면유도제를 구매하지 못한 채, 희영은 약국을 나왔다. 밴에 올라타자 매니저 기윤이 물었다.

"약 사셨어요? 제가 잘 챙겼어야 했는데….'"

"됐어. 우리 오늘 숙소 어디야?"

"여기서 금방인 곳으로 잡았어요. 좀만 쉬고 계세요."

희영은 자동차 시트에 기대 아무것도 하지 말라는 보호의 말을 떠올리며 헛웃음을 쳤다. 아무것도 하지 말라니, 그런

다고 잠이 오냐고. 그럼에도 불구하고, 희영은 자신에게 남은 방법이라고는 그것뿐인 것 같아 시트에 깊이 누워버렸다. 서서히 발끝부터 손끝까지 힘을 푸는 것에만 집중했다. 근데 어떻게 힘을 뺄 수 있지. 방법을 고민하던 희영은 보호의 말을 떠올렸다.

'그냥 발끝에서 손끝까지 힘 빼는 거에만 집중해 봐요.'

'너무 애써서 잠을 못 자는 거예요.'

희영은 우선 차분히 숨을 들이마시고, 내쉬기를 반복했다. 그리고 발끝부터 발목, 종아리까지 자연스럽게 힘을 빼려 했다. 처음엔 잘 되지 않았다. 힘을 안 준다고 생각했는데, 어느새 보면 여전했다.

'가만히 내버려둔다고 생각하자.'

천천히 호흡에만 집중하며 손가락부터 움직이길 멈췄다. 가장 작은 부분부터 점점 큰 부분까지 힘을 빼자, 느낌이 왔다. 희영은 자신도 눈치채지 못하던 사이 항상 발목이 살짝 들려 있었다는 것을 그제야 깨달았다. 늘 발목에 힘을 주고 있었구나. 아까 달리다가 멈췄을 때, 시큰했던 발목을 떠올렸다. 천천히 뛰는 심장박동을 들으며, 마음속으로 숫자를 셌다. 하나 둘 셋….

"누나, 도착했어요."

그 순간, 희영은 자신이 잠시 잠에 들었음을 깨달았다. 온
몸에 힘을 빼는 연습을 하던 중이었는데, 아주 짧지만 잠에
들었다. 기윤의 부름에 화들짝 눈을 뜬 것도, 약 없이 잠든
것도 오랜만이었다. 아, 약이 없어도 잘 수 있구나. 희영의
혼잣말에 기윤이 되물었다.

"누나, 뭐라고요?"

"아… 괜찮다고."

"그쵸! 여기 호텔 괜찮아요. 들어가세요."

밴에서 내린 희영은 발목이 시큰한 것이 사라졌음을 느꼈
다. 아주 가벼운 한 걸음이었다.

• • •

다음 날 이른 아침부터 민경은 큰 결심을 한 채 야간약국
에 도착했다. 문이 굳게 잠긴 야간약국의 유리문에는 '연중
무휴', '일몰부터 일출까지'라며 운영 시간이 적혀 있었다. 불
이 꺼져 어두운 약국 안을 살펴보는데 누군가 민경의 등을
내리쳤다.

"도둑이여?"

안전슈퍼의 주인인 정분이었다. 민경의 등을 내리친 건,

효자손도 부채도 아닌 셀카봉이었다. 슈퍼에 놀러 왔던 손
녀가 할머니 슈퍼에도 들여놓으라고 했던 물건이었다. 손녀
에게는 감이 없는 게 분명한지, 팔리지 않아 재고가 잔뜩 쌓
여 있어 종종 이렇게 사용되고 있었다.

"아니, 할머니! 이런 걸로 치시면 너무 아프잖아요."

"도둑이면 어떡하라고 살살 치리?"

"아니, 전 그냥 약사 선생님 좀 만나려고요. 오늘은 진짜
이 약국이 문을 닫아야 한단 말이에요."

"뭔 말이래. 왜 그래야 하는데?"

"그냥 그런 게 있어요. 아무튼 약사 선생님을 설득하는 게
제 일이라구요."

정분은 아직 새파란 하늘을 올려다보며 말했다.

"그 약사 선생 만나려면 해 질 때까지 기다려야 해."

"집이라도 알 수 없을까요? 여기 근처 주민이실 것 같은
데…."

"지금 가서 깨우려고? 어제도 밤새 약국 문 열었을 텐데?
이렇게 버르장머리가 없어서야."

"아니, 그런 게 아니라…."

정분은 단호하게 민경의 말을 끊었다.

"기다려. 문 열 때까지."

민경은 보호가 야간약국을 열기를 기다리며 약국과 마주 보고 있는 안전슈퍼 평상에 앉아 있었다. 평상 옆 난로에서 구운 고구마를 먹고 있던 민경은—한 번도 가져본 적이 없던—시골집에 와서 몸을 지지고 있는 느낌이었다. 추운 현장에서 벌벌 떨다 왔더니, 난로 앞에서 따끈하게 손발을 지지는 게 너무 좋았다. 평화로운 따뜻함에 쿡쿡 쑤셔오는 생리통까지 가시는 기분이었다.

"할머니, 여기 진짜 〈리틀 포레스트〉 같아요."

"뭐래?"

"그런 영화가 있거든요? 일본 만화가 원작인데, 한국에서 영화로 리메이크했어요. 그러니까, 서울살이에 지친 20대 여자 주인공이 고향인 시골로 가서 농작물을 키우고 음식도 만들어 먹고 뿌리를 내리면서 힐링하는 이야기의 영화인데…."

"여기 서울이야."

정분이 단호하게 낭만에 빠진 민경을 잘라냈지만, 영화 이야기를 쏟아놓는 민경의 입은 멈추지 않았다.

"그러니까요. 저 서울 토박이라 그런 영화를 보면 꼭 저만의 리틀 포레스트를 갖고 싶었거든요. 할머니 여기 너무 좋네요."

✚

"아니, 여기가 서울이라니까?"

정분의 말이 들리는지 아닌지, 민경은 기분이 편안해졌다. 잔뜩 움츠린 어깨를 펴고 있을 수 있는 귀한 시간이었다.

"드라마에서만 보던 석유 난로랑, 거기에 구워 먹는 고구마에, 평상에 앉아서 어르신들끼리 담소도 나누고, 그쵸? 할머니들도 상큼하게 어린 저랑 있으니까 더 생기 넘치고 즐겁지 않으세요?"

"아이고오, 좀 소란스럽다야."

평상에 앉아 있던 한 어르신이 참다가 한마디를 했다. 가뜩이나 좁은 평상에 한 명이 추가된 것도 모자라 쉬지 않고 낭만을 부르짖는 핏덩이가 불편할 따름이었다. 게다가 어르신들은 알게 모르게 민경에게 낯을 가리고 있었다. 나이를 먹는다고 낯가림이 없어지지는 않아서, 동네에서 처음 본 낯선 젊은이와의 수다가 어색했다. 민경은 그런 분위기조차 느끼지 못하는 것 같았다. 참 해맑게도.

"난, 먼저 들어가 봐야겠다. 에고."

어르신들이 하나둘 평상을 떠나는 동안에도 민경의 H동 찬양은 멈추지 않았다. 정분은 얼른 보호가 약국 문을 열면 좋겠다는 생각뿐이었다. 쌀쌀맞은 약사 아가씨가 이렇게 보고 싶을 줄이야.

"그런데, 저분은 왜 밤에만 운영해요? 설마… 뱀파이어 같은 걸까요? 영화에서 나오는?"

"넌 좀 TV를 그만 봐야 쓰겄다."

"아니, 할머니는 알고 계실 거잖아요. 여기서 30년 넘게 슈퍼 하셨다면서요."

"이유가 뭣이 중요하겠니. 매일매일 문 여는 게 중요한 거지. 넌 이제 좀 가봐라. 슬슬 해 떨어질 테니까."

아차, 벌써. 민경이 시간을 확인했다. 오늘의 일몰 시각이 다가오고 있었다. 민경은 허리를 굽혀 90도로 인사하고는 슈퍼를 떠나 약국으로 향했다.

딸깍. 정분은 어둑해지는 하늘을 보며 슈퍼 천막에 달린 조명을 켰다. 손녀에게 부탁해서 인터넷 쇼핑으로 장만한 작은 조명들이었다. 트리 장식이라나 뭐라나. 야간약국과 마주 보며 골목에 빛을 더하는 곳이 바로 이곳, 안전슈퍼였다. 너무 늦은 밤까지는 아니더라도, 항상 저녁까지는 야간약국과 함께 불을 켜두었다. 외롭지 말라는 뜻이었다.

✚

· · ·

일몰 시간이 되자, 잠겨 있던 약국 건물 2층의 문이 열리고 보호가 나왔다. 한결같은 무감한 표정으로 계단을 내려온 보호는 약국 앞에서 기다리고 있던 민경을 마주했다. 민경은 정분이 싸준 군고구마를 품에 안은 채, 환하게 웃으며 보호를 맞이했다.

"안녕하세요. 약사 선생님. 저 어제 뵀었던 우민경이라고 합니다."

"아. 예⋯."

보호는 어색하게 답하며, 흰 가운 주머니에서 열쇠를 하나 꺼냈다. 열쇠로 약국의 셔터 문을 올리고, 안의 유리문을 여는 내내 보호의 등 뒤가 따가웠다. 약국 문이 열리고 민경은 졸졸 보호의 뒤를 쫓아 들어왔다. 정분이 구워준 따끈한 군고구마를 품에 꼭 안은 채. 뜨끈한 군고구마 기운이 민경에게 용기를 불어넣어 줬다.

"다시 한번 부탁드릴게요. 오늘 아침부터 이 시간까지 선생님 뵙고 싶어서 기다린 거거든요."

"제가 말씀드렸잖아요, 안 된다고. 저는 여기 운영해야 해요. 그게 제가 동네에 한 약속이고, 저하고 한 약속이에요."

"맞아요. 그래서 오늘 하루 종일 이 동네에 있으면서 생각한 건데요."

보호가 거절의 의사가 내비치자, 민경은 들고 있던 군고구마를 한 번 더 끌어안았다. 더 깊숙이 따뜻해지게. 슬슬 허리부터 신호를 주는 생리통을 어떻게든 완화하고, 부탁하는 목소리가 떨리는 것이 드러나지 않게 하려는 몸짓이었다.

"사정이 있으신 거라고 생각해요, 밤에만 문을 여시는 거, 그게 돈과는 전혀 무관한 것 같고요. 그래서 제가 제안드리고 싶은 건… 그러니까."

민경은 말이 길어지면서 점점 자신이 긴장하고 있음을 깨달았다. 술술 말할 수 있을 것 같았는데 뚝뚝 끊겼고, 갑자기 목이 마른 것도 같았다. 보호는 그런 민경을 가만히 보다가 차분히 물었다.

"진통제라도 줄까요?"

"예?"

민경이 전혀 예상하지 못한 말이었다. 내가 약이 필요해 보이나? 내가 지금 아파 보이는 건가? 민경은 문득 의구심이 들었다. 보호는 민경의 속마음을 들은 듯 말을 이었다.

"어제부터 아파 보이던데. 허리도 잔뜩 숙이고 있고, 어색하게 군고구마를 들고 있는 폼도 그렇고. 요통이나 생리통 같은데, 자기한테 잘 통하는 진통제가 뭔지 알고 있어요?"

"아, 아뇨. 그런데 어떻게 아셨어요?"

"뭘요?"

"제가 지금 아프다는 거요. 티가 났나요?"

민경은 얼굴로 열이 쏠렸다. 모조리 들킨 기분이었다. 숨긴다고 숨겼는데, 티 내지 않았는데…. 보호는 민경을 흘긋 보더니 아무렇지도 않게 여러 종류의 진통제들을 내밀었다.

"그냥, 나는 아픈 사람들을 많이 봐서 그래요. 다른 사람들은 신경 안 썼을 거예요. 남들한테 그렇게 관심 없거든. 생리통? 요통?"

"생리통이요. 이틀째예요."

"자, 여기 우리 약국에 있는 진통제 종류인데, 먹어본 거 뭐 있어요?"

민경은 보호가 꺼내놓은 진통제들을 보고 생각했다. 뭐가 잘 맞았더라.

"여기 요거는 액상이고, 이건 흔하게 많이 봤을 거고, 이건 함량이 좀 높아요. 약 상자 보면 대충 알 텐데."

보호가 '잘 통했던 약'이라고 하니, 민경은 유독 먹고 나서 편안했던 약이 있었나 싶었다. 여태 그런 걸 생각할 시간은 없었다.

"저는 늘 제일 센 거 달라고 해서 먹었어요. 그래야 오래 가서."

"원래 생리할 때마다 아파요?"

"사실 엄청 아프진 않았는데 효과가 오래 갔으면 좋겠어서 늘 제일 센 거로 먹었어요."

"아프지도 않았는데?"

"그냥 빨리 끝내고 싶었거든요."

"그래서?"

"점점 심해지는 것 같기도 하고."

"병원은?"

보호의 말이 짧아질수록, 미간도 덩달아 좁아졌다. 얼어가는 분위기를 풀겠다고 헤헤거리며 웃는 민경의 머릿속엔 이 약사님한테 지금 잘못 걸렸다는 생각뿐이었다.

"아뇨. 결국 지나가니까요. 굳이 병원에 갈 생각은 못 했어요."

민경은 자신이 무슨 말을 잘못했나 싶었다. 아니 원래 이것 또한 지나가는 거라고 생각하는 게 긍정적인 사고 아닌가. SNS에서 그랬는데⋯. 뭘 잘못했기에 저런 눈빛으로 쳐다보지. 무섭게. 아까 평상에서 들은 어르신들의 이야기 중에서 여기 약사 눈빛이 사납다는 이야기가 이런 느낌인가.

"매달 하는 생리를 어차피 지나가는 거니까 대충 가장 센 걸로? 여태 어떤 약이 가장 자신한테 잘 맞는지도 모르면 어떡해? 바보도 아니고."

결국 또 혼나고 말았다. 민경은 한심하게 바라보는 눈빛을 마주 보지 못했다. 시선이 점점 더 아래로 떨어졌다. 생리통보다 무서운 게, 저런 눈빛이었다. 분명 그 눈빛을 보면 정곡을 찔려 인정할 수밖에 없을 것 같았다. 바보같이 살고 있다고. 괜찮지 않아도 괜찮은 척, 억지로 웃으며 살고 있는 게 잘 사는 게 아니라고 말할 것 같았다.

그 순간, 민경의 시야에 여러 종류의 진통제가 들어왔다. 보호가 민경의 눈앞에 진통제들을 가까이 들이댔기 때문이다.

"왜 아래만 보고 있어? 약을 보고 골라야지!"

민경이 아래로 떨어진 시선을 간신히 위로 올려 보호를 바라보았다. 보호의 손에는 여러 종류의 진통제가 들려 있었다. 똑같은 진통제면서 약상자들은 각기 다른 색깔을 선보이고 있었다. 얘네도 다 똑같은 게 아니었나. 뭐가 그렇게 다른 게 많지.

"무턱대고 참는 것보다 여러 방법을 시도해야 해. 그래야 어떤 방법이 나한테 가장 잘 맞는지 알 수 있으니까."

"아, 네. 그렇죠."

빠르게 말을 쏟아내던 보호가 기가 죽은 민경을 바라보며 점차 말의 속도를 늦췄다. 왜 요즘 애들은 혼냈다고 생각하나 몰라. 보호는 나름 따뜻한 말투로 민경을 달랬다.

"똑같은 문제라도 사람마다 해결하는 방법이 다르단 뜻이야. 자, 이 진통제는 3000원. 함량이 높은 진통제고 이틀째라 가장 아프고 생리 양도 많을 테니까 지금 딱 괜찮을 거야."

진통제를 받아 들고선, 곰곰이 보호의 말을 곱씹던 민경이 물었다.

"그럼 약사님께서는 문제가 발생했을 때, 주로 어떻게 해결하세요?"

보호는 민경이 내민 카드를 포스기에 시원하게 긁으며 답했다.

"어떤 문제는 해결하지 않으려고 하기도 해. 그냥, 내 문제랑 같이 사는 거지. 평생."

"네? 그럼 힘들잖아요."

"그게 내 방법이야."

✚

보호는 영수증과 함께 카드를 내밀었다. 민경은 더욱 고민이 깊어진 표정으로 서 있었다. 보호가 내민 카드조차 보이지 않는 듯했다.

"전 그런 방법은 못 쓰겠는걸요."

"그러니까 너만의 방법을 찾아야지."

민경은 그 말에 눈동자를 데구르르 굴리다 눈을 반짝이며 물었다.

"그러면 제가 이 약국의 문을 잠시 닫아달라고 약사 선생님을 설득하려면 어떻게 해야 할까요?"

참 나, 결국 이걸 물어보려고. 잠시 고민하던 보호는 도도한 목소리로 답했다.

"나는 이 골목을 어둡게 하고 싶지 않아. 그게 내가 바라는 거야."

아, 어둡지 않게. 아직까지 보호의 손에 들려 있던 카드를 챙긴 민경은 다시 생각에 빠졌다. 그러다 손뼉을 치더니 골목을 어둡지 않게 하는 방법들을 쏟아내며 보호를 설득했다.

"촬영하는 시간 동안만 문을 닫아주시면 저희가 원래 사용하는 영화 조명들을 활용하는 건 어떨까요? 감독님이 이번 촬영에서 유독 어두운 것을 추구하셔서 몇 개 조명을 빼고 작업하거든요."

"그러면 약국 조명보다는 어두울 것 같은데…."

"그래도 사람이 많이 돌아다닐 테니까요. 스태프도 엄청 많고 하니까. 걱정하시는 게 무엇인지 알았으니까 저희가 촬영하는 동안만…."

민경의 머릿속에 여러 가지 단어들이 마구 떠올랐다. 가장 적절할 것이 무엇일까, 고민하다 튀어나온 말은.

"이 야간약국의 대역이 되어볼게요."

대역 배우가 되겠다는 것이었다.

민경은 처음 영화 현장에 나갔을 때, 한 대역 배우를 만난 적이 있었다. 1인 2역인 주인공이 자신을 마주하면서 우는 장면을 찍어야 했기에 촬영을 위한 대역 배우가 필요했다. 초점도 맞춰지지 않고 어깨와 뒤통수가 살짝 카메라에 걸리는 정도였는데, 주인공의 감정선에 따라 마주 보고 있던 대역 배우 역시 눈물을 흘리고 있었다. 촬영이 끝나고 민경은 그 대역 배우의 옷을 챙겨주면서 말했다.

"눈앞에 있는 사람이 울면 따라 울게 되는 것 같아요. 안 그래요?"

"제가 따라 울었다고 생각해요?"

"아… 아니에요?"

"저도 맞춰서 연기한 거예요."

대역 배우는 웃으며 주인공의 감정에 따라 일부러 흘려준 눈물이라고 답했다. 민경은 왜 그렇게까지 해야 하나 생각했다. 어차피 카메라에 잡히지도 않고, 초점도 안 맞고, 사람들은 그가 누군지도 아무도 모를 텐데. 민경의 속마음을 들은 건지, 아니면 설명을 하고 싶었던 것인지, 대역 배우는 민경에게 말했다.

"대역이라고 단순히 누군가를 대신하는 거에만 끝나는 게 아니잖아요. 저에게 역할이 없는 게 아니라, 제 역할이 이런 역할인 거니까. 전 제 역할에 최선을 다한 거예요. 그리고 이걸 잘하는 제가 너무 대견하잖아요."

돌이켜 보면 그 대역배우의 말이 민경이 계속 영화를 하게 만든 원동력으로 남아 있었다. 아무도 관심 가져주지 않고, 알아봐 주지 않아도 계속 해나가는 힘. 자신도 그런 힘을 갖고 싶었고, 종국에는 그런 힘에 대한 이야기를 완성해 내고 싶었으니까. 그래서 민경은 언젠가 '대역'에 관한 이야기를 완성해 내고 싶다고 생각했다. 그러니 대역이 되겠다는 말은 민경이 건넬 수 있는 최상의 말이었다.

한참 고민하며 의중을 알 수 없는 무표정을 하고 있던 보호는 마침내 고개를 끄덕였다.

"그럼 그러던가."

야호! 민경이 잔뜩 신나서 소리쳤다. 그러고는 보호의 손을 두 손으로 잡고 감사하다며 위아래로 흔들었다. 신난 민경의 표정을 본 보호는 불과 몇 시간 전의 일을 떠올렸다.

약국 건물 2층에 있는 작은 집, 보호는 그곳에서 혼자 살고 있었다. 환경에게 낮에는 푹 잔다고 말했지만, 사실 보호의 한낮은 암막 커튼 뒤에 숨은 채, 어두운 방 안에 앉아 있는 게 다였다. 창문에 달린 암막 커튼을 걷어내면 안전슈퍼의 평상이 바로 보였다. 오늘 낮, 보호는 밖에서 들리는 민경의 목소리에 살짝 커튼을 들춰 종일 슈퍼마켓 평상에 앉아 떠드는 민경을 봤다. 기다리다 갔겠지 싶었지만 약국을 열기 위해 내려왔을 때 민경은 건물 앞에 있었다. 그렇게 애쓰는 사람의 뒷모습은 거절할 수가 없다. 오늘 밤 도움이 제일 먼저 필요한 건, 이 손님인 것 같으니까.

"대신 나도 그 대역 무리에 있을 거야."

"당연하죠!"

"이봐, 해낼 수 있잖아. 잘했어. 고생했네."

보호와의 약속을 전달한 민경은 감독에게 칭찬을 들었다.

잘했다는 그 말에 쿡쿡 쑤시던 가슴 통증이 사라진 듯했다. 아까 보호가 준 진통제 덕분인지, 감독에게 받은 칭찬 덕분인지 모호했지만 상관없었다. 통증이 사라지는 방법들을 몇 가지 더 알아낸 기분이었으니까.

"선생님, 여기요!"

불 꺼진 약국 옆에서 기다리고 있던 보호에게 민경이 접이식 플라스틱 테이블을 낑낑거리며 가져왔다. 급히 소품팀에서 빌려온 물품이었다. 약속대로 약국 옆에 보호의 자리를 만들어주기 위함이었다. 민경은 테이블을 펼치고는 촬영용 의자 하나를 건넸다.

"현장에서 제일 좋은 의자예요."

민경이 준비해 준 전용 테이블과 의자는 보호의 임시 약국이 되었다. 보호는 약국의 불을 끄고도 약국 옆에 플라스틱 테이블을 놓고선 그 위에 구급상자를 올려뒀다. 감기약, 진통제, 소화제 등 이 시간대 제일 잘 팔렸던 약들이 그 안에 가득했다. 반창고나 붕대도 함께였다. 그러고는 테이블 위에 작은 무드등을 켜두었다. 몽글몽글한 작은 불빛이 참 나른했다. 제일 좋은 의자라더니 진짜인가 보네. 보호는 의자에 푹 기대어 앉았다.

그런 보호에게 희영이 찾아왔다.

"이렇게까지 약국을 운영하시는 거예요?"

희영은 촬영에 들어가기 직전이라 분장과 헤어 세팅까지 완벽히 끝마친 모습이었다. 전날 모자를 푹 눌러쓰고 고개를 떨구던 사람이 아니었다.

"오늘도 약 필요해요? 휴대용 단말기가 없어서 오늘은 카드 결제 말고 현금만 받아요."

작게 웃은 희영이 어제보다 한결 가뿐한 표정으로 말했다.

"어제는 덕분에 오랜만에 잠을 잤어요."

보호는 감독님처럼 앉아서 고개를 끄덕였다. 잠이 보약이지. 보호가 약사로서 여러 약을 관리하지만, 숙면만큼 좋은 약은 없었다. 특히나 저렇게 잠을 찾아다니는 사람에게는 특히 그렇다. 정작 자신은 잠에서 도망치는 쪽이지만.

"그것도 여러 방법 중 하나일 뿐이에요. 통했다니 다행이네."

"저한테는 잘 맞는 방법이었어요."

"언젠가 그 방법도 내성이 생길지 몰라요. 그러면 그땐 다른 방법이 필요한가 보다 해요. 틀렸다고 생각하지 말고."

보호는 희영의 눈을 바라봤다. 어제와 달리 충혈되지 않은 눈이었다. 자신의 처방이 통했다는 증거였다. 보호의 표정은 여전히 별반 다르지 않았지만, 보호의 발끝이 살짝 까딱였다. 뿌듯하다는 보호만의 표현이었다. 누구도 절대 알지 못할 작은 움직임이었다.

희영은 테이블 위에 펼쳐진 구급상자를 바라봤다. 앞서 현장 스태프들을 통해 들은 바로는 약국 불을 끈다고 해서 오늘은 약국 문을 완전히 닫는다고 생각했다. 그런데, 여전히 약국 옆에서 테이블을 펼쳐놓고 약을 팔다니. 약국 운영을 이렇게까지 하는 건가.

"이렇게 운영하면 얼마 남아요? 제가 오늘 여기 구급상자에 있는 약 다 사면 마진이 나오나?"

"아뇨. 그렇게는 못 팔지, 진짜 필요한 사람이 생기면 어떡하려고."

진짜 배짱 장사네. 희영이 웃자, 보호는 그저 어깨만 들썩할 뿐이었다. 희영은 구급상자 속 가지런히 정리해 둔 약들을 살펴보았다. 상비약부터, 큰 길가에 있는 편의점에서 살 수 없는 약들 위주로 몇몇 챙겨져 있었다. 작지만 필요한 것들만 가득한 구급상자였다.

"그럼 제가 최대한 빨리 촬영 끝내는 게 약사님 도와드리는 거겠네요?"

"그럼요. 촬영 끝나면 약국 불 바로 켤 거니까."

"좋아요. 그럼 제가 잘 달려볼게요."

카메라 롤, 레디 액션! 조용한 골목길에 울려 퍼지는 감독의 목소리, 뒤이어 달려오는 희영의 발걸음 소리, 스태프들이 그 뜀박질에 맞춰 규칙적으로 움직이는 소리. 보호는 그 소리들이 꽤나 든든하다고 생각했다. 그리고 달리는 발걸음이 한결 가벼워졌다고 느꼈다. 다행이었다. 꽤 깊은 잠을 잔 모양이네. 보호의 발끝도 그 소리에 맞춰서 까딱거렸다.

촬영이 시작하고 얼마 지나지 않아, 환경이 약국 앞에 도착했다. 환경이 거친 숨을 몰아쉬며 보호가 지키고 있는 테이블 앞에 서자, 보호는 스마트폰 액정을 켜 시간을 보여주며 말했다.

"지각이네, 어이구 3시간이나? 나 너 사표 쓴 줄 알았잖아."

"아, 진짜 죄송해요. 아, 제가 아직도 시차 적응이 안 되어서. 어젯밤에 퇴근하고, 아니 오늘 새벽에 퇴근하고 내내 잠을 못 자다가, 오후에서야 잠이 들어버려서…. 진짜 죄송합니다."

지각이 부끄러운 듯, 환경의 귀는 붉어진 채였다. 언덕 위로 달려오는 내내, 환경은 잔뜩 가슴을 졸였다. 아니, 위장 취업이긴 하지만 입사한 지 얼마나 됐다고 이렇게 지각을.

✚

할 줄 아는 건 힘찬 인사와 정시 출근뿐이었는데, 정시 출근까지 실패한 것이다.

고개를 잔뜩 숙인 환경을 보던 보호는 한숨을 내쉬었다. 새벽에 퇴근하고 나면, 낮에는 유튜브로 약사의 세계를 공부한다고 하더니…. 충혈된 눈으로 출근할 때부터 보호는 이 순간을 예측했다. 한 손에 들어오는 작은 랜턴으로 고개를 숙이고 있는 환경의 얼굴을 비췄다. 불빛이 얼굴에 닿자 환경이 고개를 들었다.

"자꾸 잊는 거 같아서 말해주는 건데, 이거 네 본업 아니잖아. 넌 네 본업을 잘하고, 나는 내 본업을 잘하고 그러면 되는 거야. 진짜 여기에 눌러앉을 생각이야? 진짜 약국 사무원이 되고 싶은 거냐고. 너 여기 앉아 있는 이유가 카운터 잘 보고, 포스기 계산하고, 약 정리하는 거야? 아니잖아, 너 찾아야 할 거 있잖아. 여기서 카운터 보랬다고 진짜 카운터만 보면 어떡해?"

전혀 예상하지 못한 말이었다. 환경은 그제야 보호가 자신을 바라보던 시선의 진짜 의미를 넌지시 느낄 수 있었다.

"오늘 순찰 돌기 딱 좋은 날이겠지? 약국 문도 닫았고."

"아, 넵!"

"넌 네 일을 해. 난 내 일을 할 테니까."

보호는 한 손에 들어오는 작은 랜턴을 환경에게 건넸다. 잔뜩 겁을 먹었던 마음이 편안해지니, 환경은 울컥 눈물이 날 뻔했다. 팔이 떨어지겠다며 보호가 랜턴을 들고 있는 팔을 흔들자 환경은 랜턴을 건네받았다. 그래, 열심히 해야지. 환경은 조용한 H동을 걸으며 '오늘도 무사히.'를 되뇌었다.

골목길을 순찰하러 어두운 골목길 안쪽으로 멀어지는 환경의 뒷모습을 보며 보호는 살짝 웃었다. 등짝에서부터 '열심히 할 거야.'라고 말하고 있었다. 배우 지망생인 단골 지환이 언젠가 말했던 등짝으로도 감정을 표현한다는 게 이런 건가 싶었다. 그리고 동시에 쓸쓸해졌다. 그날도 이랬다면, 이렇게 이 골목 안에 사람들이 많았다면, 그런 일이 일어나지 않을 수 있었을까 하고.

약국 앞이 붉은 피로 흥건했던 그 순간은 아주 손쉽게 떠오르는 기억이었다. 테이블 아래에서 살짝 들떴던 보호의 발 아래로 피가 흐르기 시작했다. 다가오는 그날 밤의 핏물에도 보호는 발을 떼지도 않고 그저 그 핏물에 발을 담글 뿐이었다. 여태 한 번도 잊지 못한 기억이었다. 그날의 서늘한 아침 공기는 잔인하게 보호를 쫓아다녔다. 계속 잊지 말라고, 오늘을 기억하라고, 절대로 그 시간에서 벗어나지 말라고. 그날 보호는 그러겠노라 약속했다. 그래서 해가 떠오르는 아침의 공기 냄새를 맡으며 퇴근하자마자 곧장 암막 커튼을 치고 잠들어 해가 뜬 직후의 시간을 없는 시간으로 썼다. 잠에서 깨어도 어둠뿐인 방 안에서 그날 밤을 되새겼다. 잊으려고 애쓰지 않고, 사건이 벌어진 약국 건물을 팔지 않은 것도 모두 보호만의 방법이었다. 매일 살아남을 이유를 만들기 위한 보호만의 방법은 지독한 통증과 함께 살아가는 것이었다.

내가 그날 밤을 기억해 주지 않으면, 누가 기억해 줄까. 그래, 나는 이렇게 살아야지.

• • •

"할머니 저도 셀카봉 하나요. 이거 얼마예요?"

영화 촬영이 끝나고 나서 얼마 지나지 않아, 안전슈퍼엔 엄청난 인파가 찾아왔다. 정분은 왜 자꾸 셀카봉이 팔리는지 이해할 수 없었다. 셀카봉을 산 사람들은 자꾸 안전슈퍼 앞 평상에서 사진을 찍어 갔다. 성지순례 인증 숏이라나 뭐라나. 원래 평상의 주인이던 H동의 어르신들은 대체 무슨 일인가 싶었다. 정분의 손녀가 얼른 할머니 슈퍼에 가야겠다며 들뜬 목소리로 전화하기도 했다.

소란은 민경의 부탁으로 안전슈퍼에 희영이 사인을 남겼기 때문이었다. 게다가 희영은 자신의 SNS에 안전슈퍼 앞 평상에 앉아 찍은 사진을 업로드했다. 이후 조용할 줄만 알았던 H동이 술렁이기 시작한 것이다. 유명 배우가 다녀간 성지로.

그리고 다른 의미로도 술렁였다. 이곳에서 사람이 죽어 나간 이후로, 찾아오는 사람들이 적어서 안전한 곳이라 믿었던 이들의 입장에서는 H동을 찾아오는 모든 이가 불청객이었기 때문이다.

H동 빌라촌의 골목길들은 야간약국을 중심에 두고 동서남북으로 갈라진다. 그중에서도 동쪽의 골목길 안으로, 더 안으로 계속 들어가다 보면, 허름한 주택이 하나 나온다. 색이 바랜 붉은 벽돌에 남색 지붕을 씌우고, 마당엔 커다란 감나무가 있는 2층 단독주택으로, 그 집은 낮이든 밤이든 절대 불이 꺼지는 일이 없었다.

그 주택의 지하실에서 평식이 유독 마른 체형의 남자에게 물었다.

"아지트 옮길까요? 이 동네가 외부인들도 많이 오고 소란스러워져서요."

평식의 말이 끝나자마자 마른 체형의 남자가 역으로 되물었다.

"너, 그거는 찾았어? 그거 10억짜리야."

"아뇨, 죄송합니다. 형님."

형님이라 불린 마른 체형의 남자는 가만히 평식을 바라보다가 그의 뒤에서 오금을 발로 걷어찼다. 평식이 앞으로 쏟아져 내리듯 주저앉았다. 평식의 뒤통수 위로 남자의 구둣발이 올라왔다.

"평식아, 네가 일 똑바로 했으면 이 사달이 안 났겠지?"

"죄송합니다. 형님."

"그거 못 찾으면 여기 못 떠나. 이번 거래에서 그 물건이 제일 메인디쉬였잖아!"

구두 굽이 평식의 뒤통수를 깊게 눌렀다.

"당장 그 미친 새끼 어딨는지 찾아내."

형님이라고 불리던 이가 평식의 뒤통수에서 구둣발을 떼자, 평식이 순식간에 자세를 고쳐 앉고, 간신히 말을 이었다.

"경찰이 데리고 가서… 어느 병원으로 갔는지도… 알기가 쉽지 않습니다."

"그러니까 애초에 물건 관리를 제대로 했어야지. 그 새끼가 훔쳐 가지 못하게! 응? 일 좀 하자! 평식아!"

순식간에 평식의 눈앞이 어둠으로 가득 찼다. 머리 위에서 깨진 플라스크 조각이 부스스 떨어졌다. 두피에서 흘러내린 피가 평식의 눈앞을 가렸다. 평식은 머리를 숙여 땅에 붙였다.

　"죄송합니다! 무조건 해결하겠습니다!"

　"해결해. 그러지 않으면 네가 죽는 거야. 알았어?"

　평식이 바닥에 얼굴을 바투 붙이고는 숨을 헉헉 몰아쉬었다.

3

오늘의 판매약

복용 전
약사와 상의할 것

새벽 무렵, 야간약국 안에는 취객 한 명이 의자에 널브러져 있었다. 30분 전에 술 깨는 약을 사놓고는 곧장 마실 것처럼 굴더니, 손에 힘이 풀린 나머지 약 뚜껑을 열지도 못하고 술기운에 곧바로 잠들어버렸다. 보호는 아주 불쾌한 표정으로 취객을 바라보면서도 깨우거나 나가라는 말을 하진 않았다. 그저 째려볼 뿐. 보호의 눈치를 보던 환경이 물었다.

"깨울까요?"

"됐어. 스스로 일어날 때까지 가만히 둘 거야."

"왜요?"

"아직 날이 춥잖아."

벌써 한 달 가까이 야간약국에서 일하며 보호를 봐온 환경은 종종 생각했다. 참 표현이 서툰 사람이라고. 아마 날이 추워서라기보단, 저 사람도 저렇게 널브러져 있을 곳이 필요하다는 것을 보호도 알기 때문이 아닐까. 의자에 널브러지기 직전, 취객은 접대 회식 자리에서 자신이 거래처 사장님에게 얼마나 모욕적인 순간을 겪었는지 아느냐며 하소연을 한바탕 쏟아냈다. 그리고 울어버렸다. 정년 퇴직을 겨우 몇 년 남겨둔 이의 눈물이었다. 퉁퉁 부은 눈이 조금은 가라앉을 때까지 그저 기다려주는 것, 사람들 사이 치이고 치인 이들에게 잠시 혼자만의 시간을 주는 것, 이것이 보호가 내리는 일종의 처방이었다. 그렇지만 취객을 바라보는 보호의 표정은 점차 어그러졌다. 토하면 안 되는데, 하는 보호의 혼잣말을 들은 환경이 자리에서 벌떡 일어났다.

"제가 집에 모셔다드리고 올게요."

"응?"

말이 끝나기 무섭게 환경은 카운터 문을 열었다. 곧장 널브러진 취객 아저씨에게 다가가, 바지 뒷주머니에서 지갑을 꺼내 신분증에 적힌 주소를 확인했다.

"뭐 하는 거야?"

"원래 취객들이 널브러져 있으면 깨워서 안전하게 귀가시키는 게 저 같은 경찰의 일이거든요. 주소 보니까 여기 근처네요. 외근 다녀오겠습니다!"

환경은 취객을 부축해 약국 밖으로 나섰다. 가만히 약국에 앉아 있을 때보다 훨씬 말똥말똥한 눈빛으로 변한 환경을 보며, 새삼 저 아이의 일은 약국 밖에 있구나 싶었다. 네 본업이 먼저라는 말을 들은 이후로, 환경은 한 번도 약국에 지각한 일이 없었다. 오히려 새로 들어온 약을 정리하고 청소하는 일은 제발 자신에게 맡겨 달라고 먼저 부탁했다. 형사로서 완벽한 약국 사무원으로 잠복하고 싶다며 누가 오더라도 감쪽같이 속일 수 있게 이제는 포스기와 매출 정산까지 하고 있었다. 완벽한 약국 사무원으로 거듭나는 중이지만, 약국 밖으로 순찰을 나갈 때에야 눈빛이 가장 반짝였다. 무언가를 향해 달려가는, 생기가 가득한 눈빛이었다.

환경이 밖으로 나가자, 보호는 약국의 외부 조명을 더욱 환하게 밝혔다. 어두운 밤길을 되돌아올 환경이 단숨에 이곳을 찾을 수 있게, 이 자리에서 불을 밝히는 건 자신의 역할이었으니까.

홀로 약국에 있던 보호는 아차 싶어 분무기를 카운터 아래서 꺼냈다. 며칠 전, 희영이 난데없이 선물하고 간 화분에 물을 뿌리기 위해서였다. 다육식물이라 물을 많이 뿌리지 않아도 된다고 했지만, 잎사귀에 맺히는 물방물을 볼 때면 묘하게 기분이 좋아져서 보호는 자꾸만 물을 뿌려댔다. 칙칙거리는 분무기 소리 사이로 란이의 목소리가 비집고 들어왔다.

"언니, 술 깨는 약!"

보호가 고개를 돌려 시계를 봤다. 새벽 4시, 단골손님 란이가 야간약국에 들르는 시간이었다. 약국 문을 벌컥 열며 크게 외치는 란이의 목소리를 들으며, 보호는 기계적으로 준비해 둔 약 묶음을 카운터 위에 올렸다. 숙취해소에 좋은 약들이 담겨 있는 란이를 위한 약 세트였다. 여전히 시선은 다육식물에 고정한 채였다. 그래서 란이의 뾰루퉁한 표정을 보지 못했다. 란이는 자신을 보지도 않는 보호가 마음에 안 든다는 듯, 카운터에 8000원을 탁 올려뒀다. 보호는 소리만 듣고 술 냄새를 눅눅히 묻히고 온 현금을 쭉쭉 펼쳐서 포스기 아래 현금통에 집어 넣었다.

"그나저나 그 청년은 어디 갔어?"

카운터 위에 란이가 턱을 괴며 물어왔다. 아까 취객을 데려다주고 온다며 떠난 후로, 환경은 함흥차사였다. 술에 잔뜩 취한 사람을 부축하는 일은 쉬운 일이 아니니 시간이 좀 더 걸리나 싶다.

"잠깐 나갔어."

"아쉽네."

"뭐가?"

"젊고 싹싹한 청년이잖아. 심지어 말끔하게 생기고 말이야. 볼 맛이 나잖아."

여전히 보호는 란이를 제대로 보지도 않고 분무기로 화분에 물을 주고만 있었다. 칙칙ㅡ. 그 소리가 란이를 점차 거슬리게 하고 있다는 것도 모르고. 란이가 목소리에 더욱 힘주어 물었다.

"그나저나 언니, 사후피임약은 처방전 있어야 되는 거지?"

"당연하지."

"근데 귀찮은데, 그냥 해주면 안 되나?"

"네가 병원에 다녀오면 되잖아."

란이의 말은 별로 중요한 것이 아니라는 듯, 보호는 벌써 '다육이'라고ㅡ이름이라기보다는 명칭에 가깝지만ㅡ 이름을 붙인 화분에서 시선을 떼지 않고 물을 주는 것에 집중했다. 란이가 보호를 흘깃 째려보며 말했다.

"쳇, 언니 그렇게 물 많이 주다가 죽는다?"

"뭐가?"

"죽는다고. 뿌리가 썩어서."

슬그머니 분무기를 뿌리던 손을 멈춘 보호는 그제야 란이를 제대로 쳐다봤다. 화려하게 화장을 한 란이는 오늘도 높은 하이힐을 신고, 다리를 훤히 드러내는 짧은 원피스 위에 시커먼 숏패딩을 입고 있었다. 한결같은 옷차림이었다. 이 날씨에 서늘하게.

　"넌 처음 본 화분한테 그렇게 말하고 싶니?"

　이제야 쳐다보고 말하네, 란은 잔뜩 틱틱거리는 말투로 말했다.

　"언니야말로 말하는 사람 안 보고 뭐 해?"

　"화분에 물 주잖아."

　"얼마 본 적도 없는 화분보다 몇 년을 보고 있는 단골인 나한테 관심을 좀 주면 안 돼?"

　"내가 얼마나 너한테 관심이 많으면 네가 자주 사 가는 약들을 세트로 미리 준비해 두겠니."

　쳇ㅡ. 란이는 품 안에서 커피 스틱을 하나 꺼내더니, 정수기 옆 종이컵에 가루를 쏟아냈다. 그리고 정수기에서 따뜻한 물을 받아서는 약국 안에 있는 의자에 앉았다. 보호는 자연스럽게 움직이는 란이의 동선을 눈으로 따라갔다. 아까 취객까지, 저 의자를 몇 개 덜어내야 저런 손님들을 내보낼 수 있을까. 저럴 거면 24시간 카페를 가라는 말이 목에 남았다. 그럼에도 절대 내뱉지 않는 투정이었다. 언제든 약이 필요한 사람들에게 도움이 되는 약사가 되기로. 게다가 약국을 이어받을 때, 약국 어르신이 여유까지 처방하라고 하지 않았나. 보호가 숨을 고르며 내면의 평화를 찾아갔다. 그런 보호에게 란이가 커피 스틱을 휘휘 저으며 말했다.

"나한테 이런 일 그만하라는 소리도 안 하잖아."

보호가 어깨를 들썩이며 답했다.

"내가 뭐라고 너한테 그런 말을 해? 내가 너한테 일 줄 것도 아닌데. 그런 건 원래 대안을 만들어주고 해야 하는 말이야. 대안 없는 충고만큼 무책임한 게 없잖아. 너를 내가 책임지고 싶지도 않고."

란이는 휘휘 저은 커피 스틱 껍질을 쓰레기통으로 던져 넣었다. 단번에 골인이었다. 저 언니는 매번 저렇게 아무 상관도 없다는 듯 말한다니까. 하지만 그래서 좋았다. 보호의 말을 듣고 있으면, 사실은 큰일도 별반 대단한 일이 아닌 것처럼 느껴졌다. 자신의 삶이 어떤 쓰레기를 만나든, 술에 잔뜩 취해 비틀거리든, 보호에게는 그저 지나가는 푸념 정도인 듯했다. 란이보다 앞서서 걱정하지 않아서 좋았다. 철저한 선이 있어서 편했다. 뜨겁지도, 그렇다고 너무 차갑지도 않았다.

어떤 사람들은 란이에게 앞으로의 미래가 걱정된다며, 어떻게 살아온 거냐고 안쓰러워했다. 물론 돌아보면 나름 따스한 마음이라는 건 안다. 하지만 그렇게 호들갑 떨며 란의 인생을 걱정한다는 건, 즉 그녀의 인생은 이미 망가졌다는 평가와 다름없었다. 이미 망가진 인생인데, 더 망가질 게 뭐가 있을까 하며 넘기려던 일도 그런 호들갑 때문에 더 끔찍한 일이 되기도 했다.

"그나저나 언니는 피부 관리 어떻게 하길래 그렇게 하얘? 부럽다."

"너도 밤에만 다녀봐. 자연스럽게 하얘지지."

"나도 늘 밤에만 다니거든."

"술이랑 담배를 끊던가."

"아이고, 그건 불가능해."

고개를 저은 란이는 따뜻한 커피가 담긴 종이컵을 두 손 모아 잡고서 의자 등받이에 살짝 기대 누웠다. 그러고는 눈을 감았다. 여기가 참 잠이 잘 온다니까.

"아휴, 건조해. 나 피부 관리 해야 하는데."

"그건 여기 말고 저쪽 건너편 화장품 가게서 말해."

"거기 점장이 나 싫어해. 찝찝하다고. 언니도 그거 알지? 내가 그 눅눅한 현금 내밀면, 이 동네 사람들이 싫어하는 거. 웃음 헤픈 술집 여자가 물장사 해서 번 돈이라고."

란이가 이 동네에 정착한 것은 비교적 최근의 일이었다. 이제 3년 정도 되었을까. 란이는 원래 한 블록 떨어진 술집 거리 근처의 작은 방에서 살았다. 그 작은 방도 란이에게는 소중한 집이었다. 아주 오래 모은 돈으로 구한 서울에서의 집이었기 때문이다. 월세나 전세가 아닌 자가로. 일부러 신축인 곳으로 들어갔다. 모조리 새것인 곳이라면 자신도 새것이 될 것 같다는 기대와 함께였다.

어느 날, 퇴근하던 란이를 누군가 쫓아온 후로, 새집에서의 설렘은 사라지고 말았지만. 자신을 쫓아오는 발걸음 소리에, 란이는 곧장 집에 들어가질 못하고 계속 동네를 배회해야만 했다. 마치 산책하듯 빙빙, 란이의 뒤를 밟는 질긴 꼬리가 끊어질 때까지. 그렇게 한참 동네를 돌다 보니 쫓아오던 발소리는 사라져 있었다. 겨우 끝났다 싶었다. 이 정도 스토킹이 한두 번은 아니었으니까. 이걸 노하우라고 볼 수 있을진 모르겠지만. 어쨌든 문제를 해결했다고 생각한 란이는 완전히 동틀 시간이 되어서야 안심하고 집으로 향했다. 란이의 집은 신축 빌라의 반지하방이었다. 계단으로 내려가려던 란이는 현관문 앞에 서 있던 남자를 마주했다. 분명 계단 위에 있던 건 란이였지만, 계단 아래 미소 지은 남자가 란이보다 우위에 있는 것이 분명했다. 그는 란이를 찾는 남자들 중 그나마 젠틀하다고 여겨지던 단골손님이었다. 때마침 아침마다 생수를 배달하는 아저씨가 빌라 안으로 들어왔다. 그러자, 그는 계단을 올라 란이를 스쳐 지나갔다. '다행이다. 여기 맞네.'라고 말하며. 또 보자고 웃으며 손을 흔드는 그를 본 란이는 비명을 지르거나 돌아서서 달아날 힘을 잃어버렸다.

등골이 저릿했다. 그건 자신을 쫓아온 사람에 대한 두려움과 함께, 그나마 젠틀하다고 믿었던 사람에 대한 불신이었다. 그래, 날 찾아오는 사람들은 다 저렇지. 날 함부로 대하길 좋아하지. 내가 감히 존중받고 있다고 기대를 했네. 란이는 집 안에 들어가 한참을 주저앉아 있었다.

온전히 혼자인 작은 방에 란이는 한참을 갇혀 있었다. 이사할 돈도 여유도 없었으니까. 그러다 멋모르고 외출했다 돌아오던 길에 현관문이 함부로 열려 있는 것을 보고 당장 집을 빼야겠다고 결심했다. 그럼에도 란이는 방 안에서 그 다짐을 절대 드러내지 않았다. 혹시 이사 가야겠다는 용기를 낸 것조차 들킬까 봐서. 그래서 이미 그가 망쳐버린 자신의 일상을 더 뺏길까 봐서. 자신 같은 애는 이런 일을 당해도 싸다는 말을 들을까 두려워서 란이는 입을 다물었다.

✚

그렇게 급히 이사 온 곳이 H동이었다. H동 구옥 빌라에, 직전까지 어르신이 혼자 살던 곳으로 들어갔다. 누군가의 흔적이 가득 남은 집이었지만, 믿을 수 없어진 새집보다 안전하게 느껴졌다. 술집이라고는 몇 없어 동네 사람들의 흘 깃거리는 시선을 받아내는 게, 누군가 자신을 따라올지도 모른다는 두려움을 이겨내는 것보다 쉬웠다. 현관문 앞에서 기다리던 그 시선과 마주쳤던 순간은 다시 겪고 싶지 않았다. 그 방에서 벗어나기 위해서 애썼던 과거를 떠올리면 란이는 무엇이든 할 수 있을 듯했다. 그래서 이 업계에서도 벗어날 수 있을 줄 알았지만, 다시금 되돌아갔다. 그냥, 원래부터 이렇게 태어난 것처럼.

'그래, 내가 가봐야 어디까지 갈 수 있겠어. 길도 가본 길이나 쉽지, 보고 자란 게 이것뿐인데. 어릴 적 술집에 팔려와서 설거지랑 걸레질을 배웠던 게 삶의 시작인데, 뭐 어떻게 달라지겠어. 고작 내 그릇이 이 정도일 뿐이지.'

이 정도의 삶, 이 정도까지의 발버둥, 그냥 매일매일 숨만 쉬면 그뿐. 매일 취할 정도로 술을 마셨다. 그냥, 그냥, 그냥 나는 원래 이런 사람이니까.

"언니는 내가 신경 안 쓰여?"

"신경 쓰이지. 단골손님이니까. 매번 현금 결제 해주는 친절한 손님. 현금영수증 신청도 따로 안 하는.”

보호의 말에 란이 어이없다는 듯, 살풋 웃었다. 저 언니는 몇 년째 한결같다니까. 고요한 약국 안에서 칙칙거리는 보호의 분무기 소리만 들려왔다. 눈을 감고 쉬던 란이는 그 소리가 거슬렸다.

“아이고, 물 너무 많이 주면 죽는다니까?”

눈을 뜬 란이는 화분이 아니라 허공에 분무기를 뿌리고 있는 보호를 발견했다.

“뭐 해, 언니?”

“그냥 공기가 건조해서.”

그래, 저 언니는 매번 저런 식이지. 란이는 보호를 처음 마주했던 날을 떠올렸다.

• • •

그날은 사실 어떤 약도 필요치 않은 날이었다. 그냥 누군가에게 시비를 걸고 싶은 날이 있지 않나. 그런데 새벽 4시가 지나, 깨어 있는 사람도 거의 없는 그 시간에 누구에게 시비를 건단 말인가. 그냥 불이 켜져 있기에 야간약국이라는 간판을 보지도 않고 들어갔다. 술에 잔뜩 취한 채로.

✚

"어이, 언니!"

"무슨 약이 필요하세요?"

보호는 손님인 란이가 귀찮다는 목소리로 말했다. 굳이 목소리를 높이지도 않고, 친절하게 웃지도 않았다. 그런 보호의 모습에 란이는 보호를 무안하게 만들고 싶었다. 약사도 서비스직 아닌가. 여기선 내가 손님인데, 저렇게 불친절하다니. 그 당시엔 그게 보호의 트레이드마크라는 걸 란이는 몰랐다. 저 약사의 무감한 표정이 당황스러움에 산산이 깨졌으면 좋겠다고 생각했다.

"무슨 약이든 다 팔아?"

"원하는 약이 있으면?"

어쭈. 란이가 반말을 하자 곧바로 반말로 응수하는 보호를 란이는 이겨버리고 싶었다. 약사니까 공부도 잘했을 거고, 엘리트 코스만 착착 밟아왔을 거고, 온실 속 화초처럼 자랐겠지 싶어 약이 올랐다. 심지어 또래로 보였다. 마침 훅─ 술 냄새가 올라와 성질을 더 돋웠다. 손님이 원피스에 술을 엎은 탓이다. 반면에 다림질이 잘 된 흰 가운을 입은 보호를 괴롭히고 싶었다. 누구든 함부로 대하고 싶은 날이었다. 무례하게, 기분 나쁘게, 오늘 하루 똥 밟은 것처럼 되게, 내가 똥이 되어주겠다고.

"애 지우는 약 하나 줘."

"그건 없는데."

"쓸모없다."

"그럼 나가봐."

보호는 나가라는 듯, 활짝 열린 유리문 방향을 손으로 가리켰다. 란이가 어이없다는 듯 웃었다.

"나 손님이잖아."

그리고 뭐라 했더라. 쌍욕을 쏟아냈던가. 이년 저년을 붙여가며, 곱게 자란 약사 선생님은 듣지 않고 자랐을 말들을. 그런데 보호는 아무렇지 않아 보였다.

"약 안 샀잖아. 너 아직 손님 아니야. 그러니까 나한테 쌍욕 말고 제대로 말을 해. 손님 행세하고 싶으면 약을 사. 상비약은 언제든 사둬도 좋으니까. 근데 사실 그렇게까지 할 말도 없지? 그러니까 그러고 가만히 서서 떠들기만 하지. 입 아프게."

공교롭게 가만히 있는다는 말은 그날 란이를 괴롭혔던 말이었다. 가만히 서 있으라는 명령에 정말 말 그대로 꼼짝 않고 서 있기만 해야 했던 날이었으니까. 자신의 말 한마디로 사람을 움직이지 못하게 하고는 그걸 구경하는 쓰레기 같은 버릇을 가진 손님이 방문한 날이었다. 란이에게는 싫다

✚

고 거부할 자격이 없었다. 돈을 받았으니까, 그에 맞게 굴어야 했다.

"가만히 서 있는다고?"

"그래, 지금 너 아무것도 못 하잖아."

그 말이 시작이었다. 란이가 소리치며 약국 벽면에 서 있던 철제 선반을 쓰러뜨렸다. 반창고와 파스들이 쏟아졌다. 피로회복 음료를 꺼내 던지자 와장창하고 깨졌다. 가만히만 있다고? 내가? 한참 철제 선반 몇 개를 힘주어 쓰러뜨리느라 손에 피가 난 줄도 몰랐다. 그렇게 선반을 네 개쯤 엎었을 때, 보호는 카운터 문을 열고 나와 란이의 손을 붙잡았다.

"술 깨는 약부터 먹어야겠는데?"

"안 놔?"

"이것 봐, 지금 피 나는 걸 느끼지도 못할 정도로 취했잖아."

그 이후부터는 란이의 기억은 잘게 쪼개졌다. 산산이 부서진 유리 조각처럼. 다음 날 아침, 자신의 방에서 깨어난 란이는 꼼꼼하게 반창고가 붙여져 있는 손가락을 바라봤다. 아무것도 제대로 기억나지 않았다. 아무리 술을 마셔도 이런 적이 없었는데…. 그래서 다음 날도 똑같이 새벽 4시에 야간약국을 찾았다. 전날과 같이 보호는 카운터에 서 있었다. 약국 안은 깔끔하게 정리되어 있었고, 지난밤 아무 일도 없었던 것처럼 보였다. 그건 보호도 마찬가지였다. 무심한 목소리로 이제와 똑같이 물어왔다.

"무슨 약이 필요하세요?"

보호의 아무 일 없다는 그 표정이 란이에게는 더 무서웠다. 깽판을 쳤든 뭘 했든 상대의 표정으로도 자신이 무엇을 했는지 알 수 없다는 게, 자신이 모르는 사실이 누군가의 기억 속에는 남아 있다는 게 두려웠다.

"뭐야, 진짜 대체 뭔 짓을 한 거야?"

란이의 얼굴이 잔뜩 찌푸려졌다. 머리가 딩딩 울리고 아파왔다. 막막한 감정이 휘몰아쳤다. 작게 피어오른 불안은 순식간에 크기를 키워 란이를 집어삼켜 버렸다.

어릴 적부터 란이는 기억력이 참 좋았다. 술집에 팔려 왔을 때, 할머니 사장님이 깜빡하는 걸 챙겨두었다가 말해주는 게 란이의 역할이었다. 그게 예쁨받는 방법이었고, 란이의 생존본능이었다. 사소한 것도 기억했다. '어떻게 그런 걸다 기억해?'라고 묻는 질문에도 눈을 접고 웃으며 답했다. '그래야 오빠들한테 잘해주지.' 그러면 상대는 기분 좋다는 듯 웃었다. 하지만 그건 사실 자기 자신을 위해서였다. 다들 잊어버리면 편하다고 하는 것들까지 아등바등 모두 기억하며 살았다. 그게 좋은 기억이든 싫은 기억이든 손안에 잔뜩 붙잡았다. 그래야 내가 '나'를 지킬 수 있을 것 같았다. 남들이 부르는 이름이 '야'든, '넌'이든, 예명으로 쓰고 있는 '란이'든 어쨌든 내가 기억해야 '나'일 수 있었다. 남들에게는 구질구질하고 찝찝한 기억이어도 붙잡으면, 그 하루는 어쨌든 자신이 살아낸 것이었다. 그것에 집착한 이후로 이렇게 기억을 잃은 적은 한 번도 없었다.

란이는 불안한 듯, 보호가 붙여둔 반창고를 손톱 끝으로 툭툭하고 건드렸다. 보호는 그런 란이의 손가락을 바라봤다. 저거 나름 비싼 반창곤데, 방수까지 되는 거. 어쨌든 외상값도 받아야 하니 말해줄까. 그래도….

"기억나지 않으면 모르고 지나가도 될 텐데…. 네가 지우고 싶었던 순간일 수도 있잖아. 창피해서라던가?"

"싫어. 내가 기억하지 않으면 아무도 나를 기억해 주지 않으니까."

란이의 눈에서 눈물이 뚝 떨어졌다. 보호는 잘게 몸을 떠는 란이의 충혈된 눈을 마주 봤다. 살고자 하는 눈이었다. 굳센 생명력이 가득했다.

"그래, 원한다면. 네가 깽판 친 것부터 말해주면 되나?"

"싹 다. 내가 무슨 말을 했는지까지."

"말해주긴 할 건데, 이건 모두 내 기억이지 네 기억이 아니야. 내가 기억하는 너라고. 나의 평가가 잔뜩 들어갈지도 몰라. 갑자기 난데없이 찾아와서, 약을 살 것도 아니면서 일부러 분풀이가 하고 싶어 술에 잔뜩 취해서 들어온, 아등바등 사는 진상 손님 그 이하도 이상도 아닐 거라고. 그런 얘기를 굳이 들어서 뭐 하려고."

그 말에 란이는 몸은 부들거리면서도 눈물은 흘리지 않겠다며 눈을 동그랗게 뜨고 선 채, 보호를 노려봤다. 치켜뜬 눈에서 차마 막지 못한 눈물이 흘렀다.

"들어야만 해. 그래야, 내가 어떤 사람인지 잊지 않을 수 있어."

란이는 타고나길 이런 삶이어서 손가락질이 익숙했다. '왜 이렇게 살게 됐냐면'이라는 구질구질한 변명조차 사치니까 굳이 기운을 쓰고 싶지 않았다. 언젠가 가장 믿었던 사람에게 란이는 자신의 과거를 털어놓은 적이 있었다. 작은 동정이라도 받고 싶어서. 뒤늦게 그 동정이 자신을 오래도록 술집에 묶어놓고 조종하기 위한 거짓 공감이었다는 것을 알았다. 그리고 자신이 털어놓은 과거의 슬픔이 그 사람에게는 무용담처럼, 그렇게 불쌍한 여자애를 자신이 도왔다는 '이야기'로 퍼져 있었다. 그때의 경험으로 란이는 누군가에게 편히 기댈 용기도 단단한 사람에게서 나온다는 것을 알았다. 자신의 기억을 몇몇 내주어도 별것 아닌 것이 될 수 있는 사람들 말이다. 란이는 그런 단단한 사람이 될 수 없었다. 그러니 이 쌀쌀맞은 약사가 뭐라도 자신에 대해 말해줬으면 싶었다. 스스로 기억 못 하는 순간을 남이 알고 있는 것처럼 불안한 일은 없었다.

"당장!"

흔들리는 목소리로 소리치던 란이가 꺽꺽거리며 주저앉아 울기 시작했다. 그 모습을 보던 보호가 카운터 문을 열고 나왔다. 손에는 술 깨는 약이 들려 있었다.

"진짜 술 깨는 약부터 먹어야겠네."

보호는 란이에게 다가가 술 깨는 약을 건넸다. 란이는 보호가 건넨 술 깨는 약을 던져버렸다. 약국 바닥으로 던져진 약은 산산이 깨져버렸다.

"이거 술주정 아니야. 나는 멀쩡하다고."

보호는 자신을 향해 날아오는 란이의 손을 붙잡았다. 이겨보려 낑낑거리던 란이가 보호의 힘에 밀렸다. 혼자 약품 상자를 정리하며 채워온 생활 근육이었다.

"그거 알아? 술도 약이야. 알코올이 희석되어 있어서 합법 약물이긴 하지만, 알코올은 마약처럼 중독성 약물이지. 신경계를 둔화시키고 기분 장애를 불러일으킨다고."

"대체 뭔 말이 하고 싶은 거야. 내가 술 마셔서 이런 꼴이라는 거야?"

"맞아, 지금 네가 막 화내고 남의 약국 물품을 쓰러뜨리고, 기억을 잃는 건, 다 술 때문이라는 거야."

"그럼 어쩌라는 건데."

"술 깨고 정신 차리라는 얘기야. 그래야 알지, 너 스스로 네가 어떤 사람인지. 지금의 너는 알지 못하는 게 당연하다고."

보호는 란이를 약국 의자에 앉혔다. 보호의 힘에 못 이긴 란이가 앉자, 보호는 정수기에서 냉수 한 잔을 따라 건넸다.

"너한테 지금 필요한 건 이거야. 물이나 마시고 잠자코 쉬다가 가. 뭐라고 안 할 테니까."

보호는 빗자루를 꺼내 깨진 약병 조각을 치웠다. 그러고는 별일 아니라는 듯, 다시 약국 카운터 안으로 들어가 버렸다. 주저하던 란이는 보호가 건넨 냉수 한 잔을 벌컥벌컥 들이마셨다. 어떤 술 깨는 약보다도 머리가 맑아지게 만드는 냉수 한 잔이었다.

...

  칙칙ㅡ. 보호가 분무기를 뿌리는 소리가 약국 안을 가득 채웠다.

  "가습기 사줘? 나 그 정도는 벌어."

  "나도 그 정도는 벌어. 나 여기 건물주인 걸 너는 모르나 보다?"

  "알지, 그래서 매달 대출금 갚는 것도."

  "그러니까 네가 얼마나 소중한 손님이겠니."

  "그럼 소중한 손님에게 의자 몇 개만 빌려줘."

  "집 가서 누워라."

  따끈한 커피를 다 마신 란이는 보호의 말이 무색하게 의자 세 개를 붙이곤 길게 누웠다. 10분만. 피곤한 듯 늘어지는 말투로 말하던 란이는 금세 잠에 빠져들었다. 보호는 잠든 란이 위로 담요를 덮어줬다. 종종 있는 일이었다. 밝은 곳에서 잠드는 게 가장 편하다나 뭐라나. 훤한 약국 불빛이 뭐가 그리 좋다고. 잠들 때는 어두운 곳에서 자야 몸에 좋다는데. 언젠가 넌지시 란이가 말해주었던 H동으로 이사 오게 만든 그 사건 탓이려나 싶었지만, 굳이 들춰내지 않기로 했다. 지금은 누구보다도 편한 표정으로 잠들어 있었으니까.

보호는 말없이 약국의 외부 조명을 하나 더 켜고는 내부 조명 중 하나를 껐다. 단골손님만을 위한 취침 서비스였다.

한참 란이의 색색거리는 숨소리만 가득하던 약국에, 종소리가 딸랑— 하고 방문자가 왔음을 알렸다. 작게 절뚝이는 걸음으로 들어온 건 환경이었다.

"저!"

우렁찬 목소리로 들어오던 환경에게 보호가 조용히 하라는 제스처를 취했다. 환경은 눈치 빠르게 금세 목소리를 죽이고, 조심조심 약국 안으로 들어왔다. 다행히 란이는 살짝 뒤척일 뿐 잠에 빠져 있었다.

그런데 환경이 중간에 어정쩡하게 서 있자, 보호가 물었다.

"어디 다쳤어?"

"아, 아주 조금요?"

환경은 반창고가 진열된 매대에 가서 뒤적뒤적하더니, 가장 사이즈가 큰 반창고 하나를 챙겨 왔다.

"2000원이요."

보호의 말에 당황한 환경이 멀뚱히 바라봤다. 보호가 능글맞게 물었다.

"카운터 밖에 계시면 손님이세요. 현금? 카드?"

✚

입꼬리를 삐죽 내려 치사하다는 표정을 지은 환경은 주머니에서 구겨진 천 원짜리 두 장을 꺼내 건넸다. 보호는 만족스럽다는 듯, 현금을 빳빳하게 펼쳐 금고에 넣었다. 환경은 카운터 위 반창고를 챙겨 남은 의자 하나에 자리를 차지하고 앉았다. 오른쪽 바짓단을 올려 정강이를 내보이자, 가로로 길게 찢어진 상처에 피가 흐르고 있었다. 카운터 안에 서 있던 보호는 그 상처를 발견하고는 곧장 카운터 문을 열었다. 지금 저 상처에 저 반창고를 붙이겠다고?

상처를 보며 어디서부터 어떻게 반창고를 붙여야 하나 고민하던 환경은 갑작스럽게 다가온 보호에 살짝 놀랐다. 보호는 환경이 그러거나 말거나 정강이의 상처를 봤다. 꽤나 깊은 상처였는데 소독도 하지 않은 채, 사이즈도 전혀 맞지 않는 반창고나 붙이겠다는 이야기였다. 그런 응급처치는 약사로서 두고 볼 수 없었다.

"지금 이 상처에 붙이려고 이 반창고를 산 거야?"

"네…."

보호의 눈빛이 매서워졌다. 환경이 슬그머니 눈치 보며 물었다.

"안 되나요?"

"약국에서 일하는 애가 뭐 하는 거야? 딱 보면 모르겠어?

는 줄 알아?"

환경은 기가 죽은 채 답했다.

"아니, 달리다가 제 발에 제가 넘어져서요. 바보같이."

• • •

약국에서 취객을 부축하고 나선 환경은 취객의 주민등록
증에 적힌 주소로 향했다. 몸에 힘이 빠진 취객은 상상하지
못할 정도로 무거웠다. 낑낑거리며 취객을 부축하던 환경은
야간약국을 기준으로 동쪽 골목 끝으로 걸어갔다. 이 골목
이 이렇게나 멀었었나. 숨이 가빠올 무렵, 주소지에 도착했
다. 잔뜩 지친 환경이 취객을 현관문 옆에 기대어 두고 초인
종을 누르자 한 중년 여성의 목소리가 스피커를 뚫고 나왔
다.

"누구세요?"

"저, 경찰인데요. 여기 너무 취하셨는데, 주민등록증 보니
까 여기 사시는 분인 것 같아서요."

"네? 어머, 금이 아빠! 잠시만요!"

걱정이 되어 안달복달해서 속이 다 타버린 목소리였다.

문을 열고 나온 여성은 너무 안 와서 실종 신고라도 해야 하나 싶었다며, 고맙다고 환경에게 인사했다. 인사불성인 남편의 등짝을 때리는 것도 빼놓지 않았다.

"고마워요. 이 사람이 원래 이런 사람이 아닌데."

여러 번의 감사 인사를 받으며 환경은 오랜만에 경찰로서의 일을 한 것 같아 잔뜩 기뻤다. 다시는 달릴 수 있을 줄 몰랐던 환경을 달리게 했던 그날 밤, 환경은 자신이 누군가를 위해서는 달릴 수 있다는 것을 깨달았다. 그래서 경찰이 되어, 사건을 위해 달리고 싶었다. 범죄자를 붙잡고, 사건을 해결해서 운동만 하다 온 뭣 모르는 애가 아니라 진짜 경찰로 인정받고 싶었다. 취객을 안전히 귀가할 수 있게 돕는 것도 경찰의 일이 아닌가. 새삼 뿌듯한 새벽이었다.

다시 약국으로 돌아가는 길, H동 토박이인 환경도 동쪽 골목의 깊은 곳까지는 처음이었다. 여기까지 올 일은 거의 없었다. 마트도 없이 가정집만 몰려 있었고, H동을 다니는 마을버스도 이쪽까지는 들어오지 않았다. 수사할 때도 마약 거래 현장을 잡아야 했기에, 이쪽은 주요 잠복 장소에서 제외했었다. 이참에 순찰을 겸해 천천히 골목을 걸으며 살펴봤다. 새벽 4시라 거의 모든 주택의 불이 다 꺼져 있었는데, 한 2층 주택만은 1층부터 2층까지 모두 불을 훤하게 켜놓고 있었다. 창문을 타고 넘어온 빛 때문에 마당에 있는 큰 감나무의 그림자가 골목길 위로 길게 드리웠다. 대체 뭐 하는 집이지. 호기심이 동해 환경이 가까이 다가설 때였다. 건너편 빌라에서 갑자기 불이 켜지며 비명이 들렸다.

"도둑이야!"

빌라 밖으로 달려 나오는 검은 옷의 도둑을 목격한 환경은 한 치의 망설임도 없이 따라갔다. 숨이 턱까지 차오르는 듯했지만, 멈출 수 없었다. 환경의 심장이 크게 박동했다. 폐에 차오르는 서늘한 새벽 공기에 기시감이 느껴졌다. 다리가 환경도 모르는 사이에 더 빠르게 달렸다. 마치 그날처럼. 12년 전 그날도 강도였다. 환경의 집에 침입한 강도를 뒤쫓아가던 그날, 환경은 깨달았다. 이렇게 간절한 마음이 자신을 다시 달릴 수 있게 할 거라고. 전속력으로 달린 건 부상이후 처음이었다.

오늘도 전속력으로 달린 환경은 마침내 담을 넘어 도망치던 강도를 제압했다. 신고를 받고 출동한 순경들에게 인계까지 완벽했다. H동에 잠복하고 있는 경찰로서 완벽한 일 처리였다. 순경들의 경례를 받고 돌아오는 길에서야, 정강이가 저릿함을 느꼈다. 찢어진 바짓단을 접어 올리니 가로로 길게 상처가 나 있었다. 도망치던 도둑을 쫓아 똑같이 담

✚

을 넘다가 도둑을 막기 위해 담 위에 박아놓은 소주병 조각들에 정강이가 베인 모양이었다. 시간을 보니, 약국에서 나온 지 1시간은 훨씬 지나 있었다.

이제 약국으로 돌아가야 할 때였다. 환경은 절뚝이며 걸었다. 골목의 끝, 환한 빛을 내는 그곳으로.

• • •

보호는 한숨을 쉬더니, 소독약과 상처 봉합용 밴드, 붕대를 꺼내 환경의 앞에 주저앉아 상처를 보며 말했다.

"우선 소독부터 하고 상처 봉합용 밴드 붙이고 붕대로 감아둘 테니까, 내일 곧바로 정형외과 가서 꿰매. 잘못하면 염증 생겨."

이런 일이 자주 있다는 듯, 보호는 능숙하게 소독약을 상처 위로 뿌리고─환경의 앓는 소리는 무시한 채─ 일반 반창고가 아니라 상처 봉합용 밴드를 붙여줬다. 일반 반창고와는 달리 반창고의 양옆을 잡아당기면 벌어진 상처 사이의 틈이 사라졌다. 마치 가볍게 실로 상처를 묶어낸 것처럼.

"이 반창고는 상처를 더 벌어지지 않게 할 때 쓰는 거야. 반창고도 제대로 써야 한다고. 아무 데나 붙이는 게 아니라.

물이 닿지 말아야 하는 상처는 방수로, 반대로 공기가 통해야 하는 상처에는 방수 밴드나 습윤 밴드를 붙이면 안 되고."

"상처 치료하는 것도 되게 능숙하시네요?"

"당연하지. 옛날엔 이 시간에 약국을 열고 있으면 여기저기 다쳤다고 난리인 사람들이 엄청나게 왔어. 지금은 밤에도 하는 병원도 늘고, 도움받을 곳이 많아졌지만, 몇 년 전만 해도 안 그랬으니까. 건달들이 자기들끼리 치고받고 와서는 도와달라고 애원하기도 하고. 한마디로 난리였지."

보호는 언젠가 야간약국에 찾아온 이들 중에는 배에 부엌칼이 박힌 채 온 건달이 있었다고 했다. 특이한 건, 칼을 찌른 쪽이 제발 도와달라고 애원했단다. 진짜로 죽일 생각은 없었다고 말이다. 감옥에 가고 싶지 않다는 꼴이 우스웠다고 했다. 빨리 응급실에 가라는 말에도 당장 해결해 달라며 약국 안에 서서는 피를 뚝뚝 흘리고 있었다고.

환경은 조용한 약국에 조곤조곤 울려 퍼지는 보호의 목소리에 집중했다. 보호의 이야기에 집중한 덕에 환경은 자신의 정강이를 아리게 하는 통증을 살짝 잊을 수 있었다. 마무리로 거즈를 덧붙이고 붕대를 깔끔하게 감은 보호는 그때를 회상하며 말했다.

"그 사람들 떠나고 나서 핏자국을 지우는 게 진짜 힘들었어. 혹시 모르지. 지금 루미놀 용액을 뿌리면 아직 그 사람 피가 남아 있을지도 몰라."

환경은 미처 상상하기도 쉽지 않은 그 일을 보호는 아무 일도 아니었다는 듯 말했다. 그저 뜯은 소독약과 남은 붕대를 정리하기에 바빴다.

"안 무서우셨어요? 경찰을 부르시지."

"그럴 겨를이 없지. 그때 나는 제대로 응급처치해야 했거든. 그 사람이 진짜 죽어버릴 것 같았으니까."

보호는 한 번 눈썹을 들어 올리더니, 환경의 상처 치료에 사용된 밴드랑 붕대, 소독약을 정리하고는 비닐봉지에 담아 환경에게 건네며 말했다.

"만 원이야. 상처 봉합용 밴드 3500원, 붕대 2000원, 소독약 4500원, 드레싱한 내 수고비는 뺐고. 직원이니까."

"예?"

"남은 것들은 비닐봉지에 담아뒀으니까 나중에 상비약으로 쓰던가. 원래도 그쪽 일 하다 보면 많이 다칠 거 아냐."

환경은 작게 웃었다. 그래, 이런 사람이지. 환경은 주머니 속에 있던 카드를 꺼냈다. 현금은 아까 2000원이 다였다. 붕대로 칭칭 감긴 정강이를 보며 생각했다. 이것은 계산할 수 없겠구나.

"감사합니다."

"뭘, 나도 돈 받고 한 건데. 그리고 이건 베인 상처니까, 병원 가서 넘어져서 다쳤다고 하지 말고 제대로 말해. 넘어져서 다쳤다고 하면 수상한 환자라고 생각할 거야."

환경의 카드를 손에 쥔 보호는 포스기에서 시원하게 긁었다. 띠딕거리는 포스기의 소리와, 아직도 색색 긴 잠에 빠져 있는 란이의 숨소리가 번갈아 들렸다. 머쓱한 듯, 쉽사리 답하지 못하던 환경이 작게 물었다.

"티가 나나요?"

"당연하지. 상처의 모양이 다 똑같지가 않아. 어떻게 다쳤는지, 얼마나 다쳤는지에 따라서 다 다르고."

환경은 고개를 끄덕이며 보호가 응급처치 해준 정강이를 내려봤다. 누군가 상처가 덧나지 말라고 애쓴 흔적만이 상처 위에 남아 있었다.

"어떤 상처인지 제대로 알아야 잘 치료할 수 있거든. 네가 누굴 뒤쫓다가 깨진 병에 다친 건지 모르지겠만, 확실한 건 넘어져서가 아니라 날카로운 것에 베인 상처라는 거지. 그것도 깊게. 그러니까 제대로 치료받아. 굳이 숨기지 말고. 어차피 다 드러나더라."

모든 것을 들켜버린 환경이 머쓱하게 다시 카운터 안으로 들어가려고 하자, 보호가 카운터 문을 안에서 잠갔다. 환경은 의아한 표정으로 보호를 바라봤다.

"왜 그러세요?"

"너 손님이야. 당장 집에 들어가서 쉬어."

"예? 아직 해 안 떴어요."

"얼른 가서 쉬어, 내일 출근 전에 병원 다녀오고. 그게 지금 네가 할 일이지."

"그래도….."

"똑같은 말을 여러 번 하게 하지 말아줄래?"

보호는 환경을 약국 밖으로 떠밀었다. 아직 사방이 어두운 시간, 약국 밖으로 나온 환경은 서늘한 새벽 공기 사이로 느릿하게 걸었다. 기분이 이상했다. 아직 해도 안 뜬 새벽이 귀갓길이 어느새 낯설어졌다는 것도, 앉아 있는 것조차 불편하기만 했던 저 약국이 편안해진 것도, 잘 알지 못했던 보호의 새로운 모습을 발견하는 것도, 12년 전 그날을 떠올린 오늘 밤 유독 보호의 눈빛에서 그 여자의 눈빛이 겹쳐 보인 것까지 모든 게 이상한 밤이었다.

깊은 잠에 빠졌던 란이가 슬그머니 잠에서 깨었다. 좋은 향기가 나는 담요가 부드럽게 아래로 떨어졌다.

"일어났어?"

"몇 시야?"

"이제 해 뜬다. 빨리 가봐."

"청년은?"

"너 자는 사이에 먼저 들여보냈다. 왜?"

"아니 왜?"

란이는 보호를 혼자 두고 싶지 않아 해가 뜨기 전까지 좀
더 뭉개고 있었다. 그러다 진짜 해가 뜨기 직전, 말 그대로
쫓겨났다.

집으로 돌아가던 란이는 언젠가 느껴본 적 있는 시선을
느꼈다. 섬뜩하고 징그러운 시선이었다. 란이가 집이 있는
서쪽 골목으로 서둘러 발걸음을 옮기자 그 시선은 사라졌
다. 순간, 란이는 그 시선이 자신이 아니라 보호가 있는 약
국을 향해 있음을 깨달았다. 혹시나 해서 다시 걸음을 돌려
약국 근처로 간 란이는 약국을 바라보는 수상한 사람을 발
견했다. 그는 동쪽 골목 쪽 주차된 차량 뒤에 서 있었다. 동
네에서 한 번도 본 적 없는 사람이었다. 본능적으로 느껴졌
다. 이건 위험 신호였다.

✚

4

오늘의 판매약

개봉 이후,
장기간 사용하지 말 것

밤 11시 30분, 교복을 빼입은 수빈이 약국에 들렀다. 벌써 3월이었고, 학교에 갈 시기였다. 보호는 문득 병원에 입원한 다인을 떠올렸다. 얼마 전 문성에게 물어보니, 아직 회복 중이라고 했다. 어리니까 금방 나을 거라고 했지만, 낫는 속도가 과연 나이와 상관이 있을까. 그저 시간이 필요할 뿐인 것을.

"선생님, 저 저거요!"

야간자율학습을 끝마치고 온 수빈은 모범생이라는 말로 수식하기에 적당했다. 자주 오진 않지만, 올 때면 항상 이 시간이었다. 한 손에 들어오는 작은 수첩을 들고 있었는데, 어느 날에는 영단어 수첩이었고, 어느 날에는 수학 문제를 적어둔 수첩이었다. 수학 문제를 왜 보고 있냐고 물어보니,

문제를 머릿속으로 풀고 있다고 말하던 아이였다. 수빈이 약국에 와서 자주 사는 건, 하나였다.

"저기 파란색 인공눈물로요."

"다회용?"

"네, 그 눈에 넣으면 화해지는 거 맞죠?"

"응."

보호는 문득 수빈이 인공눈물을 사는 이유와 환경이 눈가에 물파스를 바르는 이유가 똑같다는 것을 깨달았다. 다음 번에도 물파스를 찾으면, 인공눈물을 추천해 줘야겠네. 그래도 인공눈물이라면 망막은 보호해 줄 터였다. 뭐든 과하면 좋지 않지만.

"필요할 때만 넣어. 네가 살 때마다 말해주지만, 원래 이건 잠 깨라고 만든 건 아냐."

"알죠. 근데 이런 것도 좋잖아요. 나만의 방법이 생기는 거. 이거 우리 언니가 알려준 방법이거든요. 너무 졸릴 때, 화해지는 인공눈물로 정신 깨라고."

"착하네. 언니 말도 잘 듣고."

포스기에 카드를 긁어 계산한 보호는 아동용 츄잉 비타민을 인공눈물과 함께 줬다. 수빈은 아동용 츄잉 비타민이 귀엽다는 듯 한 손에 쥐었다.

✚

"이게 뭐예요? 칭찬?"

"응, 참 잘했다고."

"웬일이래. 선생님, 원래 이런 거 안 챙겨 줬잖아요."

"싫으면 내놓을래?"

"아뇨. 먹을래요. 애들한테 좋으면 수험생한테도 좋겠죠."

"아, 그리고 알고 있겠지만, 유통기한이랑은 상관없이 개봉 한 달 이후엔 사용하면 안 돼. 아무리 남았다고 해도."

"아까운데…."

"상한 건 약으로 쓸 수가 없어. 알겠지?"

"네!"

"얼른 들어가. 늦었잖아."

뒤돌아 나가는 수빈의 뒷모습엔 책으로 가득 차 빵빵한 백팩이 거북이 등딱지처럼 붙어 있었다. 요즘 애들은 태블릿으로 공부한다던데, 그런 걸 욕심내지도 않고. 너무 이르게 철든 소녀였다. 문을 나서기 전 수빈은 걱정하지 말라는 듯 멋지게 한 손으로 인사하면서 약국 밖으로 나갔다. 저게 요즘 애들인가. 수빈이 특유의 씩씩한 걸음으로 걸었다. 유독 통통 튀면서 걷는 걸 보니 신나는 음악을 듣고 있는 모양이었다. 그런 수빈의 옆으로 한 여자가 다가왔다. 아마 수빈의 언니겠지. 수빈이 입에 달고 사는, 유일한 가족. 수빈의 언니는 무거운 백팩을 대신 들어주고, 나란히 집으로 향했다. 멀어지는 자매의 발랄한 뒷모습을 보며, 살짝 미소 지은 보호는 발 아래가 묵직하게 붙잡혀 움직이지 않음을 느꼈다. 일부러 쿠션이 없는 굽 있는 슬리퍼를 신는 보호는 분명히 알고 있었다. 자신에게는 저렇게 밝은 발걸음이 허락되지 않는다고. 나도 저 아이처럼 언니의 목소리를 들어줬다면, 그날의 일이 일어나지 않았을까. 후회는 깊어지는 어둠이 되어 보호를 휘감았다. 보호는 멍하니 약국 유리문에 비친 자신을 봤다. 그래, 나는 밤이 어울리지. 낮의 햇볕 아래서 잘 먹고 잘 사는 건, 너무 뻔뻔하잖아. 보호는 유독 두꺼운 굽을 가진 슬리퍼를 꾹꾹 눌렀다. 슬리퍼란 자고로 발이 편하라고 신는 것인데, 이 슬리퍼는 굽이 너무 딱딱해서 그다지 편하지 않았다. 그걸 알면서도 더 편한 신발로 다시 살 생각을 하지 못했다. 보호는 늘 그랬듯 불편하길 선택했다.

12년 전, H동에서 벌어진 살인 사건에서 살아남은 유일한 생존자는 보호뿐이었다.

• • •

'우리 미래는 자연 보호로부터 시작합니다.'

✚

첫째 아이를 임신하고 어떤 이름으로 지을까를 고민하던 부모님이 공익광고를 본 것이 시작이었다. 첫째의 이름을 자연으로 짓고 둘째의 이름을 보호로 짓자는 그 바보 같은 부모님의 약속이 보호에게는 평생의 족쇄가 되었다. 한 살 차이 자매에게 나란히 지어준 이름, '자연', '보호'. 연년생이라 항상 학교를 같이 다녔었는데, 그럴 때마다 선생님들은 보호에게 농담처럼 말했다.

"네가 너네 언니 잘 지켜줘야겠다. 이름처럼."

"선생님 그런 농담 진짜 재미없는 거 아시죠?"

"왜, 넌 평생 들을걸?"

"아뇨! 개명할 건데요!"

"개명이 쉬운 줄 아냐. 네 이름으로 살아온 시절을 지우고 다시 시작하는 거라고."

"그게 낫겠어요. 전 태어났을 때부터 지금까지 그 소리만 맨날 들어왔다고요."

"어쩔 수 없잖아. 네가 더 튼튼하니까!"

딱 보기에도 자연과 보호는 크게 달랐다. 작은 키에 체격도 작고 가냘픈 자연과 훌쩍 큰 키에 나름 든든한 체격이었던 보호는 같이 서 있으면 자매라는 느낌이 별로 없었다. 그럼에도 닮았던 구석을 하나 찾아보자면 단 하나, 눈이었다.

짙은 쌍꺼풀에 긴 속눈썹, 옆으로 살짝 긴 눈. 자매라는 것을 잘 모르던 사람들도 눈만 보면 비슷하다고 말할 정도였다. 외형적으로도 달랐고, 행동거지도 크게 달랐다. 자연은 순하고 말수가 없었다면 보호는 할 말은 참지 않고 일단 하고 봤다. 답답한 게 제일 싫었다. 하고 싶은 말은 끝까지 해야지, 뒷말을 애써 숨기는 것만큼 바보 같은 게 없으니까. 그래서 한 살 언니인 자연이 한 살 동생 보호에게 기가 죽어서 다니는 거 아니냐는 말을 많이 들었다. 그럴 때면, 어린 보호는 잔뜩 억울하다는 듯 외쳤다.

"나는 아무것도 안 해요! 그런데 왜 맨날 다들 나한테만 뭐라고 그래!"

자연이 보호보다 말이 느렸던 것도, 자연이 보호보다 공부를 못했던 것도, 자연이 보호보다 키가 작았던 것도, 자연이 보호보다 잘 울었던 것도, 기가 센 동생 때문아니냐고 할 때 마다 보호는 답답했고, 그런 말들에 반박하지 않고 웃고만 있는 언니가 싫었다. 그렇게 항상 보호받아야 하는 쪽은 자연이었고, 보호하는 쪽은 이름 그대로 보호가 되었다. 네가 키가 더 크니까, 네가 성격이 더 세니까, 네가 공부를 더 잘하니까, 네가 더 건강하니까. 사람들은 이유를 붙여대며 보호가 언니를 지켜야 하는 이유들을 나열했다.

"이거 보습제, 언니가 쓰는 거."

"고마워."

실제로 자연은 선천적으로 피부가 약했다. 일반 보습제는 자연의 약한 피부에 도움이 되지 않아서 약국에서만 파는 비싼 보습제를 써야 했다. 게다가 햇빛 알레르기가 있어서 오랫동안 햇살을 보면 안 됐다. 햇살을 오래 보면 붉게 피부가 들떴고, 가려워진 피부를 긁으면 진물이 나기 시작했다. 진물이 나서 다시 붉게 부어오른 피부는 너무 간지러워 손으로 긁지 않고는 못 버틸 정도로 자연을 괴롭게 했다. 그때마다 그 진물을 닦아주는 것도 보호의 몫이었다. 최대한 아프지 않게. 이리저리 까다로운 상황에 보습제가 떨어질 때면, 보호는 자연 대신 약국에 보습제 심부름을 해야 했다. 이 심부름은 보호가 가장 귀찮아하는 일이었다.

"이건 내가 쓰지도 않는 건데, 언니가 직접 사 오면 안 돼?"

"미안, 밤에 여는 약국이 없잖아."

"지긋지긋해."

보습제 심부름에 다녀오면 잔뜩 찡그리고 있는 보호의 미간을 자연은 손가락으로 꾹꾹 눌러 펴줬다. 그러고는 보호의 오른손 중지에 뭉친 굳은살에 보습제를 발라줬다.

"이게 이런 데에 발라도 좋대."

"그 비싼 걸 여기다 발라? 아껴 써!"

"비싼 거니까 나눠 써야지."

그런데, 정말 자연이 보습제를 발라주고 나니, 연필로 필기할 때마다 아팠던 오른손 중지가 아프지 않았다. 저릿한 통증이 사라졌다. 아니, 어쨌든 '언니를 지키는 쪽은 나야.'라고 보호는 생각했다. 누가 봐도 딱 그런 포지션이 아닌가.

그것이 살짝 전복된 것은 평범했던 집안이 기울었을 때였다. IMF로 부모님이 하던 작은 사업체는 완전히 망해버렸다. 다시 한번 사업을 일으켜 세우려고 했지만, 그것 역시 믿었던 이에게 사기를 당했다. 크게 상심한 부모님은 모든 것을 처분하고 시골집에서 귀농을 시작했다. 돈을 믿을 수 없다며, 보이지 않는 것에 애쓰지 않겠다는 선언이었다. 땀 흘린 곳에서, 그만큼의 수확을 얻는 일을 하겠다고 했다. 이제는 시장이 아니라 땅을 믿어보겠다며. 하지만, 그 선택으로 자연은 다니던 2년제 대학을 포기하고 일을 시작했다. 보호의 학비와 생활비를 마련해야 했으니까. 그때가 딱 보호가 약대에 들어갔을 때였다. 앞으로 6년 후면 탄탄대로가 예정되어 있었다. 약사 연봉 정도면 평탄하게 살 기반은 만들 수 있을 터였다.

✚

원대한 계획이 시작부터 삐거덕거려, 그때의 보호는 잔뜩 예민해져 있었다. 미친 듯이 공부해서 개천의 용이 되었더니, 개천이 모두 말라버린 셈이었다. 바보같이 사기 당한 부모님이 미웠고, 그 때문에 다니던 학교를 포기하고 일을 시작한 언니 자연도 마음에 안 들었다.

시골로 떠난 부모님을 뒤로하고, 보호의 학업을 위해 보호와 자연은 서울에서 자취를 시작했다. 공부 대신 일을 택한 자연은 쇼핑몰에서 사입한 의상을 판매하는 일을 했다. 새벽마다 도매상으로 달려가 가장 예쁜 옷을 무더기로 가져와 되파는 것이 자연의 일이었다. 한낮에는 햇빛 알레르기 때문에 일하기 쉽지 않아서 택한 방식이기도 했다.

언젠가 새벽에 나갔다 해가 떠서야 돌아온 자연에게, 학교 갈 준비를 하던 보호가 물었다.

"그게 재밌어? 언니 전공은 원래 그쪽도 아니었잖아."

보호의 퉁명스러운 말에도 자연은 미소 지으며 대답했다.

"전공이 무슨 상관이야, 졸업도 안 했는데. 나는 지금이 제일 좋아. 어차피 난 공부도 못했잖아. 해 없는 새벽에 일할 수도 있고. 게다가 버려진 옷 뭉텅이들에서 가장 질 좋은 옷을 찾아내면 얼마나 희열이 넘치는데! 네가 모르는 것뿐이야. 네가 경험하지 못한 세상이니까."

자연은 보호와 함께 살던 자취방에 늘 사입해 온 옷들을 가득 채워 놓았다. 자신의 키보다 훨씬 높이 쌓인 옷 옆에서 가장 즐거워 보였다. 강의를 듣고 돌아온 보호는 늘 그게 이상했다. 한 번도 패션 쪽으로는 관심을 보이지 않았기에 억지로 짓는 미소일 거라 믿었다. 솔직하지 못한 언니가 자신에게 괜찮아 보이고 싶어서 그런 거라고. 갑자기 대학을 그만두고 일을 하는 게 재밌을 리가 없다고 보호는 굳건히 믿었다.

　"나한테까지 거짓말할 필요 없어."

　"왜 거짓말이라고 생각해?"

　"좋을 리가 없잖아."

　자연이 다듬고 있던 셔츠 하나를 쭉 펼쳐서 보호에게 대어 보았다.

　"버려진 거라고 생각했는데, 다 끝난 것들이라고 생각했는데, 그럼에도 아직 쓸 만한 게 있다는 게 신기해. 끝난 것처럼 보여도 끝난 게 아니고, 모든 건 더 나아질 기회가 있다는 거지. 이 봐, 네가 좋아하는 색이지?"

　보라색 셔츠를 보호에게 대어 본 자연은 행복하다는 듯, 입꼬리를 잔뜩 올려 웃었다. 보호는 그게 가식이라고 생각했다. 웃을 일이 대체 뭐가 있다고 매번 저렇게 웃는 거람.

✚

자연이 포기하는 일에 익숙해지는 것이라 믿었다. 체념하는 거라고. 바라는 것을 또 숨기고 있는 거라고. 그래서 보호는 집안을 다시 세울 수 있는 건, 결국 자신이라고 생각했다. 평생 언니를 지켜줘야 하는 건 자신이라고. 그게 그렇게 타고나 버렸다고.

보호가 마침내 약사 공부를 끝내고 대학 병원 약사가 되어 일하기 시작했을 때, 자연은 자신만의 빈티지 옷 가게를 준비하고 있었다. 여태 해왔던 것처럼 사입하고 유통하는 것으로 끝이 아니라, 오프라인으로 빈티지 옷 가게를 여는 것이 자연의 목표였다. 자연이 아주 오랫동안 천천히, 그만큼 성실하게 준비해 온 계획이었다. 하지만 그 계획을 실천할 수는 없었다.

"약국이 망할 리가 없어. 게다가 좋은 자리까지 추천받았다고."

자연이 빈티지 옷 가게를 내려던 계획은 미뤄질 수밖에 없었다. 보호가 최대한 서둘러 개인 약국을 개국하겠다는 계획을 내세웠기 때문이었다. 빈티지 옷 가게보다 약국이 궁극적으로 안정적인 수입을 벌 수 있다고 판단한 보호는 약국을 먼저 개국하자고 했다.

"옷 가게는 언제든 다시 열 수 있지만, 약국 자리는 쉽게 기회가 오는 게 아니란 말이야! 게다가 약사 어르신이 우리 둘이 살 수 있는 2층의 집까지 같이 넘기신대. 이건 행운이야, 무조건 그 약국 자리를 가지라는 신의 계시라고!"

보호는 그 길이 정답이라고 생각했다. 이 방법이야말로 기울어진 집안을 일으켜 세울 방법이라고. 약국 인수에 목돈이 필요했던 상황이었기에, 자연을 설득해야만 했다. 아무리 싸게 내놨다고 해도 빚을 지면서 들어간 약국 자리였다. 약국 계약서에 도장을 찍은 날, 보호는 온 세상을 가진 듯 행복해하며 치킨 다리를 뜯었고, 자연은 옷 가게 자리를 알아보던 일을 그만뒀다. 저렇게 행복해하는데, 지금 당장 욕심낼 필요는 없었으니까. 보호의 약국이 개국한 이후로, 아주 잠시 미루면 되지. 보호의 말처럼 빈티지 옷 가게를 차릴 시간은 앞으로 많을 테니, 자연은 동생의 말대로 하기로 결정했다. 부모님도 보호의 약국 개국을 훨씬 긍정적으로 바라봤다. 아무래도 빈티지 옷 가게보다는 약국이 더 번듯해 보이니까.

사실, 그 해 자연이 진정으로 삼켜낸 진심은 사업을 그만하고 싶다는 게 아니라, 본인의 옷 가게를 차리고 싶다는 마음이었다.

"그래 그렇게 하자, 우린 항상 어제보다 오늘이 나았어. 그러니까 오늘보다도 오늘보다도 내일이 더 나을 거야."

그렇게 H동의 낡은 약국 자리를 계약했다. 1층엔 약국이 있고, 2층에 있는 집은 여자 둘이 살기에 충분한 크기였다. H동 빌라촌 골목길의 정중앙, 자리도 참 좋았다. 보호는 약국 개국을 준비했고, 자연은 여전히 사입 유통의 일을 이어 갔다. 언젠가 자신의 이름으로 낼 브랜드를 머릿속으로 상상하면서, 더 나아질 내일을 기다리면서.

그날도 보호는 새벽에 사입 하러 가야 한다는 자연에게 물었다.

"새벽마다 사입 하는 거 힘들지 않아? 우리 약국에서 일해 보면 어때?"

보호는 진심으로 물어본 것이었다. 당연히 약국 일이 덜 고될 터였다. 햇빛이 드는 낮에는 무조건 건물 안에 있을 거고, 해가 져서 자연이 활동하기에 편할 때면 근무도 끝나는, 아주 최고의 직장이 아닌가. 그런데 자연의 표정은 보호가 본 것 중 제일 굳어졌다. 보호는 이유도 모른 채 심장이 덜컹했다. 뭔가 잘못되었다는 느낌이 들었다. 실망스럽다는 표정으로 자연은 보호를 바라봤다. 자연의 가는 눈썹이 팔자로 휘었다.

"보호야, 옷 사고파는 게 내가 하는 일이야."

"그래도… 나도 혼자 약국 운영하는 거 힘들 텐데, 그냥 언니도 편한 일 하면 좋잖아. 안 그래? 나는 언니가 걱정돼서 그래."

그날은 자연이 처음으로 보호에게 화를 낸 날이었다.

"너는 늘 항상 내 말을 곧이곧대로 듣지 않더라! 다 네가 원하는 대로만 듣잖아! 넌 한 번도 내 진심을 들어보려고 하지도 않았어!"

자연이 나가고, 보호는 벙찐 상태로 방 안에 홀로 앉아 있었다. 평생 언성 한 번 높일 줄 모르던 자연이 처음 목소리를 높여 비난한 대상이 자신이라는 것이, 보호에게는 더 큰 충격으로 다가왔다. 이 집, 이 약국 모두 우리만의 안전지대를 만들기 위함이었는데, 사실은 보호에게만 안전한 곳이었다는 걸 깨달은 밤이었다.

두 사람이 처음으로 크게 다툰 그날 밤은 여느 다른 날과 같이 어두웠다. 자연은 보호와 다툰 후, 마음은 불편했지만 언젠가 뱉어야 했던 말이라고 생각했다. 자연은 작게 한숨을 내쉬며 멈추지 않고 일했다. 사입 하는 것도 거래처와의 약속이었으니까. 그날은 빈티지 상품 중에서 명품 티셔츠까지 있었다. 행운이었다. 이렇게 퀄리티 좋은 옷은 쉽게 구해지는 게 아닌데⋯. 그래서 선행을 베풀어야겠다 싶었다. 집으로 돌아가던 그날 새벽, H동의 골목길에서 쓰러진 남자를 발견한 자연이 그대로 스쳐 지나가지 못한 이유였다.

"괜찮으세요?"

"혹시⋯ 도와주실 수 있으세요?"

도와달라는 말이 인질이 되어 달라는 말이라고는 생각하지 못했다. 눈빛이 뭔가 풀린 것 같았지만 어두운 가로등 불빛에 잘 보이지 않았다. 술 냄새도 나지 않았고, 무릎이 까져서 피가 나는 것만 보였다. 자연은 남자의 도와달라는 말에 근처에 있는 자매의 집 쪽으로 향했다. 아직 자고 있겠지만 아무래도 응급처치는 보호가 전문가이고, 잘할 테니까. 1층의 약국은 이름을 결정하지 못해 간판도 달지 못한 채였다. 개국 전이지만 약국에 약들도 모두 다 들여놨다고 하고, 이렇게 다친 사람을 도우면 복이 올 테니까. 그때, 약국 개시 손님으로 하자. 자연스레 말도 붙일 수 있고, 금방 화해도 할 터였다. 남자를 부축해서 약국 건물 앞에 도착했을 때, 남자는 자연의 등 뒤로 칼을 들이밀며 말했다. 당장 자신을 숨겨달라고. 등골이 저릿했다. 처음 느껴보는 공포였다. 당장 죽을 수도 있다는 공포.

유독 밤이 짧았던 한여름의 어둠 속에서 자연은 약국 건물 앞에서 과다 출혈로 세상을 떠났다. 자연의 품속에는 브랜드 빈티지 옷들이 가득했다. 유독 보라색이 많았다.

· · ·

"괜찮으세요?"

순찰을 다녀온 환경이 멍한 보호에게 물었다. 보호는 그저 고개를 끄덕였다. 나란히 걸어가던 자매의 뒷모습은 이미 보이지 않은 지 오래였다.

"안색이 안 좋으세요. 어디 아프신 거 아니에요?"

보호는 고개를 저었다. 연중무휴 약국을 하면서 보호는 아파도 아플 수가 없었다. 자신이 아프면 약국을 닫을 수밖에 없으니까. 그래서 아픈 것도 모르고 지냈는데, 환경의 질문을 듣고 나니 왠지 몸이 으슬으슬거렸다. 몸살인가. 괜히 물어봐서는. 보호는 몸살감기약을 먹어야겠다고 생각했다. 아프기 전에 약을 챙겨 먹어야지.

"아니, 괜찮아. 순찰은 어땠어?"

환경은 기지개를 켜며 말했다.

"H동은 진짜 한결같은 거 같아요. 조용하고 심심한 동네죠."

잠깐, 뭐라고? 보호는 스트레칭을 하는 환경을 보며 되물었다.

"H동에 살았었어?"

"네, 저 여기 토박이였어요. 예전, 그 사건 이후로 이사 갔지만."

"어떤 사건?"

설마, 그 사건은 아니겠지. 보호의 설마 하는 마음을 모르는 환경은 자연스레 말했다.

"아, 약사님 혹시 모르세요? 여기 약국 건물 앞에서 사람이 죽었잖아요."

보호의 시선은 환경이 들어온 약국 문 뒤로 향했다. 그곳엔 자연이 쓰러져 있었다. 보호의 시선이 자연이 누워 있던 곳에 박혔다. 환경을 돌아보지도 못한 채, 보호가 물었다.

"아, 너도 아는구나. 별로 유명한 사건도 아닌데…."

"아, 제가 그 사건 목격자거든요."

보호는 그 순간, 심장이 잠시 멈추는 듯했다. 그날의 일을 기억하고, 그것도 보호가 모르는 순간을 알고 있는 이가 드디어 눈앞에 있었다. 궁금한 게 많았다. 보호는 해가 다 뜨고 나서야, 경찰이 사이렌을 울리고 나서야, 그 현장을 마주했으니까. 그럼에도 불구하고 보호는 물어볼 수가 없었다.

우리 언니가 죽기 직전에 어땠냐고.

혹시 우리 언니가 죽기 직전에 한 말이 있냐고.

이젠 영영 들을 수 없는 그 말을 들려줄 수 있냐고.

언젠가 꿈에서라도 나와주면 좋을 텐데, 순한 우리 언니는 저승에서도 순해빠졌는지 한 번도 꿈에 나온 적이 없었다고.

보호는 자신이 보지 못한 그날의 틈을 메우고 싶었다. 언니가 왜 그렇게 죽었어야 했는지, 마지막으로 내뱉은 말이 무엇인지, 아무도 전해주지 않았다. 영영 알 수 없는 그날의 공백은 낮에도 밤에도 보호를 잠 못들게 했다. 암막 커튼을 친 채, 푹 잠들지 못하는 매일은 누구에게도 고백할 수 없는 보호만의 비밀이다.

그날 이후로 단 하루도 제대로 잠들어본 적이 없었다. 일전 환경의 물음에, 낮에 푹 잔다는 말은 완전히 거짓말이었다. 보호는 언젠가 그 공백이 채워질 날을 기다리고 있었다. 그 공백을 알면 드디어 잠들 수 있을 것 같았다. 그렇지만, 자신은 환경에게 절대 그날에 대해 물을 수 없다는 것도 아주 잘 알았다. 혹시나 언니의 마지막 말이 보호 자신을 탓하는 말일까 봐. 너무 밉다는 말일까 봐. 모든 게 너 때문이라며 소리쳤을까 봐. 자신이 없었다.

"그랬어? 나는… 잘 몰라."

"모르실 수 있죠. 사건 일어났을 땐 이런 야간약국도 아니었어요. 아주 평범한 약국이었어요. …그때도 이 약국의 불이 켜져 있었다면, 그분은 살 수 있었을까요?"

보호는 환경의 물음에 쉽사리 답하지 못하고, 대신 곧 야간약국이 문 닫을 시간이라는 것만 상기시켰다. 이제 7시 40분, 일출이었다.

5

오늘의 판매약

충분한 수분을 섭취하고
휴식을 취할 것

밤 9시 30분, 야간약국의 맞은편 안전슈퍼가 문을 닫는 시간이다. 정분은 70대임에도 정정한 허리로 시원하게 슈퍼마켓 천막의 지퍼를 닫았다. 타다닥다닥— 낡은 지퍼라 항상 똑같은 부분에서 걸렸다가 다시 시원하게 닫히는, 특유의 지퍼 소리가 골목길에 울리면, 야간약국만이 골목의 유일한 빛이 된다.

딸랑—.

평소라면 집으로 곧장 갔을 정분이 약국에 방문하는 이유는 딱 하나다.

"저번에 줬던 거."

파스 애호가인 정분의 파스가 똑 하고 떨어졌기 때문이다. 정분은 어디가 아프더라도 약을 먹기보다 피부에 곧바로 싸한 자극을 주는 파스가 딱 좋다며 평생 파스를 만병통치약으로 써왔다. 허리가 아플 때도, 팔이 아플 때도, 목이 아플 때도, 머리가 아플 때도, 심지어 배가 아플 때도 말이다. 보호가 그러면 안 된다고 말해도 통하지 않는 유일한 손님이기도 했다. 오용이고 남용이라고 말하면, 어려운 소리 하지 말라며 역정 내기 일쑤였다. 오늘도 보호는 정분의 말에 자연스럽게 유명한 스포츠 선수의 얼굴이 박힌 파스 하나를 건넸다. 그러자 정분이 고개를 저었다.

"저번에 줬던 건 애 아니었어. 공 차는 다른 놈이었는데."

"그놈이 이제 이 파스 광고 안 하나 봐. 계약 기간이 끝난 건지, 더 쎈 놈이 생긴 건지. 그래서 이제는 주먹 쓰는 놈."

"똑같은 거 맞아?"

정분이 이해할 수 없다는 표정으로 흘깃 보자, 보호의 눈썹은 더욱 올라가 억울함을 토로했다.

"와, 할머니 날 못 믿어? 여기 제약회사 로고 봐봐. 여태 할머니가 썼던 파스 중에 여기서 만든 게 제일 좋다며. 참, 됐어! 나도 안 팔아! 어떻게 약사를 못 믿고…!"

보호가 파스를 다시 약장에 넣어두려고 하자, 정분이 재빨리 보호의 손에 있던 파스를 채 갔다.

"아이고야, 파스는 믿지. 네가 준 파스가 만병통치약이잖냐. 여기서 산 파스 안 쓰는 이 동네 늙은이가 어딨다고.”

“파스에도 종류가 있으니까 그거에 맞춰서 주는 것뿐이야. 그리고 괜히 파스만 믿고 병원 안 가지 말고. 할머니는 조심해야 해. 늙으면 아픈 것도 잘 안 느껴진다고.”

“지금 네가 나한테 나이 들었다고 핀잔을 주는 거냐.”

“또 그렇게 듣는다. 뭔 말을 못 하겠어. 내 말을 제대로 들어주지도 않으면서, 고집은 아주 장난이 아냐. 에휴.”

“고집? 네가 할 말은 아니지. 그리고 늙으면 아픈 게 안 느껴진다고 누가 그러냐!”

항상 매섭게 손님들을 바라보던 보호의 눈빛이 정분의 앞에서는 약해졌다. 이번에는 보호가 말을 돌렸다.

“다른 데는 아픈 데 없어?”

“아프지 않은 곳이 없어서, 어디가 아픈 줄 모르겠다. 네 말처럼 늙어가지고.”

“아이참, 삐졌어?”

가만히 듣고 있던 환경은 억지로 웃음을 참기 위해 노력해야 했다. 그 누구한테도 기세로 눌리지 않는 보호를 유일하게 이기는 사람이 정분이었으니까.

딸 같아서라고 했다. 처음 H동에 자리를 잡을 때부터, 보호를 지켜봐 온 사람이 정분이었다. 약국 앞에 주저앉아서 울던 보호에게 정분은 가만히 다가와 물었다.

"몇 살이야?"

"스물아홉이요."

"우리 딸이랑 동갑이네."

보호는 나이만 묻고 떠난 정분의 눈빛을 지금껏 잊지 못한다. 깊이를 알 수 없는 슬픔이 가득했다. 정분은 보호랑 비슷한 연령의 여자들을 보면 항상 몇 살인지 물었다. 다신 볼 수 없을, 그 나이에 멈춰 있는 딸을 떠올리면서. 정분의 막내딸은 아이를 낳다가 죽었다고 했다. 한 번도 생각해 본 적 없는 일이었다. 이토록 나이를 먹어도 아직도 겪지 않은 마음, 알지 못했던 통증이 있다니, 정분은 그 이후로 막내딸 나이대의 여자들을 볼 때면, 나이를 물었다.

보호와도 그렇게 만났다. 약국 앞에서 서럽게 울고 있던 보호를 보자마자 정분은 딸이 다시 돌아왔구나 싶었다. 오랜 시간이 걸려도 눈앞에 일렁였던 그 모습으로, 내 보살핌이 필요한 나의 아가로 돌아왔구나. 그래서 정분은 보호를 그냥 혼자 둘 수가 없었다. 살려는 봐야 하지 않을까. 조금 힘이라도 더해줘야 하지 않을까 해서. 아마 빈자리는 채워지지 않고 영영 비어 있겠지만, 사람들은 이따금 빈자리가 채워진 것처럼 착각하며 살아가기도 하니까. 정분에게 남겨진 빈자리를 채우듯, 정분의 막내 손녀는 정분의 손에 자랐다. 지금은 대학교에 다니며 자취를 시작해서 같이 살지 않지만, 자주 정분을 보러 왔다. 셀카봉을 슈퍼에 들여놓은 것도, 귀여운 스무 살만이 떠올릴 수 있는 아이디어였다. 자신에게 손녀가 그랬듯 정분은 보호의 빈자리인 언니가 되어줄 수는 없겠지만, 적어도 말동무는 해줄 수 있을 테니, 그렇게 보호를 찾아왔다. 원래 8시면 문을 닫던 슈퍼의 운영시간도 바꿨다. 그런 사람을 보호가 어떻게 이길 수 있을까.

정분이 살짝 보호를 흘겨보며 말했다.

"언제까지 이 야밤에 일할 거야. 네가 여태 이렇게 살 수 있던 건 다 네가 젊어서 그런 거지, 너도 이제 늙었어. 아줌마야."

"알아요. 안다구요.

"내가 네 나이 때, 애가 다섯이었다!"

"어머, 가정을 꾸리는 건 선택이에요."

"으이구, 기미 올라오는 거 봐."

"아니, 내가 햇빛을 안 보는데, 어디 기미가 있다구!"

정분과 티키타카를 하는 보호의 말투에 유독 장난기가 가득했다. 옆에서 방청객처럼 듣고 있던 환경의 입에서 옅은 웃음이 튀어나오자, 보호가 정색하고 바라봤다. 환경은 그 눈빛에 머쓱해서 입술만 말아 넣고 웃음을 참을 뿐이었다. 한편, 정분이 무언가를 찾는 듯, 약국 안을 둘러봤다. 보호가 정분에게 물었다.

"뭐 찾아요?"

"거울 같은 거라도 보여줘야 하지 않겠냐."

"아이고, 없어요. 없어! 거울이 약국에 왜 필요해."

"너한테는 필요할 수도 있지!"

보호는 굳이 약국이나 방 안에 거울 같은 걸 두지 않았다. 항상 밤이 되면, 어차피 유리에 비친 자신을 보게 되니까. 안은 밝고 밖은 어두운 터라 거울처럼 자신을 비추는 약국의 유리문을 보며 보호는 매일 밤 자기 자신을 마주했다. 이 약국 건물에 처음 찾아왔을 때, 20대였던 자신의 모습은 기억 속에서 흐려진 지 오래였다. 이제 젊은 시절은 다 가고, 밤에만 눈을 뜨고 점점 말라가는 자신을 보호는 그냥 바라보기만 했다. 오늘도 이곳에 서 있구나 하고. 무탈한 하루가 지나가는구나 싶어서.

약국 안을 둘러보던 정분은 자신의 슈퍼에 거울을 팔았는지를 곰곰이 생각했다. 아마 손녀가 갖다두라고 해서 손거울 같은 건 있었던 것 같다. 다음엔 그 손거울을 보호에게 팔아야겠다고 다짐했다.

"됐어, 진짜. 얼른 가요. 밤공기 쌀쌀해."

　정분은 꽃샘추위에 늙은이를 내쫓는다며 툴툴거리다가 약국을 나섰다. 환경은 그런 정분의 뒤를 쫓아가 부축했다. 정분은 지난 겨울 눈길에 낙상한 이후로 한쪽 다리를 절었다. 항상 지나던 슈퍼로 가는 길목에서 벌어진 사고였다. 그날도, 정분은 슈퍼를 열었다. 곧장 정형외과에 갔어야 했는데, 정분은 아픈 다리를 이끌고 미뤘다. 슈퍼를 여는 것도 약속이었으니까. 보호는 그 이야기를 듣고 뒷골을 붙잡았다.

"어쩌자고 곧바로 병원을 안 갔어?"

"나는 충분히 살았잖아. 내가 다리를 절어봐야 얼마나 오래 절겠냐."

"누가 그래, 충분히 살았다고. 오는 데 순서 있어도, 가는 데 순서 없다고."

"못 하는 소리가 없네."

　정분은 그저 허허 웃었다. 이러면 보호가 처방할 수 있는 건, 고작 파스뿐이었다. 통증을 잠시 눌러주고 소염 효과로 근육통을 완화해 줄 수 있게. 그렇지만, 통증의 뿌리를 뜯어

내 고칠 수는 없는 것이 파스였다.

환경은 보호에게 잘 다녀오겠다며, 작게 손짓하고는 정분의 곁에서 나란히 걸었다. 보호는 멀어져 가는 정분과 환경의 뒷모습을 보며 생각했다. 이렇게 사는 삶은 고집일까, 아집일까, 아니면 체벌일까. 그저 통증을 누르고 근원을 고치지 못하고 붙어 있는 파스, 그 자체가 아닌가. 이따금 지나온 세월이 덮쳐옴을 느낄 때가 있었다. 지난 12년 동안 보호는 약국 안에서 밖을 바라보며 어둠이 이 약국을 덮치고 있는 것을 몸소 느껴왔다. 처음엔 고통스럽다가 이제는 무뎌지는 게, 이래서 시간이 약이라고 하는 건가 싶었다. 아니면, 지친 건가 그래서 환경에게 묻지 못하는 걸까.

그날 정확히 어떤 일이 있었느냐고.

• • •

"선생님! 저 붕대하고 파스 사려고요."

잔뜩 신이 난 발걸음의 지환이 약국 안으로 들어오며 말했다. 밤이 깊어지듯 침잠하는 생각들을 잘라내 주는 건 손님들뿐이었다. 이래서 기다리고 있는 건가 싶었다.

"또?"

지환은 또 어딘가를 다쳐 와놓고는 허허실실 웃었다. 왜 매번 다쳐서 오는지 알 수가 없었다. 심지어 신이 난 발걸음이라니. 이 야밤에 피곤하지도 않은 듯 오히려 잔뜩 들뜬 듯했다.

"오늘 무대 설치 작업하다가 오른쪽 엄지가 살짝 꺾인 것 같아서요. 움직이는 건 괜찮은데, 혹시 몰라서."

지환은 저녁부터 밤에는 대학로 소극장에서 공연하는 연극 배우였다. 공연 연습이 없는 낮에는 인력 사무소에서 매번 다른 공사장으로 배정받아서 일했다. 주말에는 카페 아르바이트를 하기도 했고, 서빙 아르바이트를 하기도 했다. 보호가 밤낮없이 무리하는 거라며 잔소리하면 지환은 씨익 웃으며 말했다.

"꿈꾸는 데도 돈이 들잖아요."

"그 돈 치료비로 다 쓰게?"

그 말엔 답하지 못하고 허허 웃으며 말을 돌렸다. 지환은 자주 다쳐서 약국을 찾아왔다. 지환을 처음 만난 것도 벌써 10년 전이었다. 어디가 아픈지 설명하지도 못하고 피만 철철 흘리며 약국에 왔던 지환은 이제 어디가 아픈지 제대로 설명할 수 있는 어른이 되었다. 동시에, 괜찮다는 말로 숨기는 것도 잘하는 어른이기도 했다.

보호는 붕대와 손목 등에 붙이는 작은 모양의 파스를 건넸다. 엄지손가락이라니, 부목도 필요하려나 싶었다. 보호가 붕대와 파스를 건네자, 지환은 허허실실 웃으며 부탁했다.

"저 선생님, 제가 오른손잡이인데, 오른쪽 엄지가 아파서 그런데…."

"해달라고?"

지환이 고개를 크게 끄덕였다. 보호는 잔뜩 귀찮은 표정으로 카운터 문을 열고 나섰다. 약국 안 의자에 앉은 지환이 보호에게 오른쪽 엄지를 내밀었다. 가까이서 살펴보니, 움직이는 게 가능하긴 했지만, 엄지손가락 관절 쪽이 붓고 멍이 서서히 들고 있었다. 정형외과에서 엑스레이를 제대로 찍어보는 게 나을 것 같았다. 혹시 모르니까. 왜 다들 병원을 안 가나 몰라.

"매번 일하다 다치는 것 같은데 조심할 생각은 없어?"

"저 항상 조심해요. 그래서 똑같은 장소에서 똑같은 곳을 다치진 않아요. 매번 다른 장소에서 다른 곳을 다친다고요. 저번엔 왼손 약지였잖아요."

"자랑이니?"

"원래 이 몸의 흉터는 삶의 흔적이 아니겠습니까?"

지환은 자랑이라는 듯, 긴팔 남방 소매를 걷어 올려서 흉터들을 보았다. 공사장 철근에 긁힌 상처부터, 패밀리 레스토랑에서 스테이크를 담는 무쇠 주물팬 길이만큼의 화상 흉터까지. 처음 보여줬을 때보다 색이 흐려진 화상 흉터를 보호가 꾹 눌렀다. 아팠던 그 상처는 이제 통증은 없었지만, 흔적으로 남았다. 깨끗하게 지워지는 상처란 것은 없는 것이다. 흔적은 오래도록 남아, 지난 상처의 존재를 증명했다.

"아이고, 철없어."

긴팔 남방 소매를 내리던 지환은 보호가 뭐라 해도 괜찮다며 허허 웃어 보이기만 했다. 보호는 작은 부목을 꺼내와 붕대로 엄지손가락을 감았다.

"여긴 파스만 붙일 게 아니라 병원에 가봐야 해. 열감이 있는 것 같으니까 냉찜질 꼭 하고."

"금방 나아요. 제가 진짜 많이 다쳐봐서 이 정도는 잘 알죠."

"명의 나셨네. 너 여태 버티고 있는 건, 다 네가 젊어서야."

보호는 지환에게 말하면서 동시에 정분의 말을 떠올렸다. 언제까지 야밤에 일할 거냐며, 이제는 아줌마가 다 되어서 무리라는 일갈이자, 잔소리. 할머니도 날 이렇게 보나. 보호는 머쓱한 마음이 들었다. 그 할머니는 사람 마음을 이상하게 만드는 뭔가가 있다니까 정말. 그런 보호의 마음을 아는

지 모르는지 지환은 상관없다는 표정이었다.

"선생님, 저 아직도 어려요."

"그럼, 어린 나이에 일찍 죽고 싶은가 보구나."

보호가 남은 붕대와 파스를 비닐봉지에 담아 지환에게 건넸다.

"낮에도 일하고, 밤에도 일하고. 너 무리하고 있는 거라고."

"아니, 선생님 저 오늘 혼나러 온 게 아니라, 진짜 좋은 소식 있어서 온 거라고요!"

"뭔데?"

보호는 심드렁하게 물었지만, 지환의 곱슬머리는 위로 붕붕 떠 있는 듯했다. 지환의 곱슬머리는 마치 자라도 있는 듯, 기분 좋은 일이 있으면 둥실 떠올랐고, 힘든 일이 있으면 아래로 착 가라앉았다. 오늘은 기분 좋은 일 쪽이었다.

"저 드디어 주연 캐스팅! 저번에 봤던 연극 오디션 붙었어요."

잔뜩 들떠서 내뱉은 지환의 말에 보호는 자동응답기처럼 대답했다.

"잘했네. 축하해."

감정이라고는 찾아볼 수가 없는 보호의 대답에도, 지환은 지지 않고 발랄하게 말했다. 저 정도 대답이면 꽤 즐거운 쪽에 가깝다고 느꼈다. 보호를 10년 동안 알아온 지환의 감이었다.

"다음 주부터 연습 시작하고, 두 달 후부터 공연해요. 두 달 동안 하니까… 이번엔 공연 보러 오실래요? 저 첫 주연인데…."

지환은 거절당할 것을 알았지만, 그럼에도 제안은 던져보았다. 이번 공연은 유명한 연출가의 작품이기도 했고, 지환이 처음 하는 상업연극이기도 했고, 여러모로 다친 모습이 아니라, 무대 위 자신의 모습을 보호에게 보여주고 싶기도 했다. 지환이 이 일은 하고 싶게 만들어준 것도 보호였으니 말이다. 게다가 이번 역할은 보호 종료 아동이었다.

여태 지환은 도망치듯 항상 자신과 거리가 먼 인물만 연기해 왔다. 한없이 밝거나 한없이 고뇌하는, 자신이 되고 싶었던 그런 인물들로만. 그렇기에 이번 역할은 특별했다. 자신과 비슷한 삶을 살아온 인물에 도전한 것은 처음이었다. 쉬운 연기라는 건 하나도 없지만, 이번이 어쩌면 가장 쉬울지도 몰랐다. 자신이 느꼈던 그대로를 풀어내면 되니까. 이건 당사자로서 본인의 삶에 대해 토로하는 거니까. 그럼에도 오디션을 봐야겠다는 결심이 설 때까지 한참이 걸렸다.

먼저 나서서 그렇게 자라왔다고 말로 내뱉어본 적이 없었기 때문이었다. 모두에게 보여주고 싶지 않은 부분이 하나쯤은 있지 않나. 지환에게는 자신이 보호 종료 아동이었다는 걸, 말할 용기가 없었다. 그렇기에 약국 운영 시간이라며 단 한 번도 지환의 공연을 보러 온 적 없는 보호에게 이번 공연은 꼭 보여주고 싶었다. 10년 전, 미성년과 성년의 경계에서 아슬아슬하게 존재했던 그 아이가 이렇게나 컸다고 말이다.

지환은 관객석에 앉아서 약국 카운터에서처럼 날카로운 눈빛으로 자신을 바라볼 보호를 상상했다. 아마도 그러겠지. 10년 동안, 보호가 편히 웃는 것도, 우는 것도 본 적이 없으니까. 무슨 일이 일어나든 별일 아니라는 듯 무덤덤한 게 보호였다. 관객석에서도 그런 표정으로 있다면, 오히려 보호를 관객들 사이에서 곧바로 알아볼 수 있겠다는 상상까지 이어졌다. 그런 지환의 상상을 단호히 잘라버린 건, 보호였다.

"네가 한창 공연할 때는 내가 근무 시간이잖아. 당연히 못 가지."

약국을 닫는 것은 선택지에도 없는 듯, 고민하지 않고 역시나 거절이었다.

"저한테 무리한다고 하지만, 쉴 틈이 없는 건 선생님도 똑같은 거 아니에요?"

당돌하게 물어오는 지환의 말에 보호는 대답하지 않고 그저 날카로운 눈빛을 보낼 뿐이었다. 점점 물어보는 질문에 뼈도 있고, 많이 컸다 싶다. 그렇지만, 이 질문엔 답을 하는 것이 손해였으니 굳이 답하지 않았다. 지환은 보호가 챙겨 준 약을 챙겨 나가며 말했다.

"꼭 초대권 드릴게요!"

늦은 밤에도 지환의 목소리는 쾌활했다. 멀어지는 지환의 뒷모습을 보며, 보호는 처음 연기를 하고 싶다고 말했던 지환을 떠올렸다. 반짝이는 눈동자로, 명확하게 자신이 하고 싶은 것을 찾아낸 스무 살의 아이는 응원할 수밖에 없었다. 끊임없이 미래로, 앞으로 달려가는 사람의 뒷모습이었으니까. 카운터 안에 서 있는 자신과 달리.

● ● ●

지환은 보호가 야간약국을 개국하고 2년쯤 지났을 무렵에 처음 만났다.

만으로 열여덟, 보호 종료 아동이었던 지환은 고작 500만

원인 자립지원금을 갖고 H동의 작은 원룸에 보금자리를 얻었다. 시설에서 나오는 날, 모두와 웃으며 인사했지만, 떠나는 발걸음이 떨어지지 않았다. 솔직히 말하자면 지환은 시설 정문 앞에서 무거운 발걸음을 떼고 싶지가 않았다. 다시 돌아가서 아직은 더 이곳에 남고 싶다고 말하고 싶었다. 하지만 누군가 묵직하게 등을 미는 느낌이 들었다. 등 뒤엔 미는 사람 한 명 없고, 웃으며 잘 살라고 말하는 선생님과 아이들뿐이었는데 말이다. 그러니까, 사실 그 웃음들 때문이었다. 기대와 인정이라는 이름으로 전해지는 '너라면 어디서든 잘 살 거야.' '다른 애들은 몰라도 너는 걱정이 안 된다.'라는 그 안도의 웃음과 기대의 눈빛이 등을 떠밀고 있었다. 아무 준비 없이 세상에 내뱉어진 것 같은 지환의 속마음을 아무도 알아주지 않았다. 사실 나도 너무 불안하다고, 너무 두렵다고. 지환은 자신과 어울리지 않는 그 마음을 꾸역꾸역 삼키고 웃는 얼굴로 시설을 나왔다. 자신은 누구도 걱정시키지 않는 아이였으니까.

시설에서 정말 행복했느냐고 물으면 완전히 행복했다고 말하기는 어려웠지만, 그래도 밤이 되어 돌아갈 곳이 있다는 건 의미가 있었다. 다들 집으로 돌아가는 하교 시간에 갈 곳이 있다는 게 얼마나 소중한지, 고아가 되었던 열 살에 알

앉으니까 말이다. 부모님이 갑작스러운 교통사고로 돌아가신 뒤, 지환은 여러 친척 집을 전전하다가 끝내 보호 시설에서 머물게 됐다. 시설 안에서 만난 친구 중 몇몇은 언젠가 부모님이 찾으러 올 거라는 기대를 말했다. 그럴 때마다 지환은 그저 웃으며 좋겠다고 말했다. 지환에게는 그런 기대조차 존재하지 않았으니까. 그래서 시설 안에서는 절대 문제를 일으켜선 안 됐다. 무슨 일이 있어도 웃으며 참고 넘겼다. 힘들어도 웃는 게 나았다. 걱정거리가 되는 것보다 키우기 편한 아이가 되어야 했다. 자신에겐 돌아갈 수 있는 곳이 없으니까. 이 시설에서까지 버려지면 진짜로 갈 곳이 없으니까. 다른 가능성을 고려해 볼 수가 없었다. 게다가 '엄마'라고 부를 수 있는 선생님이 있었고, '형제'라고 부르던 친구들도 있었다. 그런 곳이었는데, 해가 바뀌자 이제는 밤에 돌아갈 곳을 스스로 만들어야 했고, 지켜야 했다.

지환은 시설에서 나오기 직전에 발품을 팔아 간신히 원룸 하나를 구했다. 공부를 잘하던 애들은 대학교 기숙사로도 들어갔지만, 대학보다도 취업을 먼저 하려고 했던 지환에게는 가장 싼 원룸이 제격이었다. 그렇게 홀로 원룸에 누웠던 첫날이었다. 원룸은 좁았고 아주 아주 조용했다. 옆에서 도란도란 '형!' 하고 부르며 잠들지 못하게 했던 어린 동생들의 목소리가 어디선가 들리는 듯했다. 어느 날의 밤에는 지긋지긋했던 그 목소리가 그리워질 거라고는 한 번도 생각하지 못했다. 이렇게나 조용해도 되나 싶은 고요였다. 고요 속에 뒤척이며 간신히 잠들었던 지환은 얼굴 위로 부는 바람에 잠에서 깰 수밖에 없었다. 분명 문단속을 단단히 하고 잠들었는데, 바람이라니. 잠결에 든 착각이 아니었다. 분명히 얼굴 위로 바람이 불고 있었다. 자꾸 휘몰아치듯 불어오는 바람에 잠에서 깨어보니 낡은 창문틀이 뜯겨 덜렁거리고 있었다. 이 상황에서 다시 잠들 수는 없었다. 혼자 사는 방 안으로 불어오는 바람, 자신을 대신해서 창문틀을 고쳐줄 사람이 없으니 잠에서 깨어나야 했다.

지환은 야밤에 창문을 고치기 시작했다. 한 번도 해본 적 없는 일이었지만, 이제부터는 해내야만 했다. 바람이 들이치는 낡은 창문에 못질을 시작한 지환은 이전 세입자에게 고마웠다. 그가 두고 간 공구 상자 덕분에 그나마 응급처치가 가능했기 때문이다. 흔들거리는 나무 창틀에는 수많은 못이 이미 박혔다가 뽑힌 흔적으로 가득했다. 아주 오래된 고질병인 모양이었다. 오히려 박았다가 빠져나간 홈들 때문에 나무 창틀이 힘없이 말랑말랑해져 나뭇결대로 찢겨 있었다. 지환은 이전 세입자들과 똑같이 못질을 시작했다. 여전히 잠에서 깨지 못해 비몽사몽이었고, 못질 자체도 서툴렀다. 몇 번을 다시 시도했다. 학교 다닐 때, 기술과 가정 시간에 배우긴 했지만, 그것을 써먹기엔 학교에서 못질했던 나무는 새것이라 단단했고, 이 나무 창틀은 너무 물러서 못질 하기에 쉽지 않았다. 배움과 현장은 늘 달랐다.

어떻게든 수습하기 위해 시작했던 못질은 지환의 엄지손가락 아래에 스스로 못을 박는 결말에 도달했다. 엄지손가락과 손바닥이 이어지는 근육 쪽에 박힌 못은 끔찍하게 아팠고 굵은 핏방울이 손목 아래로 흘렀다. 너무 놀란 나머지 소리도 치지 못하고 근처에 있던 흰 수건으로 자신의 손을 감은 채, 지환은 원룸 밖으로 내달렸다. 어디로 가야 할지 알 수 없었지만 일단 달렸다. 누구한테 도와달라고 해야 하지. 이 시간에 대체 누가 날 도와주지. 혼란스러운 마음에 그저 내달리던 지환의 앞에 밝은 빛이 나타났다. 골목길 갈림길에 위치한 야간약국의 빛이었다. 불빛이 말해주고 있었다. 이곳으로 들어오라고.

이따금 그날에 대해 보호와 이야기를 나눌 때면, 보호는 크게 웃으며 말했다.

"너 그때, 나한테 목소리를 낮게 깔고 말하더라."

그날 밤은 보호에게도 선명한 기억으로 남아 있었다. 너무 놀란 나머지 온몸을 벌벌 떨며 간신히 수건으로 손을 둘둘 말아 피가 흐르는 것을 막으면서도, 목소리 하나만큼은 떨지 않았던 열아홉 지환의 목소리가 말이다.

"선생님, 제가 못질을 하다가 못이 손에 박혔는데요. 어떻게 치료하면 될까요?"

위급한 상황과 달리 정중한 질문이었다. 그날은 처음으로 보호가 밤중에 야간약국 문을 잠시 닫고 비웠다. 약국 불은 켜두고, 긴급 시 전화할 휴대폰 번호를 적어두고는 지환과 함께 택시를 탔다. 지환은 보호와 함께 택시를 타고서도 죄송하다는 말을 멈추지 않았다. 응급실에 가서도 같이 의사를 기다려주는 보호를 보며 곤란해했다.

"먼저 가보셔도 돼요. 괜찮아요."

안절부절못하는 지환에게 보호는 잔뜩 미간을 좁히며 물었다. 택시 안에서부터 한 마디도 하지 않던 보호의 첫 마디였다.

"너 파상풍이 얼마나 무서운지 아니?"

"아… 아뇨. 그래도 저 진짜 괜찮아요."

머뭇거리며 대답한 지환을 내려다보는 보호의 눈빛이 더욱 매서워졌다. 지환은 보호 시설에서 봤던 어떤 눈빛보다 그 눈빛이 무서웠다. 시설에서 다치거나 아픈 건 번거로운 아이로 찍히기 좋은 이유였다. 그래서 그런 상황이면 늘 '괜찮아요.'라는 말이 자동으로 튀어나오기 바빴다. 괜찮다고 말하면 다들 다행이라며 넘어갔다. 신경쓸 일이 줄었으니까. 그렇지만, 지금 이 선생님은 그냥 넘어가 줄 생각이 없어 보였다.

"뭐가 무서운지도 모르면서 괜찮다는 거니?"

"아… 지금 치료받으면 괜찮아질 테니까요."

"너 그 못 때문에 파상풍 걸리면 죽어."

"죽어요?"

그것까지는 생각하지 못했던 지환은 자신의 엄지손가락을 관통한 못을 내려다보았다. 고작 1센티도 되지 않는 상처였다. 아프긴 하지만 이렇게 작은 구멍인데, 죽는다고? 지환은 이해할 수 없다는 표정으로 보호를 바라봤다.

"그래. 파상풍이라는 게 되게 위험한 건데 다들 별일 아니라는 듯 지나가. 왜냐면 백신이 있거든. 예방접종을 한 건강한 사람이라면 아무 일도 없이 지나갈 테니까. 근데, 너 확신할 수 있어? 네가 네 손에 스스로 박은 그 못에 있던 세균을 네가 이길 수 있을 것 같아?"

"잘 모르겠어요."

"네가 뚫은 이 상처가 너를 어떻게 만들지도 모르면서 괜찮다니. 어쩜 그렇게 겁도 없이. 오히려 잔뜩 겁내고 엄살을 떨어, 그래야 다들 네가 다쳤다는 걸 알아줄 거 아냐."

그 말을 듣자, 지환은 머쓱해져 자다 나와 까치집인 뒷머리를 쓸어내렸다. 뒷머리를 쓸어내리는 오른손엔 자잘한 흉터가 가득했다. 잠시 생각하던 지환이 답했다.

"글쎄요. 약한 사람처럼 보이고 싶진 않은데요."

입꼬리를 끌어 올리며 웃는 지환의 미소는 과거 보호가 자주 보았던 미소였다. 집 안에서 낮 시간을 보내던 자연이 보호를 배웅할 때면 짓는 미소였다. 언젠가 보호는 그 미소가 가식적이라고 생각했었다. 그렇게 웃기 위해 노력하는 것 자체로 얼마나 강한 사람인지도 모르고 말이다. 보호는 자신이 오래도록 기다리고 있는 누군가에게 하고 싶었던 말을 지환에게 했다.

"다친 건 약한 게 아니야. 도와달라고 해야 하는 거지."

그날 응급실에서 지환은 엄지손가락에 박힌 못을 뽑았고, 혹시 몰라 파상풍 주사를 맞았다. 응급처치가 진행되는 내내, 보호는 지환의 곁에 계속 있었다. 이렇게 해야 밤에만 약국을 운영하는 이유가 뭐냐는 질문에 당당히 답할 수 있을 것 같았다. 낮에는 도와줄 사람이 많으니, 어두운 밤에 불을 환하게 켜둘 수밖에 없다고. 오늘도 이처럼 환하게 켜둔 불 덕분에 누군가를 도울 수 있지 않았냐고 말이다. 매일 평화로운 밤들의 연속이었다고 해도, 그래서 굳이 불을 켜둘 이유가 없는 날이 많다고 해도, 필요한 순간을 놓치지 않고 손길을 내밀 수 있다는 게 얼마나 소중한 기회인지를 보호는 너무나도 잘 알고 있었다.

응급실을 나서자 지환은 보호에게 90도로 허리를 꺾어 인사했다. 공손히 인사하는 지환의 왼손엔 붕대가 칭칭 감겨 있었다.

"죄송해요. 저 때문에."

"아니, 네 덕분이야. 내가 밤마다 불을 켜두는 게 의미 있어졌거든."

"네?"

"그러니까 고맙다고 해줄래? 죄송하다고 하지 말고."

보호는 벙찐 표정으로 자신을 바라보는 지환의 반곱슬머리를 쓰다듬어 주었다. 다행히 열은 없었다.

"병원 약 꼭 잘 챙겨 먹어. 충분한 물이랑 같이. 특히 항생제 같은 약을 먹을 땐, 충분한 수분 섭취가 되어야 약효도 잘 나타나고 간이랑 신장에 무리가 덜 가거든. 그러니까 약만 꿀떡 먹고 끝내지 마. 알겠지?"

그날 이후로 지환은 자주 보호를 찾아왔다. 아플 때는 물론이고, 아프지 않을 때도 그저 안부 인사를 묻는 사이로.
그렇게 10년이었다.

• • •

순찰하겠다며 나간 지 2시간이 되어가는데, 환경은 대체
뭘 하고 다니는 건지 여태 돌아오지 않았다. 하지만 환경이
그날 사건의 목격자인 것을 안 이후로, 보호는 환경에게 무
엇이든 말을 건네는 게 껄끄러웠다. 새벽 2시를 살짝 넘긴
시간, 낡은 종을 울리며 약국 안으로 들어온 건, 환경이 아니
라 민경이었다. 민경은 대충 하나로 묶은 머리와 항상 입는
검은색 후드티, 펑퍼짐한 검은색 트레이닝 바지를 입고 있
었다. 게다가 슬리퍼까지, 마치 동네 주민 같았다. 보호는 갑
작스러운 민경의 등장에 무슨 일인가 싶었다.

"뭐야? 또 촬영해?"

"아뇨. 저 그냥 이곳으로 이사했어요. 제 리틀 포레스트를
찾은 거 같아서요."

"리틀 포레스트…?"

"네! 온정이 넘치는 동네잖아요!"

민경은 잔뜩 목소리 높여서 말했다. 설레는 목소리와 달

리 낯빛은 창백하기만 했다. 보호의 시선에 민경의 눈가에 짙게 깔린 다크서클이 걸렸다. 지난한 일상 속 휴식처라는 리틀 포레스트를 찾은 애의 낯빛은 아닌 것으로 보였다. 그렇다면 아마도.

"이쪽이 월세가 싸지?"

단도직입적인 보호의 물음에 밝게 대답하던 민경은 들켰다는 듯, 고개를 끄덕였다.

"아, 네, 맞아요."

H동은 평지가 아니라 언덕 위에 있는 동네라서 주변 동네보다 월세가 훨씬 쌌다. 재개발도 평지부터 되는 것이 당연한지라 재개발 중심지도 아니고, 역이랑 가깝지도 않아서 아슬아슬 움직이는 마을버스에 몸을 실어야만 역에 도착할 수 있다. 그렇다면 요즘 유행하는 SNS 명소가 있길 한가? 그것도 전혀 아니었다. H동에서 가장 특이한 곳이라면 야간약국이었고, 최근 희영이 방문해 화제가 된 안전슈퍼가 개중에 가장 유명한 곳이었다. 그것도 지금은 한풀 꺾인 지 오래고. 노후되어 가는 서울의 변두리 동네, 그 이상 그 이하도 아니다. 그래서 H동엔 주로 원주민들이 많이 살았다. 이 동네를 떠나서 새로운 동네에선 집값을 버틸 수 없었으니까. 서울의 마지노선인 동네. 이런 동네에 새로 오는 사람

은 보통 다른 동네에서 월세를 버티지 못한 이들이었다. 이런 동네가 과연 누군가의 리틀 포레스트가 될 수 있을까.

"무슨 약이 필요해서 왔어?"

"저, 잠 깨는 약 좀 주실래요?"

"잠 깨는 약?"

"약국에 잠 깨는 약을 판다더라고요. 이제 커피는 마셔도 졸리기만 해서."

보호는 한숨을 작게 내쉬었다. 누군가는 잠들 수 있는 약을 원하고, 누군가는 잠 깨는 약을 원하는 시간이 바로 밤이다. 보호는 문득 희영이 선물한 다육이를 보았다. 란이의 잔소리로 물 주는 주기를 조절해 준 덕에 다육이는 여전히 싱싱했다. 공기 청정 효과가 있다던데, 이 작은 잎들이 그렇게 힘이 셀까. 보호는 눈썹을 올리며 다시금 민경의 눈가를 바라봤다. 이미 짙은 다크서클이 달랑달랑 눈 아래에 드리워 있었다. 눈도 충혈되어 보였고.

"오늘 커피 몇 잔 마셨어?"

보호의 물음에 민경은 곰곰이 자신의 하루를 돌아봤다. 어제 새벽까지 대학원 동기의 촬영장 품앗이를 갔다 왔고, 지금은 당장 내일이 마감인 시나리오 수정을 하고 있었다. 그러니까 사실상 24시간 동안 제대로 자지 못하고 깨어 있었다.

"아, 거의 다섯 잔은 넘게 마신 것 같은데요."

"음, 그래?"

민경의 대답에 보호의 표정은 차갑게 굳었지만, 몽롱한 상황인 민경에게 그런 표정 변화가 보일 리 만무했다. 민경을 발랄하게 다시 물었다.

"넵! 잠 깨는 약이 있을까요?"

"안 돼. 안 팔아."

보호는 단호하게 대답했다. 약국 문을 닫아줄 수 있겠냐는 민경과의 첫 만남처럼.

그때처럼 민경은 보호의 고집을 이해할 수 없어 억울함이 차올랐다. 아니, 내가 내 돈 주고 산다는데!

"아니, 왜요?"

"약국에서 파는 잠 깨는 약도 카페인 함유량이 많아. 카페인이 들어간 음료를 이미 다섯 잔이나 마셨다면 나는 판매하지 않아."

"네에? 그런 법은 없잖아요. 그냥 주세요. 책임도 제가 질 테니까. 얼른요! 저 진짜 오늘 밤새워야만 해요."

민경이 간절한 목소리로 보호의 팔을 부여잡고 재촉했고, 보호는 붙잡힌 팔을 빼냈다. 민경의 양손이 힘없이 툭 떨어졌다.

"안 돼."

"내일이 마감이란 말이에요. 저 진짜 시간이 없어요."

보호의 단호한 거절에 민경은 조급해졌다. 건너 건너 선배에게 소개받은 유명한 감독님께 직접 쓴 시나리오의 피드백을 받을 수 있는, 정말 흔하지 않은 기회였다. 흥행작이 많은 감독이 시나리오를 읽어준다니, 이번에 눈도장을 찍으면 잡일이나 하는 신세에서 조금은 벗어날 수 있지 않을까 하는 기대였다.

민경은 영화감독을 꿈꾸기 시작하면서, 다른 작품들의 조연출이나 스크립터, 작은 스태프 일까지 도맡아 했다. 그렇게 남의 작품들을 도와주며 엔딩 크레딧에 이름 석 자 올린 작품은 늘었지만, 정작 본인의 작품은 진척이 없었다. 오히려 맨땅에 부딪히면서 자신만의 작품을 만들던 애들은 작더라도 하나둘 상영을 시작했는데⋯. 하지만 민경은 선배들은 다들 한 작품만 더 도와주면, 네 작품을 할 수 있게 된다고 말해줬다. 하지만 민경은 기대도 체력이 남아날 때야 하는 것임을 느끼고 있다. 20대 중반도 아니고 30대 중반을 향해 달려가는 나이에서는 그 말조차 무거운 짐이었다. 왜 영화를 좋아해서 이렇게 됐을까. 반복되는 희망 고문 사이에서, 아쉬우면서도 괜찮다고 웃으며 '어쩔 수 없죠.'라는 말로 기대하지 않은 척 넘기는 것도 지쳤다. 알게 모르게 걔는 그렇게 대해도 괜찮다고 하더라는 소문이 돌고 있다는 것을 들었을 때도, 언젠가 좋은 의미의 소문이 되리라 믿었지만, 그것 역시 자신만의 기대였다. 왜 사람들은 기대하게 해놓고 계속 기다리라고만 하는 걸까. 지나가면 다 좋아진다고. 한참 괜찮았던 흉통이 쿡쿡 가슴께를 쑤시기 시작했다.

그러던 와중에 찾아온 기회였다. 아주 유명한 감독이 자신이 연출할 시나리오를 찾고 있고, 새로운 도전을 위해 아직 데뷔하지 않은 신인들의 시나리오를 다 검토하고 있다고 했다. 무조건 잡아야 하는 기회였다. 다른 이들의 작품을 도와주며 인맥을 넓혀온 민경에게 과거의 시간이 헛되지 않았다고 증명할 기회. 하지만 그런 건 보호에게 중요한 건 아니었다.

"잠을 자든가, 아니면 약 말고 잠에서 깰 다른 방법을 찾든가."

"네?"

"그 유명한 감독이니 뭐니 난 모르겠고, 약사로서 안 돼. 못 팔아."

보호는 우두커니 서 있는 민경을 보며 한숨 쉬며 말했다.

한심하다는 듯, 한숨 섞인 보호의 목소리는 민경을 더욱 날 카롭게 만들었다.

"다른 방법이 뭔데요?"

"차라리 산책이라도 해. 걸어 다니면 뇌가 깨어나니까."

"산책이요?"

민경은 자신이 구구절절 설명한 기회가 얼마나 중요한지 보호가 전혀 이해하지 않는 것이 억울했다. 밤에 도움이 필 요한 사람이 있을까 봐 약국의 불을 환하게 밝히고 밤을 새 우는 약사도, 민경의 고민엔 별거 아닌 듯 말했다. 고작 해 결 방법이 산책이라니. 다들 이 시간 또한 지나가서 분명 좋 은 날이 올 거라고, 별일 아닌 것처럼 쉽게 말한다.

저번 희영의 영화를 촬영한 이후 술자리였다. 분명 연출 로 발돋움할 기회를 주겠다는 술자리에서의 가벼운 제안, 그게 술자리에서 하는 빈번한 술주정임을 알면서도 믿고 연락을 기다렸다. 그걸 믿은 건, 아마 너무 간절했기 때문이 었다. '영화 만들어서 뭐 해?' '세상이 바뀌니?' '대체 뭐 먹고 살 거냐?' 독촉하던 엄마의 말에 집을 나온 지도 오래다. 여 전히 그때와 지금은 크게 다르지 않았다. 이래서는 아직도 엄마의 말을 증명하고 있는 꼴이다. 그래, 영화 만드는 게 세상을 바꾸는 건 아니니까. 그래도 내 삶을 바꿀 수는 있다

✦

고! 민경의 목소리가 날카롭게 올라갔다.

"저한테 진짜 시간이 없다니까요?"

"뭐가 쫓아와? 뭐가 그렇게 무서워서 시간이 없어? 잠 못 자서 죽는 것보단 산책하는 게 낫잖아. 그리고 약사의 말을 믿지 못할 거라면, 나는 더더욱 너한테 약을 팔 수 없어."

"정말 너무하신 거 아니에요?"

민경은 잔뜩 성이 난 채 약국을 나섰다. 끼익. 힘 있게 닫은 약국의 유리문이 90도를 넘어 크게 휘어졌다 닫혔다. 보호는 경첩을 슬쩍 확인했다. 진짜 조만간 문을 고쳐야 할지도 모르겠다.

• • •

잔뜩 성난 발걸음으로 약국을 벗어난 민경은 골목을 뚜벅뚜벅 걸었다. 걸음걸음마다 정신이 점차 명료해졌다. 차가운 밤공기가 스치자 볼이 아려왔다. 후드티의 모자를 깊게 눌러썼다. 위아래로 검은 옷을 입고 있는 터라 가로등에 비친 그림자가 아니었다면, 어두운 골목을 걸어가는 민경의 모습은 드러나지 않았을 것이다. 아무도 알아보지 말아라. 아무도 안부를 묻지 말아라. '잘 지내.' '괜찮아.' '아주 좋아.'

같은 거짓말을 할 기력조차 남아 있지 않았다. 하. 약사 선생님께 화를 낼 상황이 아니었는데, 자꾸 삐뚤어지는 마음이 더 자신을 작아지게 만들었다. 점점 자신이 마음에 들지 않았다. 민경은 짧게 한숨을 쉬었다. 입김이 살짝 나왔다. 아직 봄이 오기엔 멀었나 보다.

"민경 씨!"

늦은 밤에 어울리지 않는 쾌활한 목소리가 들려왔다. 누가 봐도 지환의 목소리였다. 민경이 이사 온 건물 옥탑방에 사는 남자는 매번 친하지도 않으면서 인사해 왔다. 살짝 눈인사를 하면 큰 소리로 '좋은 하루 되세요!'라고 외치는 것이 거의 루틴이었다. 너무나도 부담스럽게.

"왜 이 시간에 나와 있어요?"

"그냥요."

민경은 지환의 손에 들린 포장된 음식을 바라봤다. 지환의 오른손 엄지손가락엔 붕대가 감겨 있었다. 딱 봐도 자신이 먹으려는 것이 아니라 배달 중인 음식이었다.

"아, 저는 알바 중이었어요. 새벽 시간에만 하는 게 은근 쏠쏠해요."

"좋겠네요. 쏠쏠해서."

"그쵸! 제가 이제 공연 연습을 들어가서 낮 알바를 줄였거든요. 이렇게 시간을 쪼개서 해보니까 훨씬 좋더라고요."

"아, 잘됐네요."

민경의 무관심한 대답에도 지환은 굴하지 않고 대화를 이어갔다. 민경은 한없이 해맑게 지치지 않고 말하는 지환을 보며 순진하다고 생각했다. 그리고 그 모습이 더 거슬렸다. 뭐가 저렇게 좋아서 헤헤거려.

"사실, 제가 자랑하고 싶은 게 있는데요! 저 오디션 봤던 연극에서 주연으로 합격했어요, 심지어 상업극! 저 상업극에서는 첫 주연이에요. 게다가 연극 쪽에서 진짜 최고의 베테랑인 연출님이 참여하시는 연극이거든요? 진짜 대박이죠!"

지환은 숨 쉴 틈 없이 민경에게 자랑을 쏟아냈다. 그러면 그럴수록 민경은 자꾸 지환과 멀어지고 싶었다. 피곤했다. 계속 관심 없는 사람의 말을 듣는 것도, 막연한 희망에 빠진 소리를 듣는 것도. 고작 이제 첫 주연에 합격했으면서 자신의 세상이 한 방에 뒤바뀔 것처럼 구는 게 보기 싫었다. 연극해서 얼마나 번다고 뭐가 저렇게 좋아서.

"저는 돈 벌려고 연극하는 게 아니라 괜찮아요."

"네?"

민경이 아차 싶었다. 머릿속에서 생각한다고 떠올린 말을 내뱉었던 모양이었다.

"연극해서 얼마나 버냐고 하셨잖아요. 못 벌어요. 그건 진작에 알았어요. 그런데도 하고 싶더라고요. 그걸 잘하고 싶으니까, 이렇게 열심히 알바도 하는 거예요. 제가 하고 싶은 것을 지키고 싶어서."

가로등 불빛에 비친 지환의 눈빛이 반짝였다. 그 반짝임을 본 순간, 민경은 발뒤꿈치가 땅 아래로 꺼지는 느낌이 들었다. 발이 그 길에 박혀서 움직이질 않았다.

"음식이 식을 것 같으니까 저 먼저 갑니다. 조심히 들어가세요."

지환은 여전히 해맑은 목소리로 말하고는 배달지를 향해서 달려갔다. 우뚝 박혀버린 민경을 뒤로하고. 달려가는 지환의 뒷모습을 바라보던 민경은 그 자리에 쪼그려 앉았다. 가슴 깊은 곳에서 올라오는 부끄러움이 민경을 휘감았다.

"한심한 새끼."

자신에게 하는 말이었다.

그날 밤에 결국 민경은 해롱해롱한 상태로 오탈자만 겨우 잡아서 시나리오를 보내야 했다.

며칠 뒤, 연락이 왔다. 유명한 감독은 민경에게 짧은 티타임을 요청해 왔다. 아주 간단한 티타임이라고 했지만, 가슴이 뛰었다. 그래, 이렇게 설레는 걸 보니 여전히 내가 이걸 좋아하는구나. 나는 이걸 제일 잘하고 싶구나 했다. 그러다 문득 진짜 재능이 없다고, 이제 그만두는 게 나을 것 같다는 피드백을 받을까 두렵기도 했다. 하지만 걱정보다 설렘이 컸다. 유명하고 바쁜 사람이 시간을 써주는 게 아닌가. 부정적인 피드백을 받더라도 도움이 될 거라고 생각하면 힘이 났다.

민경은 제일 좋은 옷을 골라 입고 감독이 부른 카페로 출발했다. H동에서 1시간 20분 정도 걸리는 서울의 중심지에 있는 비싼 카페였다.

"민경 씨 이야기를 많이 들었어요. 일을 진짜 잘한다면서요. 민경 씨랑 일한 사람들은 다 칭찬하더라고요."

"진짜요? 열심히 했는데 다들 좋게 봐주신 거죠. 감사하게도."

"아, 다름이 아니라, 지금 새로 들어가는 작품에 연출팀에 공백이 생겨서, 급히 사람을 구해야 하거든요."

"네?"

"사람을 구하고 있는데, 같이 해줄 수 있을까 해서요. 페이는 무조건 더 챙겨줄 거고요. 아니 내가 사람 인상을 보고 딱 결정하는 편인데, 인상도 좋고 느낌도 좋네요. 좋은 팀이 될 것 같아요."

민경은 '제 시나리오는 어떻게 보셨어요?'라는 질문을 차마 내뱉지 못하고, 그저 웃었다.

"언제부터 촬영 시작하시는데요?"

"역시 일정부터 보는구나. 프로네~."

아주 간단한 티타임이라는 말처럼, 고작 30분 정도였다. 감독은 준비하고 있는 작품의 내용과 사이즈가 어떤 작품인지를 설명해 줬으며 민경이 당연히 응할 거라고 생각했는지 시나리오까지 출력해 왔다. 그 시나리오엔 '우민경 조연출'이라는 이름표까지 붙어 있었다. 만나기 전부터 이미 알고 있었던 거다. 이런 제안을 거절할 수 있는 영화감독 지망생은 없다는 걸. 감독은 민경에게 웃으며 악수를 건넸고, 민경은 웃으면서 악수를 받아들였다. 민경이 밤새 완성한 시나리오에 대한 피드백은 들을 수 없었다. 민경도 끝내 물어보지 못했다. '피드백 없음.' 그 자체가 피드백이었다는 생각을 지울 수 없어서였다. 진짜 재능이 없으니 스태프로라도 이 판에 남아 있으라는 말 같았다.

'일 하나는 꼼꼼하게 잘하니까.'

그렇지만 꼼꼼함은 감독의 필수 덕목이 아니었다. 오히려 감독이라면 프레임의 한계를 깨부수는 개성이 필요했다. 하지만 민경도 이미 잘 알고 있었다. 자신은 개성도, 날카로운

✚

시선도 없지만, 무난하고 성실해서 같이 일하기 좋은 그런 편하디편한 후배 정도라고.

다시 1시간 20분이 걸려서, H동에 새로 구한 집 건물 앞에 도착했다. 이 문을 열고 들어가면, 다시 반지하방에서 무얼 해야 할까. 오늘 받은 시나리오를 읽어야겠지. 몇 날 며칠을 붙잡고 있었던 자신의 시나리오를 꼼꼼하게 살피고 개발할 시간은 없을 테고, 또다시 남의 시나리오만 죽어라 읽겠지. 하아, 민경의 한숨에 여전히 작게 입김이 서렸다.

그때였다. 우당탕. 갑자기 안에서 큰 소리가 들렸다. 민경은 무슨 일인가 싶어 대문을 열고 들어갔다. 그런데, 옥탑방 위로 올라가는 계단 위에 지환이 넘어져 있었다. 한쪽 다리엔 반깁스를 하고 있었다. 민경은 무슨 일인가 싶었다.

"괜찮으세요?"

지환은 이미 계단에 쏠려 다 까진 팔로 계단을 짚어 상체를 일으켰다. 민경은 다시 지환이 일어설 수 있도록 바닥에 떨어진 목발을 주워 건넸다.

"아, 네. 괜찮아요. 제가 목발 짚는 게 처음이라 서툴러서. 혹시 목발 짚고 계단 오르는 거 어떻게 하는지 아세요?"

"예? 아뇨."

"아, 그죠? 모르시겠죠?"

"아니, 어쩌다가…."

"배달하다가 다쳐서요. 바보 같죠? 배달한다고 달리다가 넘어져서 다쳤어요. 발등 인대가 파열된 거라는데…. 핀을 박아서 수술해야 한대서 수술 날짜 잡고 왔어요. 수술하고 나면 6주 동안은 못 걷는다네요."

헤헤 웃으며 자신의 상황을 구구절절 말하는 지환을 보며 민경은 한 단어를 떠올렸다. 연극.

"연극은요?"

"아, 그건 빠지게 됐죠. 저 때문에 일정을 미룰 수 없으니까 어쩔 수 없죠. 결국 이렇게 될 운명이었나 봐요."

지환이 머쓱하게 웃었다. 어쩔 수 없는 일이라는 듯, 아무것도 아닌 것처럼. 이게 아무것도 아닐 수가 있는 일인가. 민경은 그 자리에 주저앉아 울기 시작했다. 왜 여전히 노력은 쉽게 배신당할까. 이런 상황에서도 어쩔 수 없다는 듯 웃어버리는 지환이 마치 유명 감독 앞에선 자신과 별반 다를 게 없다고 느껴졌다. 30분 동안 비싼 커피를 앞에 두고 나도 저렇게 웃고 있었구나. 웃고 싶지 않았는데, 괜찮지 않았는데 웃으며 넘겼구나. 민경은 마치 어린아이처럼 울음을 쏟아냈다. 갑자기 연극 못 하게 돼서 어떡하냐며 엉엉 우는 민경을 바라보며 당황한 지환이 물었다.

✚

"왜 민경 씨가 울어요."

"그쪽이 안 우니까요."

민경의 말에 지환은 지금 자신이 어떻게 하고 싶은지를 떠올렸다. 나는 울고 싶구나. 그제야 지환은 수술해야 한다는 의사의 말을 들었던 순간부터 계단에서 넘어지기 전까지 참아왔던 눈물을 흘렸다. 웃음으로도 버텨지지 않는 울음이 있었다.

• • •

참으로 신기하게도 다치려면 모든 상황이 다칠 수밖에 없는 방향으로 돌아간다. 평소라면 한 번 더 확인하고 올라갔을 사다리를 확인하지 않고 올라서 사다리가 부러진다거나, 더 높은 곳으로 가는 것을 멈추고 그냥 내려왔을 텐데도 그날따라 조금만 위로 올라볼까 하는 욕심이 생긴다거나, 천천히 걸어갔을 골목길에서 갑자기 달리고 싶은 마음에 전력 질주를 한다거나. 그러니까 다친다는 건, 운명의 장난처럼 다가오는 것이다. 마치 그렇게 되기로 정해져 있는 것처럼 말이다. 지환은 종종 다치는 편이었지만, 똑같은 곳을 또 다치는 일은 없게 하기로 스스로 다짐했다. 다친 곳을 또 다친다는 건, 운명에 또 속는 느낌이었기 때문이다.

그런데, 정말 그날은 예상하지 못한 날이었다. 유난히 운세가 좋은 하루였다. 연극 연습에서 연출님한테 칭찬도 받았고, 선배들도 후배들도 함께해서 좋다고 말해줬다. 게다가 배달 건수도 많았고, 배달하러 가서 만난 고객도 친절했다. 그저, 아무것도 없던 그 골목길에서 달렸을 뿐이었다. 달리는 그 순간에도 평소보다 훨씬 가벼운 다리에 컨디션이 아주 좋다고 생각했다. 이 정도면 무대 위에서 계단을 오르고 내리는 기물 위 움직임을 더 잘할 수 있겠는데 싶었다. 이번 연극에서는 움직임이 중요했으니까. 그리고 그런 자신감은 움푹 파인 홈에 왼발이 빠지면서 산산이 박살이 났다.

발등 인대가 파열되는 그 순간 느꼈다. 이건 이전에 다쳤던 것과는 차원이 다르다. 걸을 수 없다는 확신이 들었다. 발에 전혀 힘이 들어가지 않았다. 소리도 눈물도 나지 않았다. 그냥 머리만 저릿하게 아팠다. 당장 다음 주 연습 어떻게 하지? 빠지면 안 되는데. 이제 막 시작한 연습인데. 걸음을 간신히 옮기며 참아볼까 싶었지만, 극심한 통증에 바로 정형외과를 찾아갔다. 절뚝거리는 모양새도 이전과 달랐다. 나이가 지긋해 보이던 의사 선생님은 물었다.

"어디가 아파서 오셨습니까?"

어쩌다 다쳤냐면요. 배달 아르바이트를 하다 발을 다쳤다고 말하는 순간, 지환은 자신이 다친 이유가 너무 소소하다고 생각했다. 차라리 엄청난 것을 해내다가 다쳤다면, 만약 공연 준비를 하다가 다쳤다면, 이 통증이 당당하게 느껴지기라고 할 텐데. 고작 배달 아르바이트라니, 자신이 너무 볼품없게 느껴졌다. 의사는 엑스레이 사진을 보자마자 무조건 수술해야 한다고 말했다. 지환은 답답한 마음에 곱슬거리는 앞머리만 자꾸 쓸어올렸다.

"수술은 가능한 한 빠를수록 좋으니, 근처 종합병원을 연결해 줄게요. 아마 핀 두 개 정도 박아야 할 텐데, 수술 자체는 간단한 편입니다."

의사는 고작 핀 두 개를 박는 간단한 수술이 될 거라며 지환을 안심시켰지만, 지환에게 그런 말은 통하지 않았다. 수술이라면 당연히 걷지 못한다는 의미인데, 이제 막 본격적으로 연습을 시작한 연극에서는 당연히 하차 수순일 것이 뻔했다. 연습하지 않고 무대에 오를 수는 없으니까.

이번 공연에서 보호 종료 아동 역할을 맡기로 한 건, 지환에게는 엄청난 결심이었다. 유명한 연출가, 좋은 배우들, 상업 연극, 그런 것을 다 떠나서 가장 주저했던 배역에 도전하는 순간이었다. 오디션 당일 연출가가 물었다. 왜 이 역할을 하고 싶냐고. 지환은 마침내 말했다.

"제가 보호 종료 아동이었거든요."

시설에서 나와 한 번도 말해본 적 없었다. 함께 연극을 해온 선후배들 중에서도 아는 사람은 극히 드물었다. 지환의 주변에서 그 사정을 명확히 아는 건, 보호뿐이었다. 지방에서 올라와서 열심히 사는 평범한 청년으로 보였을 것이다. 어릴 적부터 시설에서 살고, 보살핌을 받고 마침내 그곳에서 보살핌을 받을 수 있는 기간을 만기로 채우고 나온, 입양아로 선택받지 못한 아이. 그런 말을 하는 건 약점을 만드는 일이었다. 아무도 보호해 줄 사람이 없다는 것을 함부로 대해도 된다는 말처럼 듣는 이들이 있었다. 이번 연극은 한 번도 무대 위에서 드러내 본 적이 없는 지환 본인의 이야기를 할 수 있는, 웃으며 괜찮다고 말해온 삶에서 처음 자신을 드러낼 수 있는 기회였다. 그래서 더 아까웠다. 고작 핀 두 개박는 별거 아닌 수술이라지만, 이건 지환이 용기 낸 기회가 사라지는 엄청난 일이었다.

"수술을 안 할 수는 없나요?"

"수술 안 하고 자연적으로 어느 정도까지는 회복되겠죠. 대신 평생 절뚝여야 할 겁니다. 그건 낫는 게 아니죠. 만성적으로 통증이 남는 거니까. 그리고 이 정도의 인대 파열은 어느 병원에 가도 수술 제안 받아요. 그만큼 심각한 거예요. 수술로만 인대 재건이 가능하다고요."

"저 진짜 수술하면 안 되는데… 수술하면 6주는 못 걷는다면서요."

지환의 한숨이 무색하게 의사는 단호하게 말했다.

"비수술 치료여도 6주 이상 다친 발로 땅을 디디면 안 돼요. 최대한 빨리 수술하는 게 제일 나은 방법입니다. 환자분은 지금 이 발로 살아가야 할 날이 더 많아요. 만약 어르신이셨으면 수술을 권하지 않았을 수도 있죠. 비수술 치료를 권했을지도 모릅니다. 그렇지만, 환자분 앞으로 이 발로 평생 살아야 하는데, 지금 제대로 치료하지 않으면 앞으로 계속 힘들 겁니다. 평생에서 고작 6주예요."

고작 6주. 지환은 6주라는 시간을 곱씹었다. 수술 후 6주면 연극 연습은 이미 끝난 시점이었다. 고작 6주가 지환에겐 가장 중요한 6주였다. 지환은 진료실에서 나오자마자 제작 피디에게 전화를 걸었다. 최대한 민폐를 끼치면 안 되니까.

"피디님, 저 다쳐서 공연 못 할 것 같습니다. 죄송해요."

"뭐라고? 얼마나 다쳤는데?"

"앞으로 두 달 정도는 제대로 못 걷는다네요."

아―, 제작 피디의 짧고 낮은 대답은 여태 준비해 온 모든 것이 끝난다는 의미였다.

"그럼, 다음 기회에 보자. 얼른 낫고. 건강이 최고다. 너는 젊으니까 금방 나을 거야."

젊다고 해도, 빠르게 회복되지 않는 것이 있었다. 그건 육체적인 고통보다도 앞날의 막연함에 결국 져버리고 마는 마음이었다. 간신히 낸 용기도 사라졌다.

• • •

30초도 안 걸리는 출근길을 내려오자마자, 보호의 눈에 약국 앞에 쪼그리고 앉아 있는 지환과 민경이 보였다. 퉁퉁 부은 눈으로 자신을 바라보는 그들을 보니 보호는 목 뒤를 붙잡을 수밖에 없었다. 대체 얘네는 뭐 하는 짓인가. 심지어 한 명은 목발에 반깁스까지 하고. 보호는 일단 들어오라며 약국 문을 열어줬다.

"너희가 모르는 것 같아서 이야기 해주는데, 여기는 약국이야, 카페가 아니라."

"저희 약국 온 거 맞아요. 제가 아까 옥탑방으로 올라가는 철제 계단에서 넘어져서 좀 다쳐가지고…."

지환의 말이 끝나기도 전에, 보호는 지환의 말을 잘라냈다.

"지금 다친 거 자랑하니? 빨리 저기 앉기나 해."

민경이 지환을 부축해서 약국 안 의자에 앉혔다. 보호는 급히 소독약과 드레싱 밴드들을 갖고 왔다. 까진 팔꿈치와 무릎, 정강이까지 꽤나 큰 찰과상들이었다.

"다리는 대체 어쩌다 다친 거야?"

"알바 하다가요."

"너 내가 조심하랬지!"

때마침 출근하던 환경은 목발과 반깁스, 게다가 찰과상까지 성한 곳이 없는 지환을 보며 헉 소리를 냈다.

"어휴, 괜찮으세요?"

"그럼요! 괜찮습니다!"

"괜찮습니다? 퉁퉁 붓게 울어놓고는."

보호의 핀잔에 지환은 또 머쓱하게 뒷머리를 긁적였다. 왜 늘 이런 모습만 보이게 되는 걸까. 딱 멋지게 무언가를 해내는 모습을 보이고 싶었는데, 그게 제일 어려웠다. 여전히 손에 못이 박힌 채 뛰어 들어왔던 열아홉과 크게 다르지 않았다. 여태 더 괜찮다는 말로 웃어 보였는데, 지금은 그럴 수가 없었다. 누가 봐도 오늘의 지환을 완전히 망해버린 상황이었으니까.

"아, 저 전에 말한 연극을 못 하게 됐어요. 그때까지 낫지도 않고, 제가 참는다고 어떻게 할 수 있는 게 아니어서. 초대권은 못 드리게 됐네요."

찰과상을 소독해 주던 보호가 손길을 멈추고 지환을 올려다봤다. 지환은 그런 보호의 시선을 살짝 피했다. 이번엔 진짜로 혼날 일이었다. 분명 뭐라고 하실 거다. 왜 그렇게 무리하다가 귀한 기회를 날려버리냐며 꾸짖겠지. 하지만 보호는 지환이 전혀 예상하지 못한 말을 했다.

"괜찮아. 네가 앞으로 연극 안 할 것도 아니고. 그러니까 괜찮아."

지환이 다쳐서 약국에 도착하면 보호는 한 번도 괜찮다는 말을 해준 적이 없었다. 보호의 시선을 피하던 지환이 보호를 마주 봤다. 별거 아니라는 듯한 눈빛으로, 진심 어린 '괜찮아'였다. 진짜 괜찮은 일이 될 수 있다는 것처럼.

"아닐 거예요. 수술하면 반년은 제대로 못 걷는다던데요. 다시는 예전처럼 멀쩡히 못 걷게 되면 어떡하죠? 달리는 게 무서워질 것 같아요."

괜찮아질 거라는 말도, 진짜 괜찮을 수 있는 가능성이 보여야 하는 말이었다. 이번은 정말 괜찮아질 수 있는 상황이 아니었다. 그럼에도 보호는 평소보다도 걱정하지 않았다.

"계속 쉬지 않았잖아. 너한테 필요한 시간이 찾아왔다고 생각해. 그리고 너도 수술실에 직접 들어가 봐야 수술실이 배경인 연극의 연기를 더 잘할 수 있지 않겠니?"

"예? 그게 뭐예요."

"뭐긴, 네가 나한테 가르쳐준 거지."

"제가요?"

"여태 네가 살아온 방식이잖아. 그러니까 이번에도 믿어. 괜찮아질 거라고."

지환이 참고 있던 눈물을 떨궜다. 참을 수가 없었다. 괜찮다고 말하는 것만이 자신의 생존방식이라는 걸, 이렇게 훤히 알고 있을 거라고는 생각하지 못해서. 그리고 그게 도움이 되었다고 말해줘서. 지환이 울자, 민경이 따라 울었고, 뒤에 있던 환경까지 훌쩍거렸다. 그러다 민경이 갑자기 보호의 손을 붙잡으며 사과했다. 마치 고해성사 마냥.

"선생님, 저도 짜증 내서 죄송해요."

보호는 서럽게 우는 민경 옆에서 조용히 눈물만 흘리는 지환에, 그리고 눈물을 참으려 고개를 쳐들고 있는 환경까지 둘러보았다. 그래, 이렇게 젊은 애들이라 계속 무언가를 바라고 나아지길 기대하는 것이겠지. 나처럼 이렇게 멈춰버리는 게 아니라. 보호는 말없이 휴지 세 장을 뽑아 각자에게 건넸다.

걱정이 풀렸는지, 지환은 구구절절 자신이 다치던 날에 대해 이야기했다.

"요즘 이 근처에 배달 알바가 늘어서 수익이 괜찮았거든요. 특히, 동쪽 골목 안쪽으로 들어가다 보면 이층집이 있는데, 거기서 배달을 하루에도 몇 번씩 시켜요. 매번 다른 메뉴들로. 저는 여러 번 가던 길을 계속 가니까, 막 편하고 신난 거죠. 그래서 정신없이 달리다가 거기 골목에 움푹 파인 곳이 있었는데, 거기에 발이 빡 끼게 되면서 완전 발이 꺾인 거예요. 팍 소리가 나면서, 우두둑거리는 느낌이 들더니 힘이 안 들어가는 거예요. 그래서 알았죠. 아, 이제 못 걷는구나."

지환의 이야기를 듣던 환경이 의아한 듯 고개를 갸우뚱했다.

"저쪽 골목 안쪽 이층집이요?"

"네, 그 붉은 벽돌에 파란 지붕을 얹은 집인데."

"감나무 있고?"

"맞아요!"

지환과 환경이 죽이 척척 맞아갔다. 보호는 왜 저러나 싶은 표정으로, 민경은 무슨 음모론이라도 꾸밀 듯 흥미진진하게 바라봤다.

✚

"거기 늦게까지 불이 켜져 있지 않아요?"

"그쵸. 거기는 배달 갈 때마다 항상 불이 켜져 있었던 것 같아요."

민경이 말을 덧붙였다.

"24시간 불이 켜져 있다고요? 혹시 거기서 무슨 일이 있는 건 아닐까요?"

상상을 덧붙이기 시작하는 그들을 보며 보호가 말했다.

"그냥 전기세 낼 돈이 많은가 보지."

보호가 흥미로운 눈빛을 한 세 명의 청년을 잠재우려 했지만, 들리지도 않는 듯했다. 아, 정말 왜 저럴까.

지환이 말한 그 집은 환경도 이상하다고 생각했던 곳이었다. 순찰을 하다 보면, 점점 골목골목 사이에 빛이 사라지는 것을 느낄 수가 있다. 불빛이 꺼지는 시간은 다르더라도, 항상 켜져 있는 집은 없었다. 각자의 수면 패턴에 맞춰서 불을 꺼버리니까 말이다. 그런데, 그 집만은 항상 불이 켜져 있었다. 새벽 내내.

"아니 근데, 진짜 이상하지 않아요? 제가 순찰할 때도 거긴 항상 불이 켜져 있던데. 거기에 맨날 배달을 가셨다고요?"

"네, 아니 배달 음식도 엄청 종류를 다양하게 시켜요. 다 먹을 순 있나 몰라."

"다양하게 시켜요?"

"네, 제가 쓰는 배달 알바 앱은 위치만 보고 알림이 뜨는 거라 가까이만 있으면 이런저런 가게들 주문이 다 뜨거든요. 그런데, 야식 메뉴를 미친 듯이 시키기도 하고, 낮에도 중식, 한식 가리지 않고 많이 시키더라고요. 제가 늘 담당하는 건 아니지만."

환경은 이상한 촉이 발생하기 시작했다. 불이 꺼지지 않는 2층짜리 주택, 한두 명이 시켰다고 생각하기 어려운 배달 음식 주문량. 환경은 그 골목에 다시 가봐야겠다고 생각했다. 그러기 전에, 어색하게 목발을 쓰는 지환에게 목발 쓰는 법을 알려주고.

"목발 잘 짚는 법 가르쳐드려요?"

환경은 지환의 키에 맞춰 다시금 목발 길이를 맞춰주고, 속성 목발 과외를 시작했다. 삼각형을 이용해서 목발로 걷는 방법과 함께, 약국 옆 계단을 이용해서 계단을 내려가고 오르는 법을 가르쳐줬다.

"삼각형을 기억하세요. 발 하나, 목발 두 개, 삼각형만 유지하면 균형을 잘 잡을 수 있을 거예요."

지환은 환경에게 배운 방식으로 목발을 짚고 약국 밖으로 나갔다. 한결 편해진 느낌에 지환이 해맑게 고맙다고 말했다. 민경은 보호가 챙겨준 드레싱붕대와 습윤 밴드 등이 담긴 비닐봉지를 들고 지환의 박자에 맞추어 같이 나섰다. 두 사람이 떠나고, 뿌듯한 표정으로 그들의 뒷모습을 바라보던 환경에게 보호가 물었다.

"다리 다친 적 있었어? 목발 짚는 법을 잘 아네?"

보호의 물음에 환경이 감격해서 답했다.

"와, 처음이에요. 저에 대해 궁금해하신 거."

환경의 말을 듣자마자 보호는 괜히 궁금해했다는 생각이 들었다. 아, 귀찮아라. 환경의 눈이 반짝였다. 어쩌면 잔뜩 기다리고 있던 순간이었다.

"원래 '말하지 않으면 묻지 말자.'가 내 신조야. 말하기 싫으면 답 안 해도 돼."

"아니요. 입이 근질근질했으니까 말해드릴게요. 제가 원래 운동선수였거든요."

환경은 왼쪽 바지를 무릎까지 올렸다. 왼쪽 무릎에는 수술 자국이 남아 있었다. 저번에 오른쪽 정강이를 치료해 줄 때는 볼 수 없었던 흉터였다.

"어릴 때 육상을 했었는데 십자인대가 파열돼서 수술을 했었어요. 스타트라인에서 달리기 시작하자마자 무릎이 돌아갔고, 성한 곳이 없었거든요. 그러다 보니까 자연스럽게 알게 되더라고요. 목발을 어떻게 하면 잘 짚게 되는지. 그렇게 한동안 목발 짚고 다니다 두 발로 다시 걸으려니까 제가 원래는 어떻게 걸었는지 기억조차 안 나더라니까요. 신기하죠. 목발 없이 걸어온 시간이 더 길었는데, 그 잠깐 동안 걷는 법을 잊어버린다는 게."

"그래서 운동을 그만두고 경찰 시험 본 거야?"

"아, 그쵸. 좀 더 정확히 말하자면, 경찰이 되면 다시 달릴 수 있을 것 같았어요."

"응? 그게 무슨 소리야?"

"제가 에이스였거든요. 단거리로는 청소년 국가대표가 될 정도로. 그런데 수술을 하고 회복한 이후로 달리지 못하게 됐어요. 의사 선생님들은 정신적인 문제라고 하시더라고요. 재활도 열심히 했는데, 이전처럼은커녕 아예 달리지 못하게 된 거죠. 스타트라인을 넘는 게 두려웠어요. 그 흰 선을 넘으면 또다시 무릎이 돌아갈 것 같았어요. 그래서 그냥 계속 걷기만 했어요. 똑같은 속도로. 근데, 저번에 말씀드린 그날이요. 그 약국 앞에서 사건이 있었다던 날."

보호는 괜히 표정을 관리했다. 그날의 이야기가 이렇게 흘러나올 줄은 몰랐다.

"그날, 우리집에 강도가 들었어요. 창문을 깨고 달려 나간 강도를 잡겠다고 제가 뛰기 시작한 거예요. 그러니까, 제가 달릴 수 있게 된 거죠. 그 나쁜 놈을 잡아보겠다고.”

보호가 말을 잇는 환경의 옆모습을 바라봤다. 그때를 떠올리는 듯 오묘한 표정이었다.

“부상당하고 처음 달린 날이었어요. 그래서 그다음 날도 달릴 수 있을까 싶었는데, 안 되더라고요. 그래서 ‘아, 내가 달리려면 무언가 붙잡고 싶은 게 필요하구나’를 깨달았어요. 스타트라인이 필요한 게 아니라, 제가 달려야만 하는 이유가 필요했던 거죠. 그전까진 그냥 달렸거든요, 아무 생각 없이.”

보호는 고개를 끄덕였다. 질문은 이어지지 않았다. 오히려 조급한 마음이 된 건, 이상하게도 환경이었다.

“후회했는지는 안 물어보세요?”

“응, 안 궁금해.”

“아, 넵.”

자신의 이야기를 털어놓던 환경은 조용히 입을 닫았다. 조금은 더 알 것 같던 보호는 여전히 무슨 생각을 하는지 알아내기가 쉽지 않았다. 그저 한결같이 카운터 안에 서서 밖을 볼 뿐이었다. 환경은 그런 보호에게 물어보고 싶은 일이 가득했는데 말이다. 왜 밤을 새우면서 이 약국을 지키고 있냐고. 자신이 과거 그날 얘기만 할라치면, 왜 괜히 긴장한 듯 시선을 돌리냐고.

보호는 일부러 더 묻지 않았다. 평생 후회하며 이 약국을 지키고 있는 자신의 모습까지 들키게 될까 봐.

• • •

"혹시 잠시만 저랑 바꿔서 살아보실 생각 없으세요?"

집으로 돌아가는 길, 지환은 민경에게 조심스레 부탁했다. 이렇게 다친 다리로 가냘픈 철제로 된 옥탑방 계단을 올라가는 건 멍청이여도 하면 안 된다고 생각할 일이었다. 잠시 머뭇거리던 민경은 지환의 다친 왼발을 보면서 거절할 수 없는 부탁임을 깨달았다.

"진짜 딱 두 달 만이에요!"

민경이 간신히 힘주어 짜낸 목소리가 무색하게, 지환은 너무 해맑은 목소리로 신나서 민경의 손을 두 손으로 붙잡고 위아래로 흔들었다. 마치 거대한 거래의 성사를 보여주듯이.

"진짜 복 받으실 겁니다!"

지환은 핀 박는 수술을 한 지 4일 만에 집으로 돌아왔다.

그날부터 민경과 지환은 옥탑방과 반지하를 바꿔서 살기 시작했다. 다행히 둘 다 짐이 별로 없었고 금전적으로도 훔쳐 갈 것이 없었기에 크게 짐을 옮길 것도 없었다. 이부자리 정도만 바꿔 들고 올라가 서로의 방에서 생활하기 시작했다.

방을 바꾼 그날, 민경은 처음 옥탑방에 올라 H동을 내려다봤다. 어둔 밤, 골목의 집집에서 흘러나온 반짝이는 불빛을 보며 아름답다고 생각했다. 그리고 그 중심에는 보호가 운영하는 야간약국이 가장 밝은 빛을 내고 있었다. 민경은 그 순간에서야 진정한 리틀 포레스트를 찾은 것 같다고 느꼈다. 리틀 포레스트를 찾는다고 생각했지만, 어쩌면 그건 정해진 장소가 아니라 돌아가고 싶은 곳이 아닐까. 민경은 자신이 정을 둔 곳 없이, 항상 떠날 준비를 하고 있어서 자신의 리틀 포레스트를 찾지 못한 게 아닐까 싶었다.

민경은 여유로운 집안에서 태어나 엘리트 코스를 밟아왔다. 딱 대학에 갈 때까지만. 그 이후부터는 정해진 코스에서 벗어나려고 발버둥을 쳤다. 엄마는 민경에게 방황하지 말라고 했다. 지금 영화 찍으러 다니고 밤새우고 애들이랑 어울려 다니는 거 그거 다 한철이라고. 엄마는 민경에게 중요한 것들을 항상 쉽게 말했다. 서울권에서도 명문대로 인정받는 대학의 공대생, 대기업으로의 취업이 입학 때부터 확정된

삶이었다. 그래서 싫었다. 한 번도 수학 문제를 푸는 게 즐거웠던 적이 없었고, 대기업에 들어가고 싶지 않았고, 누군가 원하는 삶을 대신 살아주고 싶지 않았다. 설령 그게 엄마라고 해도.

이건 내 삶이라고! 민경은 자신이 소리치며 집을 나섰을 때, 엄마의 표정을 잊지 못했다. 두 눈을 크게 뜨고, 입은 떡 벌리고, 숨을 거칠게 쉬던 모습이 생생하다. 두 뺨은 잔뜩 상기되어 있었고, 소리 지르지 않았음에도 목에 핏대가 서 있었다. 그 뒤로 몇 년 동안, 본가에는 이따금 생존 신고만 할 뿐이었다. 엄마는 방황이라고 부르는 일을 아직까지 살아남아서 하고 있다고. 민경은 얼른 두 손에 거대한 성과를 들고 엄마에게 당당히 돌아가 보여주고 싶었다. 방황이 아니라 내가 길을 개척하고 있었다고. 그렇지만, 아직도 두 손은 텅 비어 있었다. 세상을 다 잃은 듯한 엄마의 표정이 자꾸 떠올랐다. 엄마는 그런 표정을 짓고 그다음엔 무슨 말을 하고 싶었을까.

한참 옛 생각에 빠져 있던 민경은 믿을 수 없는 장면을 목격했다. 지환이 목발을 짚고 골목을 산책하고 있는 것이었다. 저런 미친놈!

당장 옥탑방에서 내려간 민경이 지환을 따라갔다.

"여기서 뭐 해요!"

"산책하죠."

"그 다리로요? 최대한 누워서 쉬어야죠."

"지금이 쉬는 거예요. 그리고 누워만 있으면 제 소중한 근육이 다 사라진다고요."

지환의 이마는 이미 땀이 범벅이었다. 익숙하지도 않은 목발을 짚고 다니느라 무리하고 있었던 거다.

"목발도 제대로 쓰지도 못하면서 뭐 하자는 거예요."

"연습해야죠. 그래야 잘 쓰죠. 삼각형을 유지하라고 하셨으니까."

민경은 무너지지 않는 지환을 보며 어쩜 이럴 수 있지 싶었다. 시나리오 피드백 하나를 받지 못해 속절없이 무너져 내린 자신과 달리 계속 뭔가를 할 수 있다는 게 대단해서.

"어떻게 그래요?"

"네?"

"어떻게 이렇게 괜찮을 수가 있어요?"

아, 짧게 소리를 낸 지환은 잠시 말을 고르는 듯, 느리게 말을 시작했다.

"사실 수술하기 전까지는 너무 무서웠거든요. 이게 끝일까 봐? 근데, 수술하고 나오니까 오히려 별일이 아닌 거예요. 신기하죠. 제가 무서웠던 건, 앞으로 닥칠 일을 가늠할 수 없었던 거였나 봐요."

다시 한번 가로등 불빛 아래서 지환의 눈빛이 반짝였다.

"수술이 다 끝나니까, 이제 앞으로 나을 일만 남았던 거죠. 그러니까 마음이 편해졌어요. 여태 무리하고 있었구나 싶고. 약사 쌤 말처럼 이 시간이 나한테는 필요했구나 싶고. 제가 계속 달렸다면 저는 멈추는 방법을 배우지 못했을 거예요."

민경은 자신보다 한참 키가 큰 지환을 올려다봤다.

"어떻게 그렇게 긍정적이에요?"

"약사 쌤이 절 그렇게 도와줬어요."

"네? 진짜요?"

민경이 약간 의심의 눈초리로 쳐다보자 지환이 그럴 수 있다며 고개를 끄덕였다.

"되게 무뚝뚝하시긴 한데, 제가 늘 더 나은 선택을 할 수 있게 도와주셨거든요. 연기를 시작할 수 있었던 것도, 약사 쌤이 저한테 내리신 처방 덕분이었어요."

"처방이요?"

"약사 쌤을 처음 만나게 된 게, 전에 제가 제 손에 못을 박았거든요."

"네?"

민경의 눈이 커졌다.

"그러니까 실수였어요, 졸려서. 그런데 약국에 막 달려가서 피를 뚝뚝 떨구면서도 제가 괜찮다고 했어요. 그날 이후로 단골이 됐는데 제가 어디가 얼마나 어떻게 아픈지도 설명을 잘 못하니까 어느 날 약사 쌤이 그러더라고요. 쏟아내듯 말하는 법을 연습해 보라고. 연기 같은 걸 배워서라도."

"쏟아내듯 말하는 법이랑 연기요?"

민경이 이해할 수 없다는 듯 고개를 갸웃했다.

"그때는 무슨 말인지 몰랐는데, 해보니까 알겠더라고요. 전 한 번도 큰 소리로 화내본 적이 없었고, 울어본 적이 없었어요. 그런데 연기할 때는 그래도 되니까 연기가 재밌어졌고, 연극배우가 하고 싶다는 생각이 들었어요. 그런 처방을 했었는지 약사 쌤은 기억도 못 하시겠지만."

민경은 가장 처음 보호를 마주했던 순간을 떠올렸다가, 자신에게 진통제를 내밀던 보호를 겹쳐봤다. 그때, 산책도 보호만의 처방이었을 텐데…. 민경은 지환에게 제안했다.

"그럼 산책… 같이 할까요?"

그렇게 밤마다 민경과 지환은 함께 산책하기 시작했다. 유난히 느리게 흘러가는 밤의 시간이었다. 민경은 아주 오랜만에 바쁜 발걸음에 휘둘리며 다른 사람들의 속도에 맞춰 걷는 게 아니라, 느리고 느린 목발로 걷는 걸음 속도에 맞춰 천천히 산책했다.

　여느 날과 같이 어두운 밖을 바라보고 있던 보호는 화들짝 놀랄 수밖에 없었다. 수술한 지 얼마 안 된 지환이 목발을 짚고 걸어 다니는 것이 아닌가. 옆에 있는 민경은 그런 지환을 말리지도 않은 모양이다. 보호는 약국 문을 열고 밖으로 달려갔다. 다친 애가 왜 밖에서, 쉬질 않고. 보호가 둘에게 달려가 물었다.
　"대체 여기서 뭐 하는 거야?"
　"산책이요."
　지환과 민경이 동시에 답했다. 이전보다 훨씬 편안해진 표정으로.

●　●　●

　경찰 병원의 입원실 중 1인실에 누워 있는 다인의 옆에서 문성이 꾸벅꾸벅 졸고 있었다. 그날, 문성의 지시로 형사들은 보호에게 다인이 크게 다치진 않았다고 전했지만, 사실 다인은 그날 밤의 폭행으로 응급 수술을 진행할 정도로 상태가 좋지 않았다. 뇌진탕에, 과다 출혈, 갈비뼈 세 대가 나갔고, 폐는 갈비뼈 조각에 찢어지기까지 했다. 게다가 다리뼈에도 금이 갔다. 이따금 눈을 뜰 때도 있었지만, 제대로 무언가를 말하거나 소통할 수는 없었다. 문성은 직접 나서서 그런 다인의 옆을 지켰다. 조직원들이 직접 찾아올지도 모른다는 점도 있었지만, 고작 열아홉에 보호자도 없는 피해자를 혼자 둘 수가 없었기 때문이다.

"으ㅡ."

그랬던 다인이 슬그머니 눈을 뜨고 간신히 소리를 냈다. 어떤 말은 아니었지만, 그 소리에 문성은 졸다가 깜짝 놀라 일어나 다인을 바라봤다. 문성은 너스 콜 버튼을 눌렀다. 소리를 낼 수 있다면, 소통할 수 있다는 의미였다. 오랫동안 기다린 순간이었다. 문성은 조심스레 다인에게 물었다.

"지금, 내 말 들려?"

다인이 짧게 소리를 냈다.

"내 물음에 답할 수 있겠어?"

또 한 번 짧게 소리낸 다인에게 문성은 평식의 사진을 들이밀었다.

"너를 이렇게 만든 게 이 사람 맞아? 맞으면 그냥 아무거나 좋으니까 소리를 내."

다인은 간신히 으으 하는 신음 소리를 냈다. '역시' 하는
눈빛으로 고개를 끄덕인 문성이 긴장감이 맴도는 눈빛으로
한 번 더 입을 열었다.

"너 이렇게 맞은 거… 마약 때문이지?"

이번에 다인은 꺽꺽거리는 더 거친 소리와 함께 눈물 한
방울을 흘렸다.

6

오늘의 판매약

증상 개선이 없으면, 전문가와 상의할 것

야간약국으로 출근하던 환경은 자신의 출근 시간이 조금씩 늦어지고 있음을 깨달았다. 요즘엔 오후 6시 35분은 지나야 해가 졌다. 말 그대로 봄이었다. 야간약국으로 출근하기 전엔, 계절이 달라지는 시점을 뒤늦게 깨닫기 일쑤였다. 매일매일 하늘빛이 변하는 시간을 체크하며 일상을 살아가는 건 불가능한 일이었으니까. 어느 순간 올려다본 하늘이 이미 찾아온 계절의 모습을 하고 있을 뿐. 매일 달라지는 하루의 끝과 시작을 이렇게 체감하는 건, 생경한 경험이었다. 누구보다도 부지런한 지구의 일상을 체크하는 게, 하루를 느끼는 방식이 되어가고 있었다.

점차 야간약국으로의 출근 시간이 늦어지자, 환경은 문성에게 먼저 연락을 했다. 약국에 출근하기 전, 진짜 본업을 챙기기 위함이었다. 이제는 자연스레 약국 문을 열면 무엇을 해야 하는지 머릿속에서 시뮬레이션을 돌리고 있는 자신의 본업을 잊지 않기 위함이기도 했다.

"팀장님! 저 환경입니다!"

"왜? 거기 무슨 일 있어?"

"일이야 있지만 마약이랑 관련된 일은 없어요. 그 조직 애들이 벌써 H동을 떠난 것 같기도 하고."

"아니, 안 떠났을 거야. 걔네는 아직 찾아야 할 게 있거든."

"그걸 찾으러 약국에 올 일은 없잖아요. 약국엔 아무것도 없다고요. 그래서 제가 약국 출근 전에 경찰서로 출근하는 건 어떨…"

"절대 안 돼."

문성은 환경의 말을 자르며 단호하게 말했다. 환경이 뒤이어 할 말을 모두 잊을 정도로.

"절대 안 된다고요?"

"내가 너한테 준 업무가 뭐야? 그 약국을 지키는 거 아냐?"

"아니죠. 정확하게는 H동에서 벌어지는 사건을 수사하는 거 아닙니까?"

"그냥 잠자코 거기 있으라면 있어! 끊는다!"

전화는 툭 하고 끊겼다. 아무 이유도 없이 무작정 지키라니. 대체 뭘 위해서.

"왜 이러시지?"

문성이 이따금 이상한 결정을 하기는 했지만, 이해할 수 없는 결정을 내리는 사람은 아니었다. 약국 출근이라는 이상한 결정 뒤에는 명확히 신분이 밝혀지지 않은 경찰의 잠복이 필요했던 거니까. 그런데 요즘 문성은 이해할 수가 없었다. 마치 뭔가를 숨기는 사람처럼.

문성과의 전화를 끊고, 야간약국 앞에 도착한 환경은 한 번도 본 적 없는 한 여자를 마주했다. 중단발 머리에 세련되게 잘 꾸민 사람이었다. 게다가 아주 비싸 보이는 외제차와 함께였다. 환경은 손님인지, 그냥 근처에 볼일이 있는 사람인지 고민하며 주머니 속 야간약국 문 열쇠를 꺼냈다. 며칠 전부터 환경이 일몰 시각 전에 와서 약국 앞에서 기다리자, 보호가 왜 밖에서 그렇게 불쌍하게 기다리고 있냐며 챙겨준 복제 열쇠였다. 그 열쇠가 손에 들어오니 완전한 약국 사람이 된 것 같았다. 아니, 자꾸 이렇게 성취감을 느끼면 안 되는데, 마음이 그렇게 흘러갔다. 요즘은 경찰서보다 약국이 편해지고 있었다.

"어? 약국 열쇠가 있네? 누구예요?"

중단발 머리의 여자가 환경에게 물었다. 몹시 흥미롭다는 표정으로.

"아, 저는 이 약국 사무원인데요?"

"약국 사무원이요?"

"네, 무슨 일이시죠?"

와, 진짜 신기하네, 라며 혼잣말을 내뱉은 여자는 환경에 게 악수를 청했다. 환경은 어리둥절하며 여자가 내민 손을 붙잡았다.

"저 여기 완전 VIP예요. 앞으로 잘 부탁해요. 그리고 최보 호 약사님 좀 빨리 내려오라고 해줄래요? 내가 좀 바빠서."

그 순간, 계단 쪽에서 다다닥, 다다닥 하는 소리가 들렸다. 계단을 내려오는 보호만의 리드미컬한 발걸음 소리였다.

"내려왔다. 네가 VIP라고? 내가 네 VIP겠지!"

"뭐?"

보호는 어이없다는 표정을 한 여자에게 진짜 아무것도 모 른다는 표정으로 응수했다. 여자는 재킷 주머니에서 작은 물건을 하나 꺼냈다. 그 물건을 확인한 보호가 살짝 고개를 숙였다. 조그마한 물건 하나에 순식간에 전세가 역전됐다.

"아, VIP 맞네."

"나 아니면 누가 이런 걸 구해주겠어? 안 그래? 근데, 너 진짜 이상한 일 아니지?"

"진짜 아니야. 구해준 건 고마워."

환경은 살짝 기웃거리며 여자가 들고 있던 물건이 뭔지 살펴보려 했으나, 보호가 빠르게 채 간 탓에 알아볼 수가 없었다. 보호를 의심스러운 눈초리로 흘깃 본 여자는 곧 외제차의 트렁크를 열었다. 그 안에는 약들이 가득 담겨 있었다.

"소개할게요. 저는 수안제약 강예서입니다. 최보호 약사의 친구이기도 하고요."

"친구요?"

"왜 이렇게 놀라요?"

"아니, 한 번도 친구분이 오신 적이 없어서."

자신의 말에 빵 터진 예서와 그를 짜증 난다는 듯 쳐다보는 보호를 보고 환경은 아차 싶었다. 놀라지 말았어야 했는데.

"아, 그게…."

"아니야, 친구가 없는 건 사실이니까. 넌 그만 웃고 빨리 들어오기나 해."

예서는 너무 웃은 탓에 찔끔 나온 눈물을 닦아내며 약국 안으로 들어갔다. 환경은 트렁크에서 꺼낸 약 상자를 들고선 어떻게 수습해야 하나 싶었다. 들어가자마자 그런 의미는 아니었다고 할까, 고민했지만 이미 벌어진 일을 되돌리는 건 불가능했다. 빠르게 포기한 환경은 품 안에 든 약들을 정리할 계획을 세우면서 문을 열었다. 로고가 보이게 오와 열을 맞춰 약장에 채워 놓자, 그러다 보면 약사님도 다 잊어버리실 거야.

약국 안에서는 예서가 일방적으로 보호에게 잔소리를 쏟아내고 있었다. 생경한 광경이었다. 보호는 마치 자동응답기처럼 기계적으로 대답했다.

"너 저번에 강아지 심장사상충 약을 들여놓아야겠다고 했었지?"

"응, 맞아."

"아니 동물병원도 없는 동네에 그걸 들여놓아서는 사 갈 사람이 있겠냐고 내가 그때도 뭐라 했었지?"

"응, 맞아."

"그런데, 이번에는 무슨 조제약들을 구한다고?"

"응, 맞아."

"아니 혈압약이나 고지혈증약은 병원 바로 앞에서 사는 게 이 업계 규칙 아니었어?"

"응, 맞아."

"너 내 말 듣고 있긴 해?"

예서가 자동응답기처럼 돌아가던 보호에게 대답할 때라며 연결 버튼을 눌러버렸다. 이제는 피할 수가 없었다.

"응, 듣고 있어. 저번에 강아지 심장사상충 약 들여놓을 때도, 내가 한 사람이라도 있으면 팔아야 하겠다고 해서 팔기 시작했고. 그때도 이렇게 30분가량의 시간을 써가며 너에게 잔소리를 들었지."

"결국에 너 팔기 시작했잖아. 그거 적자 아니야?"

"적어도 뽀삐한테는 의미가 있었어."

"아, 진짜!"

"그래서 나한테 팔 거야? 말 거야? 나 다른 영업자들하고도 아는 사이야. 반드시 너한테 이렇게 받을 필요는 없는데?"

"이런 미친."

예서가 한숨을 크게 쉬었다. 보호는 하나, 둘, 셋 하고 속으로 숫자를 셌다. 이제 그 이름이 나올 때였다.

"너, 10년도 넘게 그렇게 살고 있으면서 대체 뭘 더 어떻게 하고 싶은 거야. 이런 게 자연 언니가 바랐던 것 같아?"

역시나였다. 그렇다면 보호도 준비해 둔 말을 던지면 되었다. 늘 그래왔으니까.

"난 언니가 바라는 대로 제대로 살고 있어. 그러니까 괜히 언니 얘기 들먹이지 마. 그냥 말해. 나한테 약 팔 거야? 말 거야?"

"아이고, 내가 미쳐."

기막힌 예서가 손으로 얼굴을 쓸어내리자 보호는 이 타이밍을 놓치지 않고, 한 손님이 건네준 처방전을 스캔한 약제 목록을 예서에게 보냈다. 일전에 찾아왔었지만, 야간약국에서는 취급하지 않았던 약물이라 그냥 보낼 수밖에 없었던 어린 손님의 것이었다. 할머니 대신 약을 사러 왔다는 초등학교 저학년으로 보이는 아이는 분명 도움이 필요한 손님이었다. 보호는 이런 손님을 만날 때면 자신이 이 약국을 운영하는 초심을 떠올렸다. 네가 자랑스럽다고 말하던 따뜻한 목소리까지.

"지금 메일로 보냈어. 혈압이랑 고지혈증 쪽 약이야."

"막말로 또다시 그 애가 온다는 보장이 있어? 너 이거 오지랖이야."

"너도 알다시피 난 오지랖을 부리고 살아서 살 수 있었어. 그리고 오지 않으면 잘됐지. 다른 방법을 찾은 거니까."

"진짜 나 너 망해도 책임 안 져."

"네가 안 주면 다른 영업자 통해서 약 구하면 그만이야."

"알았다고! 확인해 볼게."

만족스러운 거래였다. 티격태격하는 사이여도 예서가 주는 약품들은 완전히 믿을 만했으니까.

보호와 예서는 약대에서 만났다. 원래 법학 전공이었던 예서는 PEET를 통해 약대로 편입한 케이스였다. 법학과를 다니던 애가 돌고 돌아 약대에 들어왔을 때도, 약대를 졸업할 때도 예서는 동기들 사이 조금 특이한 아이였다. 모두가 약사 국가고시를 준비하던 때에 갑작스럽게 시험을 포기하고 훌쩍 여행을 떠나버렸기 때문이다. 꽤 긴 여행에서 돌아와, 예서는 제약회사에 들어갔고 약사가 된 동기들을 모두 찾아가 자신의 고객들로 만들었다. 동창회에서 동기들이 예서에게 대체 왜 약사가 되지 않았냐며 물었을 때, 예서는 별거 아니라는 듯 답했다.

"내가 하고 싶지 않았어."

한때, 보호는 그렇게 말하는 예서가 멋져 보이기도 했다. 아등바등 공부해서 성공해야만 하는 자신보다, 바람처럼 훌쩍 떠날 용기가 있다는 의미였으니까. 하지만 예서가 진짜 여행을 떠나게 된 이유를 뒤늦게 들었을 때는 그 생각이 바뀌었다.

"그때, 어떻게 떠날 수 있는 용기가 있었냐고? 네가 굉장히 큰 착각을 하고 있었구나?"

"응?"

"난 용기를 낸 게 아니라, 도망친 거야. 사실 그때, 내가 사랑하던 사람이 죽었거든."

자연의 장례식장에 찾아온 예서가 뒤늦게 말해준 진실이었다. 예서의 연인은 예서가 처방받았던 수면제를 다량으로 섭취해서 자살 시도를 했었다고 했다. 다행히도 자취방에서 수면제가 사라진 것을 발견한 예서가 경찰에 신고하면서 예서의 연인은 응급실에서 구사일생으로 살아났다. 불운하게도 그걸로 끝이 아니었다. 예서의 연인은 끝내 제 손으로 생을 끝냈다. 그건 예서에게 전하는 메시지이기도 했다.

"영정사진 안에서 날 바라보는 그 사람을 보는데, 나한테 말하는 것 같았어. 네가 아무리 날 살리려고 애써봐도 소용없다고. 끈질기게 붙잡아보려고 했는데, 그게 정답이 아니었나 싶었어."

"…힘들었겠다."

"맞아, 그때 내가 도망치지 않았다면 같이 수렁에 빨려 들어갔을 거야. 그 사람을 진짜 사랑했거든."

누군가에게는 용기로 보이던 일이 누군가에게는 도망이었다. 하지만, 예서는 끝내 그 도망에서 다시 돌아왔다. 결국 다시 돌아왔으니, 그건 '도망'이 아니라 '여행'이라는 이름을 붙일 수 있는 시간이 되었다. 그 후로 평범한 동기 사이였던 보호와 예서는 급속도로 가까워졌다. 보호가 충실한 고객이 되었고, 예서는 보호가 필요하다는 약들을 곧잘 구해다 줬다.

"뭐냐, 너 왜 나한테 잘해주냐? 이 약 진짜 찾던 건데…."

"필요하다고 할 때는 언제고."

"고마워서 그러지. 필요한 약을 척척 구해주니까."

"언젠가 너의 여행도 끝나길 바라니까."

보호는 자신이 꽤나 운이 좋은 사람이라고 생각했다. 항상 불행을 달고 다니던 사람이었는데, 그럼에도 운이 좋다고 생각하게 만드는 사람들이 계속 옆에 있어서 다행이라고. 계속 이 약국의 문을 열 힘을 줘서, 지치지 않게 해줘서, 누군가를 믿을 수 있게 해줘서 말이다. 그럼에도 아직까지 보호의 여행은 끝나지 않았다.

한바탕 예서가 시끄럽게 휩쓸고 간 야간약국에, 손님들이 오기 시작했다. 손님들에게 익숙하게 인사를 건네는 환경은 문성에게 말한 것처럼 약국에 앉아 있는 것이 더 자연스러워지고 있었다. 어느새 경찰서보다 익숙해진 약국은 훨씬 아늑하기도 했다. 항상 아픈 사람이 오는 곳이라지만, 그럼에도 약을 처방받고 되돌아가는 곳이었다. 모두가 약을 먹고 조금은 나아질 순간을 기대하고 약국을 떠났다. 이런 야간약국에도 증상이 나아지지 않고 매번 똑같은 약을 사는 사람들이 있었는데, 그중 한 명은 란이였고, 또 다른 한 명이 윤의였다.

"소화제 하나 주세요."

윤의는 자연스레 카드를 건넸지만, 보호는 곧바로 카드를 받지 않았다. 결제하려고 준비했던 환경 역시 멈춰서 보호의 말을 기다렸다.

"증상이 어떻게 되세요?"

"그냥 똑같죠. 지난주에 주셨던 거 주셔도 좋아요."

"지난주에 드렸던 약을 먹어도 나아지지 않으니까 다시 오신 거잖아요. 그걸 그대로 처방할 수는 없어요."

"그냥 증상이랄게 있나요? 소화가 안 돼요. 더부룩하고."

"가스도 차나요?"

"아뇨. 그건 아니고 가슴 쪽이 답답해서요."

"아, 네. 알겠습니다."

윤의는 꽤나 까다로운 손님 중 한 명이었다. 자신의 이야기를 많이 하지도 않고, 원래 줬던 약이면 충분하다는, 무성의해서 어려운 손님이었다. 보호는 매번 소화제를 바꿔가며 윤의가 말하는 증상에 적합한 소화제를 건네고는 있었다. 하지만 그다지 별 차이는 없어 보였다. 윤의가 매번 약을 사 갈 정도로 속이 좋지 않은 건, 아마도 심리적인 문제라는 것을 보호는 어렴풋이 짐작했지만, 직접적으로 말할 수는 없었다. 윤의는 그런 지점을 먼저 짚으면 도망쳐 버릴 것이 뻔한 손님이었기 때문이다. 예민한 손님에게는 신중해야 했다. 그게 12년 동안 야간약국을 하며 배워온 약사로서의 여유였다.

딸랑─. 보호가 제조실 안에서 윤의에게 줄 소화제를 챙기는 사이, 란이 약국 안에 들어와 큰 소리로 외쳤다.

"언니~ 술 깨는 약!"

"잠깐만!"

제조실에서 들리는 보호의 목소리에 란이는 고개를 크게 끄덕였다. 그러고는 윤의의 옆에 서서 카운터에 몸을 기댔다. 윤의는 자신의 옆에 란이가 서자, 닿고 싶지 않다는 듯 슬그머니 한 발짝 옆으로 이동했다. 그때, 보호가 윤의에게 제조실에서 새로 꺼낸 소화제를 건넸다.

"거듭 말씀드리지만, 소화가 잘 안 되면 약도 약이지만, 생활 습관, 식습관도 챙겨야 해요. 기름진 음식을 피하고, 과식하지 말고, 속이 괜찮아질 때까지 음식을 조심하세요. 무엇보다 이렇게 계속해서 증상 개선이 없으면 병원에 꼭 가봐야 해요."

"됐어요. 뭐 소화가 안 되는 거 가지고, 그렇게까지."

"약으로 되지 않는 상황일 때, 병원 진료를 제안하는 것까지 약사의 일이에요."

보호의 말에 멋쩍은 듯 윤의가 말을 돌렸다.

"얼마예요?"

"4000원입니다."

윤의가 카드를 내밀려 하는 순간, 란이 현금을 보호의 손에 쥐어주었다.

"나 오늘은 출근길이야. 빨리! 아, 오늘은 피임약도 같이!"

란이가 정신없이 말을 건네오자, 보호는 카운터 아래에 준비해 둔 란이를 위한 약 세트를 건넸다. 란이는 만족스럽다는 듯 웃었다.

"역시 언니야, 땡큐. 오늘 고약한 손님 예약이라 미리 술 깨는 약 먹고 가려고. 정신 차려야지."

란이는 곧바로 술 깨는 약을 벌컥벌컥 들이마셨다. 계산을 새치기당한 윤의가 카드를 내밀면서 보호의 손에 쥐어진 현금을 바라봤다. 윤의가 작게 한숨을 쉬었다. 물론, 란이에게 들릴 정도로 다분히 고의적인 한숨이었다. 신경에 거

슬린 란이는 뒤돌아 윤의를 바라보았다. 윤의의 카드를 받은 보호가 결제하고 윤의에게 돌려주자, 윤의는 가방에서 꺼낸 물티슈로 보호가 건넨 카드를 닦았다. 아주 더러운 것을 본다는 듯. 란이는 그 모든 상황을 하나부터 열까지 지켜보다 말했다.

"내가 더럽니?"

보호는 머리가 지끈했다. 싸움이 시작되기 전에 말려야 했다. 이 손님도 질 성격이 아니었고, 보호의 예측은 완벽하게 맞았다.

"네, 더러워요. 좀 부끄럽지 않으세요? 어쩜 그렇게 당당하세요?"

"이 미친…!"

보호가 카운터 문을 열고 나와 달려드는 란이를 안아서 말렸다. 나이스 캐치였다.

"너 출근길이라며 빨리 가."

"언니 지금 방금 못 들었어? 저년이."

"아, 진짜 시끄럽게…."

윤의는 한심하다는 듯, 란이를 바라보고는 약국 밖으로 먼저 나섰다. 란이는 억울한 마음에 발을 동동 굴렀다.

"언니 저년 편이야?"

"난 여기서 싸움 나는 꼴 보고 싶지 않아. 얼른 조심히 다녀와."

"아이 씨. 언니야말로 조심해. 이 동네에 이상한 새끼들 꼬인 것 같으니까. 그거 말해주려고 일찍 온 거란 말이야!"

란이는 잔뜩 화가 났음을 발걸음에서 보여주듯 쿵쿵 걸으며 약국 밖으로 나섰다. 보호가 크게 한숨을 쉬었다. 하루도 평범하게 지나가는 날이 없었다. 두 명의 손님이 싸울 듯한 모습에 잔뜩 긴장했던 환경도 숨을 내쉬었다. 약국과 가까워지다가도 멀어지는 순간이었다. 이런 모습들은 경찰서나 크게 다를 것이 없었으니까.

• • •

별꼴이다. 진짜. 윤의는 자취방에 들어가서도 불쾌한 기분으로 가득했다. 가뜩이나 불편한 속 때문인지 둥둥거리며 머리가 울리는데, 높은 톤의 여자 목소리가 신경을 거스른 탓이다. 어쩜 똑같아도 목소리가 똑같지. 시끄럽게.

그 여자는 윤의가 담당하고 있는 거래처의 과장과 목소리가 똑같았다. 끊임없는 수정 요청은 기본, 겨우 이것밖에 할 줄 모르냐는 말, 믿고 맡겼는데 이거는 쓸 수 없겠다는 말,

나니까 이 업계에서 윤의 씨 회사를 써주는 거라는 말을 내뱉는 사람이었다. 일부러 깎아내리는 말인 걸 알면서도 윤의는 그저 같이 일해줘서 감사하다는 말밖에 할 수 없었다. 감사한 게 없고 죄송한 게 없어도 머리를 숙였다. 그게 일개 대행사 직원에게 알맞은 처세술이었다. 그렇게 사는 게 정답이라고 했다. 이 바닥에서 잘 살아남는 방식이라고. 사실, 그 여자는 '왜요?'라는 말은 금지되어 있다고 가르쳐준 장본인이기도 했다. 그 여자는 윤의가 마케팅 대행 일을 시작할 때 만났던 첫 사수였다. 처음엔 칭찬에 인색하지 않았고, 윤의 역시 곧잘 따랐다. 잘 따른다고 그것이 마음대로 윤의의 프로젝트를 가져가도 된다는 의미는 아니었다. 이미 지난 일이라며 넘겨버리면 그만이지만, 그 여자의 목소리는 참을 수 없었다. 매번 메일이 아니라 전화로만 이야기하는 통에 요구 사항이 바뀌기도 했으니까. 그래서 이번 프로젝트 첫 미팅에서 그 여자를 다시 만났던 순간, 어떻게 해야 하나를 생각하기도 전에 속이 끓어오름을 느꼈다. 이미 지난 일이라고 아무리 되뇌고 생각해도 마음속 깊이 덴 상처는 그대로였던 모양이다. 너무 믿었던 사람이라서.

    역시나 오늘의 야근도 정확한 이유를 알 수 없는 수정 요청으로 늘어진 상황이었다. 나름 업계에서 빠른 손으로 살아남았는데, 그건 자신의 시간을 치열하게 써서 얻은 평가였다. 아니 정확히 말하자면, 빠르다기보다 마감 일정에 맞추기 위해 업무 외 시간에도 일했다. 그건 빠른 게 아니라, 자신의 시간을 더 쓰는 것뿐이었다. 윤의의 모든 시간은 업무 중심으로 돌아가고 있었다. 누굴 만날 엄두조차 내지 못할 정도였다. 업무가 끝나면 윤의는 빨리 집에서 잠들고 싶었다. 이런 것도 유전일까. 아등바등 아빠의 비위를 맞춰가던 엄마를 떠올렸다. 그러니까 더 답답해졌다.

'하아.'

윤의는 오늘도 저녁을 먹지 못했다는 것을 깨달았다. 먹지 못한 건지, 먹지 않은 건지 스스로도 모르겠다. 이번 회사로 이직한 이후부터 계속 속이 안 좋았다. 밥 대신 약국에서 사 온 소화제를 입안에 털어 넣었다. 메슥거리던 속이 조금 괜찮아지는 걸 느꼈다. 야근 후 자주 방문하게 된 야간 약국에서 산 약들은 믿을 만했다. 꽤나 효과가 좋았고, 근무 중엔 잠깐의 짬도 내지 못해 살 수 없었던 약들을 자정이 넘은 시간에 가서 살 수 있는 곳이었다. 거기서 마주친 사람들은 다 별로였지만, 약만 괜찮다면 계속 갈 의향이 있었다. 그렇다고 이렇게 며칠 만에 다시 가게 될 줄은 몰랐다.

✛

사건의 발단은 너무 배가 고파서였다. 여느 때처럼 야근하고 돌아온 자취방에서 너무 배가 고파서, 윤의는 라면을 끓였다. 찬장에서 미리 사둔 라면을 꺼내 작은 1인용 냄비에 담아 끓였다. 물이 끓는 소리만이 자취방을 채웠다. 그게 일종의 백색소음이 되었다. 윤의는 말 그대로 서서 졸았다. 눈앞에서 라면을 끓이고 있으면서. 끓어 넘친 라면에 정신 없이 손을 가져다 댔다. 바보도 아니고.

시뻘겋게 달아오른 손바닥을 살피며, 흐르는 찬물에 왼손을 들이밀었지만 화끈한 아픔은 쉬이 없어지지 않았다. 무조건 병원에 가야 할 상처라는 것이 본능적으로 느껴졌다. 그렇다고 이 야밤에 응급실은 너무 비싼데…. 고민 끝에 윤의의 발걸음이 향한 곳은 결국 이 야간약국이었다.

"왼손잡이예요?"

"네."

"그럼 혼자 못 하겠네."

이 약사가 원래 이렇게 친절한 사람이었나. 보호는 윤의의 화상 상처를 보더니 카운터 문을 열고 나왔다. 오늘따라 답지 않게 잡담이 많은 것 같았다. 여전히 평소처럼 세상 만사가 귀찮다는 낯으로 입은 계속 움직였다.

"약도 제대로 써야 하는데, 약을 사 간 손님들이 제대로 못 쓰는 경우가 왕왕 있어요. 그러면 도로 아미타불이죠. 저번에 어떤 단골손님이 오른손잡이라고 붕대를 감아달라고 하더라고요. 그때 알았지. 어차피 팔아봐야 자기가 쓰던 손 다친 사람들은 제대로 치료를 못 했겠구나."

보호는 얼른 손을 내밀라고 눈으로 채근했다. 윤의가 붉어진 왼손을 어색하게 내밀자, 보호는 상처를 꼼꼼히 살폈다. 그렇게 살펴보는 게 불쾌하진 않았다.

"그래도 상황이 나쁘진 않은데, 화상을 입은 넓이가 꽤 있어서 병원은 꼭 가봐요. 시간 날 때 말고, 시간을 내서. 시간 날 때 가라고 하면 안 갈 테니까. 그쵸?"

"그게 보이세요?"

보호가 약국 유리창을 가리켰다. 가로등 아래로 지나가는 사람들이 드문드문 보였다.

"매일 새벽 1시 넘어서 퇴근하고 이 약국 앞 지나가잖아요. 엄청 빠르게 걸어서. 밤엔 다들 여유가 없어요. 그 시간에는 즐기는 사람들보단 버티는 사람들이 많아서."

"그쵸. 어서 들어가서 자야 하니까."

"그러니까요. 그래서 이 약국에 오는 사람들이 여유가 없어요. 누구보다 열심히 사는 사람들뿐이라서."

"그래요?"

"그때 본 그 여자도 엄청 열심히 살아요. 어떻게든 살아남으려고."

"그 여자라면…."

"싸울 뻔하셨잖아요."

"아, 그 여자가 그런가요?"

윤의는 보호가 하려는 말을 얼핏 알 것 같았다. 그 여자한 테 사과하라는 말인가. 아니면 이해해 주란 말인가. 그렇지만 어차피 다시 볼 사람도 아닌데…. 보호가 능숙한 손길로 화상 연고를 발라주고는 붕대로 윤의의 왼손을 꽉 감았다. 꼼꼼한 게 자신이 집에서 간단히 둘러맸던 것과는 차원이 달랐다. 확실히 전문가의 손길이었다.

"걔가 왜 술 깨는 약을 마시는지 알아요?"

"모르죠, 전."

"정신 차리려고. 한순간도 그냥 흘려버리지 않으려고."

보호가 붕대를 다 감아내고 테이핑을 마치자, 윤의가 손을 빼냈다.

"그런데 제가 왜 그 사람 얘기를 들어야 하는지 모르겠는 데요?"

"걔는 새벽 4시에 주로 여기에 와요. 그때가 그 애 퇴근 시 간이라서. 피하실 거면 피하세요. 그렇지만, 똑같은 사람이라고요. 똑같이 그런 시선에 다쳐요. 사람들은 대개 피 나면 어디 아프냐, 괜찮냐고 묻는데, 피가 안 나면 괜찮냐고 안 묻 거든. 화상도 그렇잖아요. 안에는 홧홧거리고 따갑고 아픈 데, 밖에는 티가 잘 안 나."

보호가 붕대와 화상 연고를 주섬주섬 챙겨서 다시 카운터 안으로 들어갔다. 윤의가 결제하려고 카운터에 다가서자 보 호가 고개를 저었다.

"잔소리 값이니까 오늘은 돈 안 받아요. 여기 남은 화상 연고랑 붕대는 챙겨 가세요."

묵직한 약을 받아 든 윤의는 자신이 너무나도 나쁜 사람이 된 것 같았다. 왼손 손바닥이 얼얼하게 화끈했고, 그 화상과 는 관계없이 목덜미가 뜨거웠다. 어차피 내가 피하면 될 사 람이다 싶으면서도 괜스레 부끄러웠다. 쉽게 돈 버는 그 여 자가 뭐라고. 근데 자꾸 윤의의 마음에 보호의 말이 걸렸다.

'그렇지만, 똑같은 사람이라고요. 똑같이 그런 시선에 다 쳐요.'

'안에는 홧홧거리고 따갑고 아픈데, 밖에는 티가 잘 안 나.'

밖으로는 티 나지 않는 상처라는 게 어떤 건지 너무 잘 알 것 같아서, 그게 마음에 걸렸다.

윤의는 약국을 나와서 H동의 골목길을 걸었다. 이제는 완연한 봄이라 밤공기가 따듯했다. 불어오는 바람에도 봄기운이 가득해서 조금은 마음이 차분해졌다. 아까는 고작 배고파서 라면 끓이려다 이런 일이 벌어진 것에 화가 잔뜩 나서 걸었던 골목길이었다. 지금은 보호가 완벽하게 둘러준 붕대를 보며 편안함 마저 느끼고 있었다. 홧홧거리는, 보이지 않는 아픔을 알아봐 준 사람이니까.

그 순간, 따스운 봄바람에 어울리지 않게 앓는 소리가 들려왔다. 그 소리를 듣자마자 윤의의 걸음이 빨라졌다. 피해 가야 했다. 쓸데없는 일에 코가 꿰이는 일은 없어야 했다. 그냥, 평범하고 무난하게, 조용히 살고 싶으니까. 그런데, 맞고 있는 사람이 그 여자일 줄은 몰랐다.

● ● ●

몸에 딱 붙는 치마와 속이 비치는 스타킹, 굴곡진 긴 웨이브 머리와 화려한 화장까지. 한 여자가 공들여 꾸며낸 게 무색하게 건장한 남성들에게 맞고 있었다. 소리 하나 제대로 내지 못하고, 작게 앓기만 하면서.

"야, 어디서부터 쫓아온 거냐니까?"

어디서부터였냐고? 란이는 맞으면서 떠올렸다. 술집에 찾아온 남자들 사이에서 꺼림직했던 얼굴을 봤던 그날을. 이런 물장사가 대부분 그렇듯, 란이 일하는 술집도 역시 단골 장사였다. 번화가의 술집이야 얼굴 기억하기 어렵겠지만, 서울 변두리에 보잘것없는 술집에서는 손님 얼굴은 금방 외웠다. 그런데 몇 개월 전, 얼굴을 본 적 없던 남자들이 수금을 한답시고 들어와 난장판을 만들었다. 술집 사장님은 얼굴을 바닥에 대고 빌었다. 돈을 넉넉히 드릴 테니, 제발 너그러이 봐달라고 했고, 란이는 사장님이 그렇게 굽신거리는 모습을 처음 봤다.

며칠 전, 손님이랍시고 와서 노는 그들을 보다 한 얼굴에서 시선이 멈췄다. 그러다 야간약국 앞에서 서 있던 남자가 저 사람이라는 걸 깨달았다. 끼리끼리 모여서 술에 취해 떠드는 소리를 들어보니 평식 형님이라고 불렸다. 이 조직의 간부급 되는 사람인 듯했다. 그런 사람이 왜 야간약국을 신경 쓰고 있는 거지?

궁금증을 해결할 방법은 하나였다. 술집이 항상 그렇듯 취한 사람들이 비밀을 말하기에 최적화된 곳이 아닌가. 란이는 술을 따라주며 넌지시 몇몇을 물었다. 술에 취한 조직원이 말해줬다.

"우리 조직 곧 여기 뜰 거예요. 그 약국 털어서 뜰 디데이만 잡고 있지."

"왜요?"

"물건이 그 약국으로 잘못 배달됐다나?"

헤헤 웃으며 잔에 술을 따르던 란이의 표정이 점차 어두워졌다. 이건 누가 봐도 보호가 위험한 상황이었다. 어떻게 해야 하지. 어떡하지. 그때 문득 예전에 보호가 건네줬던 한 경찰의 명함이 떠올랐다.

"너 혹시라도 술집에서 무슨 일이 생기면 여기로 연락해. 그리고 최보호 친구라고 해. 그럼 도와줄 거야."

"이 사람이 누군데?"

"그냥, 나한테 많이 미안해하는 착한 아저씨."

잔뜩 구겨져 가방 구석이 박혀 있던 명함을 꺼내 란이는 전화를 걸었다. 얼마간의 신호음이 지나고, 문성이 전화를 받았다.

"저 보호 언니 친군데요."

"아, 최보호요? 무슨 일로 전화하셨죠?"

"그게… 보호 언니가 위험해요."

"네?"

"어떤 남자들이 말하는 걸 들었는데, 그 조직 물건이 약국으로 잘못 배달됐대요. 무슨 물건인지는 모르겠고, 디데이를 잡는다고 했어요."

그 뒤로, 란이는 조직원들이 다녀가면 문성에게 그들의 입에서 나오는 말을 전했다. 문성과 통화를 할 때면, 자신도 영화나 드라마에 나오는 스파이가 된 것 같아 흥미진진했다. 뭔가 쓸모 있는 인간이 된 듯했다. 이렇게도 손쉽게 들켜버렸지만. 문성이 언젠가 통화에서 흘리듯 말한 조직의 아지트를 찾고 있다는 말에 미행을 시도해 본 것이 단박에 들키고 말았다.

• • •

지켜보기에도 버거운 무자비한 폭력이었다.

"그만하세요!"

머뭇거리던 윤의가 외친 말에 건장한 남자들은 고개를 돌려 윤의를 봤다. 위협적인 행동 대신 그저 그 자리에서 바라볼 뿐이었다. 네가 감히 뭘 할 수 있겠냐는 눈빛으로. 이제는 플랜 비였다. 윤의는 급히 스마트폰에 깔아두었던 호신용 앱에 있는 경찰차 사이렌을 크게 울렸다. 그 소리에 놀란 남자들이 하나둘 도망쳤다. 그만하라는 말보다 이런 사이렌 소리에 도망치는 뒷모습을 보는 게 속 시원하기보다 답답했다. 고작 녹음되었을 이런 소리보다 왜 내가 외친 말이 더 힘이 없을까. 왜 말로만 해서는 안 되는 게 이렇게 많지. 왜 들어주지 않나. 윤의는 바닥에 쓰러진 채, 몸을 웅크리고 있는 여자를 바라봤다. 하긴, 나도 저 여자의 말을 들어주지 않았지. 윤의는 이렇게 엮이는 건 모두 그 약사 탓이라며 툴툴거렸다. 도망치던 그들의 발걸음 소리가 멀어졌을 때, 슬그머니 윤의가 쓰러져 있는 여자에게 다가갔다. 이름도 모르고, 헤픈 술집 여자일 그 여자를 굳이 구해냈다. 굳이 엮여서 좋을 게 없는 사람인데 보호가 한 말이 너무 걸려서 어쩔 수가 없었다.

윤의가 가까이 가서 란이를 일으켜 세우려 하자, 란이가 괜히 그 손을 뿌리쳤다.

"뭐야, 그년이네? 더럽다면서 왜 도와줘?"

얼굴이 피떡이 되어도, 살짝 비웃는 표정은 그대로였다. 여전히 짜증 나는 목소리는 덤이다. 그래도, 그럼에도 윤의는 다시 손을 내밀었다.

"맞는 건 아프니까."

"아, 이건 익숙해져. 뭘 모르는구나."

"안 익숙해지던데, 난."

끙차, 윤의가 바닥에 널브러진 란이를 끌어당겨 세웠다.

보호가 세심하게 감싸준 왼손 붕대가 붉은 피로 물들었다. 대체 얼마나 맞았길래, 잡아 세우기만 했는데도 이렇게 피가…. 윤의가 자신의 왼손 붕대에 묻은 피에 집중할 때, 란이는 윤의를 흥미롭게 보고 있었다. 방금 그 말은 맞아본 사람의 말이었다.

"너도 맞고 살았어?"

"지금 그게 중요해?"

"중요하지. 나랑 비슷한 넌이면 좀 이해해 보려고."

윤의가 일으킨 란이를 벽에 기대 세웠다. 란이가 살짝 앓는 소리를 냈다.

"업힐 거야?"

"아니, 그러고 싶지 않아."

"그럼 두 발로 힘 주고 단단히 걸어. 질질 끌고 가고 싶진 않으니까."

윤의가 란이의 한쪽 팔을 자신의 어깨 위에 올려 부축했다. 란이는 그 손길을 밀쳤다.

"지금 내 질문에 답 먼저 해."

윤의가 짧은 한숨 끝에 대답했다.

"아니, 난 너랑 다르게 같이 때리고 나왔어."

윤의가 본가에서 나와야겠다고 결심했던 순간은 뺨을 맞

✚

은 날이었다. 열넷이었나. 고개가 돌아가던 순간, 아직 미성
년자니까 참아야지 하는 생각이 먼저 떠올랐다. 그리고 스
물이 되던 해, 채 버리지 않은 수험 교재를 가득 채운 백팩
으로 그 사람을 내리쳤다. 혼자 윤의를 키워왔던 엄마의 옆
에서 쪽쪽 돈을 빨아먹던 엄마의 애인이었다. 그게 마지막
선언이었다. 대학 합격 소식에 이제 다 키웠다며 자신의 미
래를 맡겨도 되겠다고 웃는 그 사람의 머리를 휘갈길 수밖
에 없지 않나. 진짜 천륜도 아니면서 천륜인 척하던 징그러
운 그 사람에서 벗어나겠다는 선언이었고, 뻔히 다 알면서
무력하게 참고 살아가는 엄마에게 더 기대하지 않겠다는
의미였다.

그렇게 도망쳐서 20년 가까이 갇혀 있던 수렁에서 벗어
날 수 있었다. 물론 수렁에서 빠져 나왔다고 꽃밭이 펼쳐진
건 아니었다. 지금은 무주택자라는 수렁에 빠져 있기도 하
고, 이 야밤에 피떡이 된 여자를 부축해 야간약국으로 돌아
갈 줄 전혀 몰랐던 것처럼, 인생은 예측할 수 없는 순간의
연속이었다. 그래서 미래를 상상하지 않기도 했다. 아무것
도 기대하지 않고, 누구에게도 기대지 않고, 그냥 하루하루
버티는 것, 그것조차 쉽지 않았으니까. 그럼에도 윤의는 희
망을 버리진 않았다. 다시 그 집으로 되돌아가진 않았으니

까. 피떡이 된 여자도 옅은 숨을 쉬며 두 발로 걸어가니까. 수렁에 깊이 빠져봤기에 안다. 지금 갇힌 수렁 속에서도 언젠가 빠져나올 수 있을 거라고. 분명, 지긋지긋한 어제보다 내일이 조금은 더 나을 거라고.

"다리에 힘줘요. 약국까지 얼마 안 남았어."

윤의의 말에 란이는 말없이 고개를 끄덕였다.

"이게 무슨….''

보호는 윤의의 품 안에서 축 늘어진 란이를 보자마자 카운터 문을 열고 나왔다. 그리고는 윤의와 함께 약국 의자에 란이를 눕혔다. 아찔했다. 이런 모습을 다시 보게 될 줄은 몰랐다. 긴 머리에 굵은 웨이브까지 닮아 있었다. 멍해진 보호를 생각 속에서 건져내는 건 윤의의 목소리였다.

"그게… 골목길에서 맞고 계셔서 데리고 왔어요. 병원에 가더라도 일단 응급처치는 해야 할 것 같아서."

정신을 차린 보호는 약장에서 급히 지혈할 거즈들을 가져왔다. 보호의 손이 떨렸다. 아, 젠장. 란이가 웃으며 보호의 손을 붙잡았다.

"언니, 나 괜찮아."

아, 또다시 그날이다. 벗어나려 해도, 여전히 12년 동안 보호는 그날에 멈춰 있었다. 보호의 발아래로 피가 흐르기 시작했다. 지긋지긋한 저 환영은 보호가 데리고 다니는 죄책감이었다. 보호가 갇혀 있는 그날의 기억 속에 여전히 흐르고 있는 깊고 검붉은 강물 같은.

"이게 괜찮을 리가 없잖아."

12년 전 그날 밤, 보호는 도와달라는 언니의 목소리를 듣지 못했다. 너무 편안한 밤이었다. 그 대가로 끔찍한 아침을 맞이했었다.

새벽 4시, H동 순찰을 돌던 환경이 급한 발걸음으로 야간약국 안으로 달려 들어갔다. 당장 야간약국에서 만나자는 문성의 긴급 호출이었다. 약국 안엔 피를 지혈한 거즈가 바닥에 마구 떨어져 있었다. 그리고 문성과 보호가 대치하고 있었다. 환경의 등장에도 보호는 잔뜩 굳은 표정으로 우뚝하니 서 있는 문성을 바라봤다.

"무슨 일인지 설명하세요."

"그게…."

보호는 문성의 말을 잘라먹고 소리쳤다.

"그런 일이 벌어지지 말라고 그쪽 같은 사람들이 있는 거 아니에요? 제가 분명히 말했죠. 다치는 사람 없게 하라고.

뭡니까? 대체 왜 란이가 다쳤는데, 형사님이 어떻게 알고 곧바로 달려왔을까?"

환경은 상황 파악이 쉽게 되지 않았다. 문성은 잠시 말을 골랐다.

"제보를 해줬어. 이 약국을 보는 수상한 남자들이 있다는 제보. 그 남자들이 자기 일하는 데 손님으로 왔다면서 정보를 얘기해 줘서…"

보호는 문득 자신이 란이에게 줬던 문성의 명함을 떠올렸다. 혹시라도 도움이 필요하면 쓰라고 준 명함이었는데, 도움을 주기 위해 썼구나. 보호는 크게 한숨을 쉬고 말했다.

"그래서 걔한테 미행을 시켰어요? 미친 거 아냐? 걔가 경찰도 아닌데, 뭘 할 수 있다고?"

"나는 말렸어. 란이 씨가 오히려 미행해서 제대로 알려주겠다고…"

"제대로 말렸어야죠! 위험하다고 하지 말라고 했어야지! 결국 일은 벌어졌잖아요. 어떻게 12년 전이나 지금이나 달라진 게 없네요."

환경은 문득 자신이 이 순간을 예전에 본 적 있다는 것을 깨달았다. 보호가 문성에게 쏘아붙였다.

"벌써 잊어버린 거예요? 그날 일을?"

✚

• • •

　기억하지 못할 리가. 그날은 문성이 H동에 처음 온 날이었다. 조용한 동네여서 골목 골목을 살피며 순찰하는 일이 지루할 정도로 무탈하던 새벽이었다. 그 새벽을 깬 건, 한 여자의 비명이었다. 그 비명에 뒤이어, 한 남자가 담 너머 골목길 쪽으로 뛰어내렸다. 하필이면 문성의 앞이었다.

　"도둑이야!"

　담 안쪽에서 나온 소년의 목소리가 골목에 울려 퍼졌다. 머릿속에서 쫓아가라고 생각하기도 전에 문성의 다리는 그 남자를 뒤쫓기 시작했다. 달리는 문성의 마음속엔 오늘 한 건 하겠다는 기대감이 차올랐다. 최근에 실적 없이 무시만 당하지 않았나. 그래서 더욱 자신의 손으로 붙잡고 싶었다. 누군가의 도움을 요청하지 않고, 혼자서 성과를 올리고 싶었다. 그래, 그 거만한 생각이 잘못이었다. 문성은 덤벼드는 범인과 치고받았다. 마구잡이 싸움의 결말은 범인의 칼이 문성의 허벅지에 박히는 것으로 끝이 났다. 범인도 예상하지 못한 일이었는지 덜덜 손을 떨었다. 그 순간, 어디서 날아온 건지 모를 화분이 문성의 머리를 가격했다. 아득해지는 정신을 붙잡으며 문성은 골목길에 드러누워 도망치는 범인의 뒷모습을 바라봤다.

　잠시 멍하게 있었을까. 소란을 듣고 달려온 파트너였던 동기가 문성을 일으켜 세웠다. 상황을 설명한 뒤, 절뚝거리며 골목길 수색을 시작했다. 아직 멀리 가진 못했을 텐데. 그때, 다시 소년의 목소리가 들렸다.

　"여기예요!"

　그 소리에 이끌려 달려간 문성과 동료는 낡은 약국 앞에 칼을 들고 서 있는 범인을 마주했다. 한 여자를 붙들고 있었다.

　"이제 다 끝났어. 칼 내려놔."

　문성의 말에도 범인은 인질로 잡은 여자를 붙들고, 칼을 휘두르며 잔뜩 흥분해 있었다. 눈이 돌아 있다는 표현밖에는 떠오르지 않았다. 인질로 잡힌 여자는 아무 말도 하지 않은 채, 그저 몸만 벌벌 떨고 있었다.

　"멈추라고!"

　범인이 소리친 말에 문성은 멈출 수밖에 없었다.

　"너희가 더 다가오면, 얘도 죽고 나도 죽을 거야. 그냥 다 죽는 거야!"

　범인은 깔깔깔 웃어댔다. 미친 사람처럼. 도무지 제정신으로 보이지 않았다. 인질에게 더 위해를 가하면 진짜로 위

✚

험할 터였다. 그 순간, 가까워지는 순찰차 사이렌 소리가 들렸다.

"오지 말랬잖아!"

사이렌 소리에 흥분한 범인은 인질의 목을 여러 번 긋고는, 스스로 목에 칼을 찔러 넣었다. 마치 뭐에 홀린 듯, 그 행위에는 잠깐의 주저함도 없었다. 두 사람에게서 흘러나온 피가 낡은 약국 앞에 쏟아졌다.

가로등 불빛이 꺼졌다. 해가 떠오르고 있다는 의미였다. 어둡던 하늘이 서서히 남색으로, 그리고 점점 더 파랗게 밝자 낡은 약국 앞에 쓰러진 범인과 여자의 모습이 선명해졌다. 약국 앞은 두 사람의 피로 피바다였다. 문성은 황급히 절뚝거리며 인질이었던 여자에게 다가갔다. 여자는 이미 호흡이 없었다. 문성의 두 손에도 피가 가득했다. 아까 골목에서 내가 제대로 붙잡았더라면, 욕심부리지 않고 동료를 불러 함께 움직였다면. 돌이킬 수 없는 후회만 남았다.

가까워진 사이렌 소리가 골목길을 채웠고, 그 소리에 낡은 약국 건물 2층에서 한 여자가 내려왔다. 두 눈에 잔뜩 잠을 매달고 나타난 여자는 문성의 품 안에 있던 여자를 보고 소리를 질렀다. 목이 잔뜩 메어 속 깊은 곳에서 간신히 끄집어냈던 그 비명은, 문성이 절대 잊지 못할 소리였다.

그날 이후로, 눈을 감으면 그 여자의 비명이 들려왔다. 그 여자의 것부터, 이후에도 수없이 들어야 했던 다른 피해자 유가족들의 비명까지, 문성은 그들의 울음소리와 함께 잠들어왔다. 그것이 자신이 경찰의 길을 택한 대가라고 생각했고 그렇기에 멈출 수가 없었다. 이 일을.

· · ·

보호 역시 선명히 기억했다. 피 웅덩이 속에 자연이 눈을 감고 누워 있던 그날의 새벽을. 언니가 도와달라고, 살려달라고 저를 떠올리며 소리쳤을 그 현장을 말이다. 언니가 죽어가는 동안 자신은 너무나도 편안히 잠들어 있었다.

그날의 후회는 계속 남아 있었다. 누군가는 이제는 잊을 때가 되지 않았냐고 생각할지도 모르는 시간이었지만, 잊을 수가 없었다. 여전히 이렇게 선명한데, 쉽게 잊을 수 있을까. 누구보다 자신에게 화가 났다. 부모님과의 관계도 서서히 멀어졌다. 뵐 낯이 없었다. 자신만만하게 살던 둘째 딸이 잠에 빠져 있던 순간, 부모님은 첫째 딸을 잃었다. 그리고 보호는 자신이 태어날 때부터 함께했던 이를 잃었다. 너무나도 허무하고 어이없게.

✚

"아저씨, 난 그날 내 언니를 잃었어요."

보호의 말에 환경이 얼어붙었다. 약사님이 그 여자의 동생이었다고? 고개를 푹 숙이고 있는 문성의 어깨 너머로 눈물도 흘리지도 않고 쏘아붙이는 보호를 바라봤다. 환경은 보호의 눈빛을 보고 나서야 믿을 수 있었다. 아, 정말 그날 그 사람이구나. 차마 울지 못하는 눈이 붉게 충혈되어 있었다. 그날처럼. 그저 익숙한 눈빛이 아니었다. 실제로 본 적이 있던 눈빛이었다.

"그날 나는 언니의 살려달라는 목소리를 듣지도 못하고 잤어요. 그 목소리 하나 듣질 못해서, 그날 이후로 나는 제대로 자본 적이 없어."

딱딱해서 불편한 슬리퍼 위에서 보호의 발이 잔뜩 부어 있었다. 낮과 밤이 바뀐 생활을 해왔지만, 낮에도 암막 커튼 안에서 정신만은 맑았다. 이제는 언니의 목소리가 잘 기억나지도 않는다는 게 보호를 괴롭혔다. 잠시 숨을 고르는 보호에게 문성이 조심스레 말했다.

"미안하다. 그래도 오늘 찾아온 건, 네가 위험하다는 걸 알려주기 위해서야."

"무슨 뜻이에요?"

"물건이 들어와 있다며. 너 알고 있는 거지?"

문성이 대답을 기다리지도 않고 고개를 저으며 말했다.

"아니, 됐고. 일단 너는 약국부터 비워줘. 약사 역할은 또 다른 경찰이 대신할 거야. 그러니까 너는 숨어 있어."

문성의 말에 보호가 어이없다는 듯 바라봤다.

"이 약국의 주인은 나예요. 내가 여기를 비울 수는 없죠."

"그거 진짜 바보 같은 말이야."

"이 약국을 내가 어떻게 지키고 살았는데, 그놈들한테 뺏길 것 같아요?"

"이건 경찰 작전이야. 나한테 맡겨."

"뭘 믿고?"

문성은 말문이 턱하고 막혔다. 방금 란이가 실려 간 모습을 보인 후였다. 문성은 발랄하던 란이의 목소리를 떠올렸다.

'아저씨, 저 007요원 된 것 같아요.'

문성이 주먹을 꽉 쥐었다. 보호는 물러날 생각이 없어 보였다.

"게다가 갑자기 약국 약사가 바뀌면 이상하다고 생각하지 않겠어요? 그놈들이 바보도 아니고."

"그래도 일반인이 인질이 되게 할 수는 없어. 똑같은 실수를 반복하게 하지 마."

"이번엔 구해봐요. 이번에라도 해보라고."

"이번엔 네가 인질이 되겠다는 거야?"

"그렇게라도 해서 내가 악몽에서 깨어날 수 있다면 못 할 것도 없죠."

"대체 왜 그렇게까지 하는데! 이건 조직을 상대하는 거야!"

"내가 모를 줄 알아요? 그 새끼, 약 했었잖아! 우리 언니 죽인 놈도."

약국에 무겁게 적막이 내려앉았다. 그 적막을 깬 건, 문성이었다.

"너 설마, 알고 기다렸어? 다인이 일 있고, 그 조직원들이 약국으로 올 거라고?"

"우리 언니 죽인 놈이 마약 조직원이었다는 건, 너무 뻔하게 알려진 사실이고. 그놈이랑 같은 자리에서 죽었다는 이유로 우리 언니는 빈티지 옷 사러 간 게 아니라, 새벽에 약 사러 다닌 거냐는 소리까지 들었죠. 아무 상관 없는 피해자였는데, 진짜 뭣도 모르면서."

경찰들이 보는 앞에서 벌어진 인질 살해 사건. 그 범인의 정체에 대해서는 곧장 알려졌다. 마약 유통책 조직원이었고, 범행 당시에는 신종 합성 마약을 한 직후였다고. 그래서 강도까지 저지르고, 마치 눈앞이 게임 세상처럼 보였을 거라고. 사람들은 그 늦은 밤에 자연이 범인에게 마약을 사러 간 게 아니냐는 추측까지 했다. 하지만 가해자는 이미 죽었고, 하필 자연이 붙잡힌 이유에 대해서는 아무도 알 수 없었다. 그 시작이 자연의 친절이었는지도.

법은 자연을 죽인 범인을 처벌하지도 못했다. 가해자 사망으로 인한 공소권 없음 판결. 사람이 죽었는데, 책임지는 사람은 아무도 없었다. 게다가 범인이 조직원이라는 이유로 경찰이 그 조직 전체를 수사할 근거가 부족했다. 한 마디로 그 사건에서 수사할 수 있는 것이 없었고, 그날 밤에 정확히 무슨 일이 있었는지 끝내 밝힐 수가 없었다.

보호는 다인이 건넨 가방 안에서 마약으로 보이는 물건을 발견했을 때, 그 조직이 다시 H동으로 돌아온 건가 싶었다. 혹시나 하는 마음에 몰래 빼두고 보관하고 있었는데, 며칠 뒤 다인이 다치고 문성까지 들이닥쳐 H동에 그 조직이 존재함을 알려줬다. 다인이 혹시라도 다칠 수 있다는 걸 미리 짐작하지 못한 자신의 어리석음이 유일한 후회로 남았지만. 그래, 죽은 언니를 살릴 수는 없어도, 그 조직원들 정체는 밝혀야겠다 싶었다. 계속 기다렸다. 약국 안에 있는, 그들이 간절히 찾고 있을 미끼를 물라고.

"너 혼자 해서 뭘 어쩌겠다고."

"이번엔 아저씨가 잡아야죠. 현행범으로. 난 그날 이후로 잠을 제대로 잔 적이 없어요. 여태 그날 벌어진 일에 대해서 아무도 책임지지 않았잖아! 나만 기억하잖아!"

"…그렇다고 너한테 그런 걸 맡길 수는 없어."

"내가 해야겠어요. 이렇게 찾아온 걸 보니 그들이 여길 의심하고 있나 보네요."

보호가 살짝 웃어 보였다. 문성은 그 순간, 자신은 보호를 말릴 수 없음을 깨달았다. 지금 이 아이는 끝까지 가야겠다고 결심했구나. 자신의 눈앞에서 창자가 끊어진 듯 소리내어 울던 그 아이가 처음으로 웃고 있었다. 가장 기다린 순간이 찾아온 것처럼.

"…디데이는 아마 내일 새벽일 거다. 우리가 수사한 바로는 이놈들이 해외로 수출하려는 배가 내일 새벽 5시에 뜨거든. 지금 네가 가진 물건 때문에 디데이가 몇 번이나 밀려서, 내일이 그들에게는 마지막 기회이기도 해. 그전에 그들이 물건을 찾으러 올 거야."

보호는 결연한 표정으로 고개를 끄덕였다. 그러곤 문성과 환경을 등 떠밀어 내보냈다.

"가요. 이제 해 떠요. 약국 문 닫을 시간이에요."

7

오늘의 판매약

해당 약물은
취급하지 않음

"그 새끼, 경찰 쪽에서 보호받고 있다는데요?"

"뭐?"

"그 약국에서 곧바로 경찰 쪽으로 넘어가서, 짭새가 병원에 쫙 깔려 있대요."

"그년은?"

"그 여자도 경찰 측에서 보호하고 있다고 합니다, 형님. 죄송합니다."

형님에게 보고하는 평식의 손끝이 떨렸다. 또 맞을 터였다. 형님은 그런 평식의 예상을 벗어나지 않았다. 옆에 있던 나무 의자로 평식의 머리를 내리쳤다. 서 있던 평식은 다리가 풀려 주저앉았다.

아아, 정말이지 좆 같았다. 일이 꼬이기 시작한 건, 관리하던 가출팸 애들 중 한 명이 도망가면서부터였다.

던지기는 가장 흔한 마약 거래 수법이었지만 CCTV가 점령한 한국에서는 그것조차 쉽지 않았다. 조직원이 아닌 누군가, 잡히든 말든 아쉽지 않은 놈에게 대신 시켜야 했다. 돈이라면 무엇이든 하고, 힘으로 쉽게 관리가 가능한. 그래서 가출팸들이 평식의 판매망이었다. 그들은 웃음이 날 만큼 다루기 쉬웠다. 돈이 되는 일이면, 거리낌 없이 뭐든지 할 생각이었다. 그들은 딱 평식이 어릴 때와 똑같았다. 여전히 이런 놈들은 이렇게 큰다. 그래, 나 같은 놈들은 또 이렇게 커서 이런 짓을 하지. 촉법소년들을 시키면 처벌망도 피해갈 수 있었으니 안전하기도 했다. 형님도 마음에 들어 했고, 얼마 뒤에는 큰 계약도 있었다. 그러니까 아무 문제가 없어야 했고, 없었다.

가출팸에 들어온 지 얼마 안 된 다인이 가출팸들의 근거지에 숨겨둔 필로폰과 펜타닐, 그리고 신제품까지 갖고 도망치기 전까지 말이다. 다인이 들고 도망친 빨간 백팩은 원래 평식이 마약을 숨겨둔 가방이었다. 그 가방이 사라졌다는 소식은 평식에게 최악의 순간을 선사했다.

"대체 어떤 놈이야!"

평식은 자신이 예전에 당했던 것처럼 가출팸들을 하나하

나 찾아가 그들을 때리고, 집기를 부수며 다인의 행적을 쫓았다. 그래, 그런 놈이 갈 곳이 또 있겠는가. 어차피 있어 봐야 거기서 거기일 터였다. 그런데, 생각 외로 찾기가 쉽지 않았다. 쥐새끼처럼 어디로 숨었기에.

간신히 찾아낸 다인은 다른 가출팸과 함께 있는 게 아니라, 혼자 있었다. 혼자 편의점 아르바이트를 하며 H동의 작은 원룸에서 살고 있었다. 오히려 가까운 곳에 있어서 찾지 못했다는 생각이 들자 그동안의 수고가 생각나 분노가 치밀었다. 다인을 찾자마자 평식은 참아왔던 울분을 거칠게 표출했다. 너 같은 놈 때문에 내가. 다인의 입술이 터져 피가 나고, 정강이가 깨져도 평식은 멈추지 않았다. 그래, 이게 내 방식이지.

한참을 맞고 있던 다인은 자신의 빨간 백팩을 건네고는 평식의 앞에서 도망쳤다.

"진짜 몰랐어요. 죄송합니다."

평식은 손안에 쥔 빨간 백팩에 정신이 팔려 도망치는 다인을 뒤쫓지도 않았다. 그런데 다인에게서 되찾은 빨간 백팩에는 물건이 없었다. 그게 자그마치 10억짜린데, 흔적도 없이 사라졌다. 다인을 찾기 전에, 업계에 혹시라도 비슷한 마약이 유통된 적이 있는지 살펴보았으나 자그마한 실마리

하나도 찾지 못했었다. 만약 다른 쪽으로 유통되었다면, 업계에서 거래하는 새끼들이 거기서 거기였다. 우리 라인이 아닌 쪽에서라도 찾을 수 있을 거라고 생각했는데, 이상하게 갑자기 수입이 커진 티가 난다거나, 잠수 탄 새끼는 없었다. 게다가 경찰 쪽 라인에도 확인한 결과, 그 정도 물량의 마약이 신고된 적은 없었다고 했다. 텅 빈 빨간 백팩을 평식은 바닥에 메다꽂으며 분노했다.

"대체 어디로 빼돌렸어!"

평식의 분노는 그렇게 달궈졌다. 다친 다인을 경찰이 데려간 이후로, 평식은 다인과 함께 있었던 가출팸 학생들을 다 불러 모아 그들을 폭행했다. 위압적인 폭력이 만들어낸 권력, 그 위에 군림하는 게 평식이 사는 방식이었다.

"자, 그 다인이라는 새끼가 가장 갈 것 같은 곳, 아니면 물건 숨겼을 것 같은 곳 다 말해. 너희들 걔랑 가족이라매!"

계속 이어지는 폭행 끝에 이상한 곳이 애들 입에서 튀어나왔다.

"약국! 그날 약국도 갔었어요."

"약국?"

한참 평식에게 맞던 가출팸 중 한 명이 말했다. 다인을 쫓아가다가 마주했던 약국이 있었다고. 밤에 환하게 불을 켜고 있었다고. 못 찾아서 돌아 나오긴 했지만, 아무리 생각해도 그날 거기 말고는 갈 곳이 없었다고. 약국? 그렇게 평식의 의심이 야간약국을 향했다. 그래, 다인을 경찰에 넘긴 그 약사는 뭔가 알고 있을지도 몰랐다. 의뭉스럽게 감기약조차 그냥 팔지 않았던 그 약사.

"약국?"

"예, 야간에만 운영하는 약국이 하나 있지 않습니까?"

"아, 거기. 근데, 거기에 있는 거 확실해?"

"그럼요. 약이 흘러갔을 만한 곳 다 뒤져봤는데, 남은 곳은 거기 하나뿐입니다."

"평식아, 이번에도 실패하면 안 된다. 근데 참 이상하네, 그 약국에서 나름 우리 추억이 있잖아. 거기서 우리 조직원 한 명 죽었던 거 알지? 이름이 뭐였더라?"

"아… 그게…."

"아, 그건 뭐 중요하지 않고. 약에 취해가지고, 지 혼자 뻘짓 해서? 괜히 우리 조직까지 덤터기 쓸 뻔했다. 기억하지? 그거 덮느라 너만 뛰어당겼잖아."

"넵, 기억합니다."

"이번엔 좋은 추억으로 만들자, 응?"

평식은 약국 안을 뒤질 계획을 세우고 있었다. 괜히 저번처럼 들어간다고 해도 찾아낼 수 없을 터였다. 그 약사가 숨겨놨을 테니까. 낮에는 사람들 시선에 건드릴 수 없었고, 밤엔 이상한 약사가 밤새워 지키고 서 있으니 잘못 건드려 사달이 나면 조직의 움직임이 밖으로 새어 나갈 수도 있었다. 큰 거래를 앞두고 섣불리 진행해서는 안 됐다. 그래서 한동안 약국을 주시하고 있었는데, 이상하게도 그 약사를 볼 때마다 기억나는 눈빛이 하나 있었다. 그날 약에 취한 조직원이 인질로 삼았던 여자의 눈빛이었다. 쫓아오던 형사의 머리 위로 화분을 던져버리고 조직원이 도망치는 걸 도왔던 평식은 약에 취한 조직원에게 말했었다.

"아무나 인질로 잡고 버텨. 아니면 그 자리에서 조용히 죽던가. 우리 조직이 드러나는 일은 절대 없어야 할 거야."

평식의 조언을 받아들였는지, 그 조직원은 인질로 잡았던 여자도 죽이고 자신도 스스로 목숨을 끊어버렸다. 경찰차 사이렌 소리가 들리던 그날, 평식은 멀리서 그 장면을 만족스럽게 바라봤다. 뒤이은 한 여자의 비명까지도. 약사의 얼굴을 어디서 봤나 했더니, 그날 본 여자와 비슷했다. 그래, 한번 털어보자 싶어 알아보니 사건 얼마 전에 바뀌었던 약국 건물의 소유주가 지금까지 바뀌지 않았다고 했다. 같은 여자라는 건 그때 확신했다.

　본격적으로 야간약국을 노릴 계획을 짜고 있을 때, 웬 술집 여자가 대뜸 미행하기 시작했다. 아주 서툴러서 긴장조차 되지 않았지만 싹은 잘라놔야 했다. 아마도 그 약국의 단골인 듯했으니까. 이것 봐라. 이년들이 뭔가 알고 있는 게 분명했다. 평식의 묵직한 발이 란이의 위로 떨어졌다. 말 그대로 떨어뜨려 짓눌렀다. 하나의 바위가 란이에게 떨어지듯, 자신의 체중을 실어 부수려고 했다. 쉽게 부서질 몸 같았다. 자꾸 왜 이렇게밖에 할 수 없게 만들지. 약한 새끼들이 자꾸 평식의 주위를 맴돌았다. 그러니까 자꾸 자신이 이기는 거였다. 그것도 아주 쉽게. 정복하는 건, 마약보다 중독성이 더 컸다. 그때 웬 여자의 목소리 뒤로 사이렌 소리가 들렸다. 부서지기 직전이었는데, 아쉬운 마음을 뒤로하고 현장에서 벗어났다. 진짜 중요한 현장은 그 약국이었으니까.

● ● ●

　새벽 3시가 되자, 야간약국에 평식이 찾아왔다. 뒤에 여럿을 끌고, 대놓고 정문으로 들어왔다. 딸－랑－. 왠지 약국 유리문의 종소리가 묵직하게 울렸다. 보호는 한결같이 물었다.

"무슨 약이 필요하세요?"

"여기는 어떤 약까지 팝니까?"

"손님에게 필요한 약이 있다면, 구해서라도 팔겠죠?"

"그 약이 좀 구하기가 쉽지 않은 거라."

"말씀해 보세요. 손님께서 말씀하시지 않으면 몰라요."

"그거."

"그거?"

보호가 모른다는 듯, 고개를 갸웃했다.

"그거. 알 텐데?"

"모르지. 말을 안 해주는데."

"빨간 백팩."

"모르는데?"

"몰라 진짜? 진실을 말하게 해줄까?"

평식의 손이 약국 카운터를 넘어와, 보호의 멱살을 잡았다. 보호는 눈 하나 깜빡하지 않고 평식을 바라봤다.

"어떻게? 진실을 말하게 하는 약이라도 있나?"

"있지."

그 약이 이것이라는 듯 평식의 주먹이 주저없이 보호에게

향하던 순간이었다. 보호의 뒤편 약 조제실에서 빨간 백팩이 툭 던져졌다. 갑자기 던져진 빨간 백팩에 평식의 시선이 그쪽으로 향했다. 분명 그 빨간 백팩은 내가 갖고 있는데…! 그 순간, 환경이 약 조제실 안쪽에서 튀어나왔다. 그러고는 평식의 얼굴에 먼저 주먹을 날렸다. 정확히 급소를 겨냥한 주먹은 제대로 들어갔다. 빨간 백팩 작전은 환경의 아이디어였다. 휘청하는 평식의 뒤로 다른 조직원들이 달려들었다. 환경의 주먹질을 시작으로 밖에서 대기하던 문성과 함께 있던 강력 1팀이 약국에 들어왔다. 가뜩이나 좁은 약국에서 건장한 장정들이 싸우니 주변에 있던 약들은 죄다 쏟아졌다. 그것으로 모자랐는지, 와장창 하고 가뜩이나 흔들리던 유리문이 부서졌다. 산산이.

그 뒤로는 난장판이었다. 보호는 약국에 있던 스프레이 파스를 평식의 패거리에게 뿌렸다. 발목 염좌에 시달리던 지환에게 처방했던 스프레이였다. 스프레이는 정확히 눈에 겨냥했다. 얼굴 전면에 화한 파스라니, 직격타를 맞은 조직원이 얼굴을 손으로 부여잡고 물러나며 쓰러졌다. 쓰러진 조직원을 제압하는 환경에게 보호가 말했다.

"눈에 닿으면 안 되는 약품들이 이렇게나 많다니까."

보호는 물파스 역시 눈 주위에 바르면 안 된다며 어깨를 들썩했다. 정말 못 말린다니까. 환경은 지금 이 순간에도 복용법을 말하는 게 보호답다고 생각했다.

좁은 약국 안에 사람들이 물밀듯이 들어와 정신이 없을 무렵, 스프레이를 뿌리며 싸우던 보호에게 평식이 눈을 희번덕거리며 다가갔다. 이 미친 약사가. 일을 재밌게 만드네? 사무원이라는 새끼가 형사였다니. 들고 있던 칼날이 여자의 목에 닿으려는 순간, 갑자기 뭔가 이상했다. 몸이 평소 자신과 같지 않았다. 머리가 핑 돌았다.

보호는 자신의 목을 향해 칼을 들이밀고 다가오는 평식을 똑바로 바라보고 있었다. 기죽을 필요가 없었다. 건달들을 치료해 주며 배운 처세술이었다. 기가 죽으면 더 날뛰기 마련이었다. 보호는 평식의 눈동자를 보았다.

"그날, 네 언니처럼 여기서 죽고 싶냐?"

"진짜 맞구나. 니네 조직, 궁금했어. 어떤 약이길래 사람을 그렇게 돌게 만드나 싶어서."

그때였다. 보호가 마주 보고 있던 평식의 동공이 잔뜩 확장되고 있었다. 거칠어지는 숨소리, 마구 흘러내리는 땀이 이상했다. 평식이 발작을 일으키듯 약국 바닥으로 쓰러졌다. 이건 평식의 계획에 없는 일이었다.

···

"야, 평식이 그 새끼가 잡히면 이 일 끝나는 거 아니냐?"

"예, 형님. 12년 전 그 일까지 나불대면 일 더 복잡해질 수 있습니다."

"상황 보고 약 못 찾을 거 같으면 그 새끼라도 제거해. 저기 펜타닐 패치 몇 개 있어. 무슨 말인지 알지?"

형님이라 불리는 그 사람은 평식을 버릴 준비를 끝마쳤다. 어차피 딱 이 정도의 쓸모였다. 이제 H동을 떠날 때가 된 것이다.

평식은 자신도 모르는 사이 제 목덜미에 붙은 펜타닐 패치의 약 기운이 평식의 몸을 감쌌다. 평식에게 그 패치를 붙인 패거리 중 하나는 약국 밖으로 도망치고 있었다. 그래. 이제 2인자는 나야. 문성은 자신을 밀치고 튀어 나가는 그 한 명을 그대로 두었다. 어차피 그놈이 달려갈 그 2층 주택은 마약 팀에서 접수했다는 연락을 받았다. 남아 있던 조직원들도 모두 잡혔다. 그 형님이라는 사람은 코앞에서 놓쳐 버렸지만.

．．．

　건장한 체격인 평식이 눈이 풀린 채 풀썩 쓰러지자, 모두가 놀랄 수밖에 없었다. 환경은 다급히 쓰러진 평식에게 수갑을 채우려 했다. 그런 환경의 행동을 보호가 막아섰다. 그러고는 다급히 약국 카운터 아래 금고를 열어 이상한 주사 형태의 약을 가져와 평식의 팔에 꽂았다.

　"이게 뭐예요?"

　"날록손이야. 이거 펜타닐 패치 같아서."

　보호가 평식의 목덜미를 가리키며 말했다. 조그마한 패치 두 개가 평식의 목덜미에 붙어 있었다.

　"구급차 안 부르고 뭐 해! 이거 응급처치용이지 해결책이 아니야. 죽일 거야? 이 사람?"

　2인자인 평식이 쓰러지는 순간, 조직원의 기세는 모두 꺾여버리고 말았기에, 약국 문 앞에서 길목을 막고 있던 문성과 경찰들이 남은 패거리들을 손쉽게 정리할 수 있었다. 환경은 정신을 차린 듯 구급차를 불렀고, 보호는 평식을 지켜보고 있었다. 평식의 상태를 확인하는 보호의 목에는 옅은 칼자국이 남아 있었다. 구급차를 부르고 돌아온 환경은 그제야 보호의 목에 난 칼자국을 살폈다.

✚

"약사님 목에서 피나요. 알고 계신 거예요?"

"이 정도 깊이로 난 상처에서 흘린 피로 죽지 않아."

"저는 약사님이 걱정된다는 말이에요."

"지금은 이쪽이 응급이야."

"그래도요. 지금 다치셨다고요! 저 조직원들한테 일일이 반창고라도 붙여주시게요?"

"그래! 나는 사람들한테 필요한 약을 주는 약사고. 그 일을 하는 게, 내가 계속 살아갈 수 있는 이유야. 언니가 나보고 그런 약사가 되라고 했거든."

보호는 자연의 이야기를 할 때, 힘주어 말했다. 어쩌면 보호도 그놈이 죽어도 싸다고 생각했다. 감히 내 앞에서 언니 이야기를 한 건 실수였다. 그럼에도 그냥 죽게 놔둘까 싶었던 마음을 보호는 간신히 고쳐먹었다. 자연은 보호에게 항상 말했다. 자랑스러운 내 동생이라고. 너의 도움이 필요한 사람들에게 약을 주는 멋진 약사가 되라고. 그래서 언니에게 줄 보습제를 처방할 수 있는 약사가 되었다. 십여 년간 일부러 들여놓은 그 보습제 연고를 사 가는 사람은 아직까지 없었지만. 멀찍이 선 환경은 쓰러진 조직폭력배들에게도 반창고를 나눠주는 보호의 모습을 바라봤다. 그래, 이 사람은 이런 약사였지.

사건이 얼추 정리되고 담요를 두르고 약국에 앉아 있던 보호와 환경은 멍하니 바깥을 보고 있었다. 해가 뜨고 있었다. 약국의 문을 닫아야 하는 시간이었다. 유리문은 산산이 부서져 형태만 남아 있었다.

　"자, 이제 퇴근하시죠."

　잠시 보호는 산산이 부서진 약국을 둘러보았다. 폴리스라인이 주변에 둘러쳐져 있었다.

　"나 궁금한게 하나 있어."

　보호는 오랫동안 참아온 질문을 해야겠다 싶었다. 오늘이 아니면 하지 못할 것 같은 말이었다.

　"네가 그 현장에 제일 먼저 도착했다고 그랬잖아. 우리 언니… 어땠어? 아니, 언니가 뭐라고 했어?"

　"네?"

　"그날 네가 본 걸 말해줘."

　환경의 머릿속에 어제 보호가 문성에게 했던 말이 떠올랐다.

　'그날 나는 언니의 살려달라는 목소리를 듣지도 못하고 잤어요. 그 목소리 하나 듣질 못해서, 그날 이후로 나는 제대로 자본 적이 없어.'

　그때 보호의 말에서 왜인지 어색함이 느껴져, 환경은 곰곰이 생각해 봤다. 그리고 깨달았다. 약사님은 그날 밤에 대해 아무것도 모르고 있다는 것을.

잠시 고민하던 환경이 말을 이었다.

"그날, 그분은 아무 말도 하지도 않았어요."

"뭐?"

보호는 놀란 눈으로 환경을 바라봤다.

"그러니까… 약사님이 못 들으신 게 아니라고요."

"…"

"오히려 저한테 소리치지 말라고 하셨어요."

• • •

12년 전, 그날은 환경이 재활센터에 다녀온 날이었다. 의사 선생님이 달리지 못하는 건, 정신적인 이유 때문인 것 같다고 했다.

"초복이니까 삼계탕은 먹자, 우리 아들!"

"됐어."

퉁명스럽게 말했지만, 환경의 엄마는 뭉근하게 끓인 삼계탕을 저녁 상에 내주었다. 아들이 매일 밤 나가서 뛰지도 못하고 몇 시간씩 걷고만 있다는 걸 알고 있었기 때문이다. 여태껏 해온 전부를 빼앗기기에 열여덟은 어린 나이니까. 그런 엄마의 마음에도 환경은 삼계탕을 다 먹지 못했다. 그걸 먹을 자격이 없는 것 같아서.

그날 밤이었다. 환경은 여느 때처럼 부모님이 잠든 사이를 틈타 몰래 동네를 뛰려고 했다. 거실로 살금살금 나가는데 집 안에 서 있는 섬뜩한 실루엣이 보였다. 한 손엔 칼을 들고 있는 남자였다. 그 남자는 환경을 보고 놀라서 창문 밖으로 도망쳤다. 잠시 주춤거리던 환경은 자신도 모르게 곧장 달려 나갔다. 믿을 수 없게도 달릴 수 있었다. 그 남자를 잡아야 했으니까. 남자의 뒷모습을 쫓아 환경은 낯선 실루엣이 나간 방향으로 달렸다. 혹시 몰라 "도둑이야!"라고 소리도 치면서. 그렇게 달리다 환경은 문성과 범인이 뒤엉켜 있는 모습을 목격했다. 범인이 칼로 문성의 허벅지를 찔렀고, 누군가 또 다른 실루엣이 문성의 머리를 화분으로 내려치는 것까지 보았다. 공범이 있었어! 쓰러진 문성을 보고, 범인을 쫓아야 하나 잠깐 갈팡질팡하는 사이 경찰 제복을 입은 남자가 눈에 들어왔다.

"여기 경찰 아저씨 쓰러져 있어요!"

나란히 그리고 환경은 그들을 계속 쫓았다. 숨이 턱턱 차는 와중에, 달리던 두 명의 실루엣은 두 방향으로 나뉘었다. 환경은 둘 중 가까운 쪽을 쫓아 그저 내달렸다. 누구라도 잡자는 마음으로. 그렇게 달리고 달리다 보니 눈앞에 실루엣은 사라지고 난 후였지만, 이곳은 자신이 나고 자란 H동이었다. H동의 골목들은 빌라촌 가운데에 있는 낡은 약국 건물로 모이기 마련이었다. 환경은 그 생각에 낡은 약국 건물로 달리기 시작했다. 약사 할머니가 은퇴하신 후로 아직 약국은 비어 있었다.

그리고 그 약국 앞에서 환경은 범인과 한 여자를 목격했다. 인질로 붙잡힌 자연이었다. 도와달라고 말하지도 않고, 소리치지도 않고, 조용히 있었다. 게다가 환경과 눈이 마주치자 다른 손으로 입을 가려 조용히 해달라고 부탁했다. 살려달라고 해도 모자랄 판에, 대체 왜? 환경은 인질이 걱정되어 뒷걸음질을 치는데, 그때 문성이 달려오는 것을 보고 소리쳤다.

"여기예요!"

그래, 경찰이라면 해결해 줄 수 있겠지. 그리고 범인도 경찰을 보면 포기하겠지. 환경은 그렇게 생각했다.

• • •

"저는 그분이 왜 조용히 하라고 했는지 몰랐는데요. 2층에서 약사님, 그러니까 한 여자분이 내려와서 우는 걸 보고 알았어요. 조용히 해달라고 한 게, 언니분께서는 동생이 혹시라도 잠에서 깨서 내려올까 봐, 그게 걱정돼서 소리치시지 않았던 거구나. 그러니까 약사님은 그날 밤에 아무것도 못 듣는 게 당연했어요."

보호는 환경의 말이 끝나자마자 그 자리에 주저앉았다. 자연은 보호가 나오면 자신을 위협하고 있는 남자가 보호까지 죽일 것이 두려워, 보호의 이름을 부르지도 못하고, 도와달라고, 살려달라고 아무런 말도 못 하고 죽었다는 것이었다.

마지막까지 보호자는 자연이었다. 보호는 12년 전 그날처럼 소리 내어 엉엉 울었다. 여전히 슬프고 아픈 것은 그대로였다. 사람들은 다 잊어버리라고 하지만, 잊을 수가 없었다. 마지막으로 좋은 말 하나 해주지 못한 게 서러워서, 도와달라는 말을 듣지 못한 게 죄스러워서. 그리고 이제는 그 말조차 할 수 없게 만든 게 자기 같아서. 딱 한 번만이라도 입꼬리를 올려 웃는 그 미소를 다시 보고 싶었다. 딱 한 번만. 미안하다고 말할 수 있으면 좋겠다.

"그만큼 선생님을 지키고 싶으셨나 봐요."

보호는 별다른 말 없이 2층으로 올라갔다. 환경은 계단 위로 올라가는 보호의 뒷모습을 한참 바라봤다.

• • •

또 한 번 H동의 새벽에 피바람이 불었다. 12년 만이었다. 뉴스에 H동의 야간약국이 등장했다. 마약을 유통하는 조직폭력배가 활동하는 곳이 지난밤 사건 현장이라는 기자의 말과 함께. 그렇게, 야간약국은 마약과 조직폭력배의 아지트라는 이름으로 뒤덮였다. 가뜩이나 낮은 H동의 집값도 더 떨어졌다. 뜻밖에 H동에서 촬영한 희영의 영화까지 갑자기 주목받기도 했다. 공교롭게도 그 영화는 동네에 숨어든 마약 조직원들을 추적하는 내용이었다.

야간약국에서 사건이 발생하고 며칠이 지나, 경찰서에 조사받으러 온 보호는 문성에게 다인의 빨간 백팩에서 빼돌렸던 마약을 건넸다. 환경이 경찰서를 나서는 보호를 뒤따라 나섰다. 약국에서의 마지막 대화 이후로 보호를 볼 수가 없었다. 한동안 보호는 집 밖으로 나오지 않았다. 게다가 환경은 자신이 보호의 연락처조차 모른다는 것을 뒤늦게 알았다. 보호에게는 연락할 일이 없었다. 항상 그 약국에 가면 있었으니까. 늘 변함없이.

"괜찮으세요? 정평식은 깨어났대요."

"다행이네. 예서가 날록손을 구해줬으니까 산 거야. 그 애가 날록손을 구해주지 않았더라면 이미 저세상 갔을 거라고."

보호가 옅게 웃었다. 안색은 유독 하얗다. 환경이 걱정 어린 목소리로 물었다.

"약국 문 닫아서 어떡해요?"

어쨌든 범죄 현장이 된지라 한동안 약국에는 출입이 불가능했다. 애초에 대단한 몸싸움이어서, 경찰이 철수하고 나서도 전면 수리를 하지 않는 이상 영업을 시작할 수 없는 지경이었다.

"어쨌든 난 마약을 소지했으니 약사로서 징계도 앞둔 상태라 약국 문 닫아야 해."

"어차피 미끼용으로 갖고 계셨던 거면서."

"넌 경찰이 그렇게 말해도 되니? 융통성이 좋은 건지…"

환경은 그 말에도 허허 웃었다. 그 웃음에 보호가 살짝 따라 웃으며 말했다.

"그래도 약사가 갖고 있을 약은 아니었지. 진짜 하루도 쉰 적이 없는데, 덕분에 쉬네. 너도 푹 쉬어. 안녕."

보호는 빠른 걸음으로 경찰서를 나섰다. 잠시 머뭇거리던 환경이 달려서 보호의 앞을 막아섰다. 보호가 놀란 눈으로 환경을 물끄러미 바라봤다.

"제가 어디서 들었는데요. 밤에 자야 된대요. 그래야 제대로 자는 거래요."

"그건 내가 너한테 할 말이지."

"듣고 싶은 말 아니었어요?"

그 말에 보호의 눈이 커다래지더니, 이내 큰 웃음소리가 터져 나왔다. 환경은 멋쩍은 듯 보호를 바라봤다. 보호에게서 처음 보는 큰 웃음이었다.

"맞네, 내가 듣고 싶은 말이었나 보다."

순식간에 밤이 짧아졌던 어느 봄날이었다. 보호는 그렇게 약국 건물 2층에 들어가 한동안 나오지 않았다. H동의 사람들은 그 이층집의 창문에 불이 들어왔다 꺼지는 것을 보며 보호의 안부를 지켜봤다.

H동의 야간약국이 있던 자리엔 한동안 노란색 폴리스 라인이 쳐졌다. 성지 순례라며 놀러 오는 사람들이 늘었던 동네는 다시 한적해졌다. 범죄의 온상이라는 오명이 더 짙었기 때문이다. 매일 정분은 평상에 앉아 문 닫은 야간약국을 바라봤다. 적적했다. 불빛이 뭐라고, 있었던 것이 사라지니

서운한 마음이 들었다. 오후 8시가 되니 컴컴해진 골목 안에 야간약국 대신 정분이 슈퍼 천막에 달린 조명을 켰다.

H동에서 벌어진 마약 조직 사건에 대한 뉴스는 한동안 TV를 점령했다. 그 와중에 환경은 담당 형사로 인터뷰를 했다. 정체를 숨기기 위해 약국 사무원으로 잠복했던 형사의 이야기는 주목받을 만했다. 물론 얼굴은 드러내지 않았지만.

"아쉽지 않냐, 스타 형사가 될 수 있었는데."

"전 형사가 되고 싶었던 거지, 스타가 되고 싶었던 건 아니니까요."

"그래, 오래 하겠네. 이 일을."

문성이 환경의 등을 힘 있게 두 번 쳤다. 환경은 직감했다. 오늘도 잠복이구나.

"윽."

환경은 화한 인공눈물을 눈에 넣자마자 안면의 모든 신경이 저릿해져 오는 느낌을 받았다. 이게 물파스보다 괜찮은 거 맞아? 환경의 앓는 소리에 문성이 환경이 들고 있던 인공눈물을 뺏었다.

"엄살은."

자신의 눈에 한 방울 떨군 문성은 눈을 껌뻑였다.

✚

"괜찮은데?"

"팀장님, 덜 피곤하시군요?"

"뭐? 이 자식이?"

환경이 문성의 손에 있는 인공눈물을 다시 챙겨서는 품속 주머니에 넣었다.

"눈이 건조하면 건조할수록 따갑고 아픈 거라고 하더라고요. 그냥 인공눈물을 넣어서 아픈 게 아니라요."

"아, 그렇구나. 그래서 너 지금 내 눈이 건강해서 문제 있냐?"

"아니~ 그게 아니고, 건강하신가 보다 싶은 거죠."

지루한 잠복이 며칠 동안 이어지고 있었다. 이번 잠복 사유는 급증한 빈집털이 때문이었다. 어두워지는 H동의 골목을 지켜 보는데, 믿을 수 없는 광경이 펼쳐졌다. 환경은 직전에 인공눈물을 넣은 눈을 비볐다. 불이 꺼져 있는 것이 당연했던 야간약국에 다시 불이 들어왔기 때문이다. 환경은 잠복하던 차에서 내려서 야간약국 쪽으로 달려갔다. H동의 골목길들이 모이는 그 중심에서 환하게 빛을 밝히고 있는 그곳으로.

환경은 약국의 유리문이 달라진 것을 발견했다. 이제는 자동문이었다. 버튼을 누르면 옆으로 열리는 신식 유리문.

환경은 유리문을 열지 못하고 그 안을 바라봤다. 환하게 켜진 약국 안에 보호가 서 있었다. 여전한 모습으로. 환경이 약국 밖에 서서 자동문을 열지 못하고 있자, 보호는 이상하다는 듯 바라보다 카운터 밖으로 나왔다. 그러고는 대신 버튼을 눌러 문을 열어줬다. 익숙한 소리가 났다. 딸랑!

"뭐 해? 자동문 열 줄 몰라? 이게 더 불편한 건가?"

"수리하는 줄도 몰랐는데."

"낮에 했어. 대낮에."

보호가 웃었다. 편안하게.

"밤에 잘 주무셨어요?"

"아주, 오래 깊은 잠을 잤지. 편안하게."

한낮의 약국

보호가 H동에 돌아온 날은 밤이 다시 길어지던 겨울의 초입이었다. 동네 단골 중에서는 지환이 가장 먼저 보호를 찾아왔다.

"선생님!"

지환은 그 뒤에 아무 말도 하지 못하고 그냥 울고 서 있었다. 여전히 그대로였다. 지환의 왼손에 못이 뚫고 지나간 흉터는 여전했다.

"돌아와 주셔서 감사해요."

"나도. 이렇게 오래 약국을 비웠는데도, 다시 손님이 되어줘서 고마워."

보호가 지환의 머리를 쓰다듬었다. 지환이 다녀간 뒤로,

정분, 민경, 란이와 윤의까지 야간약국에 들렀다. 그들은 반갑다는 미소로 보호를 맞이했다. 다른 동네 사람들 역시 약이 필요 없어도 야간약국에 들렀다. 그저 보호의 안부를 묻기 위해서였다. 보호는 자신이 환대받고 있음을 느꼈다. 지난 12년 동안의 약사 일이 그래도 전혀 쓸모없는 일이 아니어서 다행이다 싶었다. 정분은 조명을 밝게 켜며 야간약국이 다시 문을 연 것을 기뻐했다.

돌아온 보호는 약국을 재정비하면서, 그중에서도 가장 먼저 약국 유리문에 붙어 있던 운영 시간을 바꾸었다. 우선 '연중무휴'라는 글씨를 떼어냈다. 그러고는 '목요일 정기 휴무'라는 글자를 붙였다. 운영 시간은 일몰부터 일출까지 그대로였다.

목요일 정기 휴무

일몰부터 일출까지

• • •

12년 동안, 한 번도 휴무가 없던 야간약국의 첫 휴무날, 야간약국 건물 2층 보호의 방 안에 알람 소리가 울려 퍼졌다. 보호가 누우면 딱 맞는 푹신한 침대와, 작은 테이블, 작은 부엌, 늘 암막 커튼이 쳐져 있던 창문까지 아담한 방이었다. 반쯤 열린 커튼 사이로 들어온 햇살에 보호가 눈을 떴다. 아침이었다. 해가 떴으니 나가야 했다. 오늘은 낮에만 할 수 있는 일을 해야 하니까.

보호는 이렇게 이른 오전 시간에 약국 건물 밖으로 나가는 게 처음인 듯했다. 산뜻한 아침 공기가 밤공기와는 또 다르게 오감을 자극했다. 싱그러운 햇살이 눈을 간질였다. 보호는 손바닥으로 햇살을 만졌다. 따뜻함이 전해지는 날이었다. 누군가를 축하하기 딱 좋은 날씨였다. 보호가 향한 곳은 근처에 있는 고등학교였다. 고등학교 앞에는 여러 꽃다발을 팔았다. 그중에서도 보호는 예전에 자연이 자신에게 사다주었던 꽃다발과 비슷한 것을 샀다. 그래, 이게 새로운 시작을 응원한다는 의미였지. 보호는 꽃다발을 들고 고등학교 졸업식에 참석했다. 그런 보호를 향해 한 아이가 달려왔다. 다인이었다. 다인은 병원에서 퇴원한 후, 환경의 도움으로 다시 학교에 다닐 수 있었다. 마침내 졸업식이었다. 조금은 뒤늦은.

"아줌마!"

"졸업 축하해!"

다인이 뽀얀 얼굴로 웃었다. 교복 셔츠는 잘 다려진 채였다. 졸업식에는 부모, 형제들과 이제 새로운 시작을 준비하는 아이들이 모여 있었다. 싱그러운 기운이 흘러 넘쳤다. 오늘보다 내일이 더 나아질 것이라는 순수한 믿음들이 가득했다. 삐익― 마이크 소음이 들리고, 강단에 한 여학생이 올라 졸업생 대표로 졸업 연설을 발표했다. 매번 약국에서 인공눈물을 사 가던 수빈이었다. 찰칵찰칵, 그런 수빈을 열심히 찍는 이가 있었다. 아마도 수빈의 언니일 여자는 너무나도 해맑은 미소로 웃고 있었다. 동생이 자랑스럽다는 듯이.

"제가 졸업 연설을 준비하면서 친구들의 말을 많이 들으려고 했어요. 그래야 진정한 대표가 아니겠습니까? 저는 대표로 아이들의 말을 전해야 하니까요. 그래서 애들한테 물어봤어요. 너희에게 졸업은 어떤 의미냐고."

다인은 보호에게 작게 속삭였다.

"저한테도 물어보더라고요."

"그래서 넌 뭐라고 했는데?"

"그냥 '끝냈다'? 저번 학교에서는 못 끝냈으니까요."

수빈이 계속 말을 이어갔다.

"무섭다는 친구들도 있었고. 어른이 돼서 설렌다는 애들도 있었고, 다시 입시를 준비해야 해서 뒤처지는 것 같아 두

✚

렵다거나, 그리고 마침내 끝맺음이라고 말해준 친구도 있었습니다.”

다빈이 보호를 보고 어깨를 들썩했다.

“저는 오늘이 ‘드디어’ 찾아왔다고 생각합니다. 우리가 오늘까지 살아오는 데 얼마나 고생이 많았나요. 이렇게 마침내 ‘드디어’ 마주한 졸업이 아닙니까!”

수빈의 말에 어른들의 웃음이 터졌다. 강단 위 소녀보다 앞서 살아온 세월이 한참인 어른들에게 고생이 많았다는 열아홉의 말이 귀엽게 느껴질 수밖에 없었다.

“많은 학부모분들께서 웃으시는 걸 보니, 저희가 앞으로 마주할 고생이 더 많이 남았나 봅니다. 졸업이라는 과정을 통해 우리는 또 다른 시작을 앞두고 있습니다. 다 잘될 것이라 말할 수 없겠죠. 그렇지만, ‘드디어’ 찾아온 순간이니 다음을 기대할 수 있는 우리가 되면 좋겠습니다. 분명 오늘보다 내일이 더 좋을 거라고. 그러니까 또 언젠가 ‘드디어’ 마주할 미래의 어떤 순간을 기대해 보자고.”

박수와 환호가 이어졌다. 수빈의 언니가 그중에서도 가장 크게 호응했다.

나는 어떤 것을 기대하지. 보호는 문득 생각에 빠졌다. 짧은 고민 속 결론은 단순했다. 내일 밤에 문을 열 야간약국이 기대되었다. 또 누가 찾아와서 어떤 약을 찾을까. 필요한 약을 내어줄 수 있을까. 약이 아니라, 여유를 처방하고 마음을 나눌 수 있을까. 보호는 얼른 약국의 문을 열고 싶어졌다. 충분히 쉬었다. 다시 나의 세상으로 돌아갈 준비가 되었다.

* * *

오후 7시 5분, 오늘의 일몰 시각이다. 완연한 봄이 된 4월이다. 느리게 해가 지기 시작하는 게 느껴지는 계절. 서서히 해가 떨어져 어둠이 H동을 찾아오면, H동 빌라촌에 있는 '야간약국'의 불이 반짝하고 들어온다. '야간약국'의 영업 시간은 바로 이때부터다.

끝.

작가의 말

　최근에 바쁘다는 이유로 처방받은 약을 먹지 못한 하루가 있었습니다. 이미 때를 놓쳐버린 약봉지를 보고, '아, 고작 이것 하나 챙기지 못했다니…'라는 생각이 들었습니다. 사무실 책상 위에 놓인 약봉지는 며칠 동안, 제게 '내가 챙겨야 할 것'이라는 메시지를 보냈고, 마침내 꿀꺽하고 삼켜버렸습니다. 그날이 지나고, 작가의 말을 쓰려니, 이 소설을 처음 쓰려고 했던 마음을 자꾸 떠올리게 됩니다.

　'애쓰는 사람들이 나오는 이야기를 쓰고 싶다.'

　참으로 하루는 빠르게 흘러갑니다. 낮밤의 시간을 정하

는 지구의 자전 속도와 나의 속도가 달라 다소 삐걱거리고 있다는 느낌을 받기도 합니다. SNS에서는 어떤 문제를 가장 쉽고 편리하게 해결하는 방법을 설명합니다. 버튼 하나로 말이죠. 'AI'에게 채우기 버튼을 누르면, 모든 답이 쏟아져 나오는 시대니까요. 개인이 쌓아온 노력보다, 더 효율적으로, 멋지게 해결하는 방법이 더 빛나 보이는 것 같습니다.

　이처럼 빠르게 흘러가는 세상의 시간을 붙잡으려 애쓰는 사람들이 밤에 있다고 생각했습니다. 어두운 밤이 될 때까지, 벅찬 세상의 속도를 따라가기 위해 달리는 사람이 있다고 말입니다. 저는 그렇게 애쓰는 사람들이 좋습니다. 미련해 보이기도 하고, 과거에 얽매이기도 하고, 괜히 더 밝게 굴기도 하고, 어쩌면 날이 서 있기도 하죠. 각자의 방법으로 노력하고 있으니까요. 애쓴다고 모든 문제가 해결되진 않겠지만, 그저 안녕하면 좋겠습니다. 그래서 이 이야기를 구상할 때, 가장 먼저 떠오른 문장이 "낮에는 나 말고도 도와줄 사람 많잖아."였어요. 어두운 밤 내내 환한 불을 켜고 언젠가 찾아올 누군가를 기다려주는 곳이 있다면, 좋겠다고 생각했습니다. 그런 마음이 상상 속에서 구체화되더니 알게 모르게 어딘가 통증을 느끼는 사람들이 모이는 곳, 야간약국이 되어, 이렇게 독자분들을 만나게 되었습니다.

《어둔 밤을 지키는 야간약국》이 평안함을 주는 소설이 되길 바랍니다. '너무 애쓰지 않고' 말이죠.

이번 소설은 제게는 굉장히 새로운 경험이었어요. 그전까지는 제 경험과 동떨어진 이야기들이었다면, 점차 제가 겪은 것들이 녹아드는 듯했습니다. 특히나 보호와 자연의 이야기를 쓸 때는 제 친언니들을 떠올렸죠. 세 자매 중 막내였던 저는 입학할 때부터 '누구 동생이래!'라는 이야기를 많이 들었습니다. 그건 자랑이 되기도, 부담이 되기도 했지만, 어느 순간부터 인정하고 있습니다. 언니만 한 아우는 없다는 걸요. 그리고 어디든 함께 걸어줄 제 평생 친구라는 것도요.

꽤나 오래 붙잡고 있었던 '보호'의 이야기에 마침표를 찍어봅니다. 여기까지 '보호'의 이야기를 읽어주신 독자분들, 소설 《어둔 밤을 지키는 야간약국》이 세상에 나올 수 있게 애써주신 모든 분과 사랑하는 가족들에게 감사의 말을 전합니다.

겨울을 보내며
고혜원 드림

어둔 밤을 지키는
야간약국

초판 1쇄 발행 2025년 3월 19일
초판 2쇄 발행 2025년 4월 21일

지은이　　고혜원

총괄　　　김명래
책임편집　김혜정
디자인　　말리북
책임마케팅　최혜령 박지수 도우리
마케팅　　콘텐츠 IP 사업본부
해외사업　한승빈

경영지원　백선희 권영환 이기경 최민선
제작　　　제이오

펴낸이　　서현동
펴낸곳　　㈜오팬하우스
출판등록　2024년 5월 16일 제2024-000141호
주소　　　서울특별시 강남구 테헤란로 419, 11층 (삼성동, 강남파이낸스플라자)
이메일　　info@ofh.co.kr

ⓒ고혜원 2025
ISBN 979-11-94654-35-3 (03810)

한끼는 ㈜오팬하우스의 출판브랜드입니다.